塔里木大学校长基金项目资助

现代感悟批评研究

胡昌平 / 著

上海三联书店

感悟、体验与学术主体性

——《现代感悟批评研究》序

李　怡

　　早在 1980 年代，在新时期的思想启蒙运动蓬勃开展的时候，就有学者提出过中国的现代文化运动与西方现代文化发展的差异问题："西方文化的现代化进程是由于自身内部的矛盾运动引起的，它更具有自然发展状态下的和谐性，它的每一个后来的发展，都是前一阶段文化系统已经具有的潜能的进一步发挥，即使它的偶然性也包含着某些必然性的因素。因而我们必须认为它是一种顺向性的发展程序。而中国近代文化的发展进程，其原因并不仅仅在于自身内部的矛盾运动，即使这种内部的矛盾运动，也是由于西方文化的撞击而大大强化了的。它的发展不具有自然发展状态下的和谐性，任何后一阶段的变化都无法仅仅在自身内部的前一阶段的文化系统中找到它的全部潜在势能，它更依赖于西方文化对中国文化的影响和提供的推动力量。"[1]我以为，现代中国的文化发展缺乏"内部的矛盾运动"而"更依赖于西方文化影响"的这一事实产生了十分严重的后果，

---

[1] 王富仁：《中国近现代文化发展的逆向特征》，见《灵魂的挣扎》，长春：时代文艺出版社，1993 年版，第 77 页。

在某种意义上，它就是现代中国文化诸"问题"的主要原因之一。

文化建设的核心是什么？是人自身的一系列新的变化。因为文化本身就是人所创造的物质与精神财富的总和，人类社会在物质与精神财富上的种种变化，归根结底其实就是人自己的变化。观察西方近现代文化的进程，我们常常惊叹其物质生产的成就、制度建设的硕果乃至一系列思想观念的巨大革新，然而，在这一过程中起着核心意义的其实还是人自己的变化：是人对于生存的感受发生了至关紧要的改变，是人对于自己生命的可能性有了新的理解。在西方中世纪到近现代社会的演变当中，实际涌动着两个方面的内在力量，一是城市文明兴起、世俗生活盛行，二是在这样的生存变化中人所产生的主体精神的变化，包括对宗教与教会关系的反思以及所谓的人文主义思想的发展等等。在实际的运动中，这两个方面是相互作用、相互促进的，城市文明与世俗生活的发展不断刺激着人的感受，不断充实着人的主体精神的生长，而人的主体精神的新变则带来了极大的创造的可能，它又反过来推动了城市文明与世俗生活的发展——而这最终就成为了近现代文明的根据。正如英国历史学者丹尼斯·哈伊所论述的那样："十五世纪初，佛罗伦萨的人文主义思潮总的倾向是为了适应尘世的生活。人们隐讳地有时也是公开地抛弃与超物质的宗教结合在一起的禁欲主义原则。那些多少世纪以来一直宣扬天主教苦行主义的修士和神父，现在也开始追随不同样板的圣徒。尘世间取得的成就和知识，以及尘世的道德是同禁欲主义的生活相矛盾的。这点符合大多数人对待尘世朝圣活动的看法，他们的观点如今已得到了尊重。"[1]在这里，"尘世生活"的新变和人的生活态度、生活"观点"的新变相互作用，共同形成了"人自身的一系列新的变化"，

---

〔1〕丹尼斯·哈伊《意大利文艺复兴的历史背景》，李玉成译，北京：生活·读书·新知三联书店，1988年版，第133页。

并最终推动了文化建设的总体变化。

这样的变化，从根本上说便是属于一种"内部的矛盾运动"，其"内部"性即在于其中起着关键性作用的是作为文化主体的人的内部精神的演变，是自我体验的变化，也是自我感受这个世界及生命存在的内容与形式的变化，即自我意识的变化。与作为创造主体的人的这样的变化相比较，其他层面的社会文化的变化（如物质、制度等等）都可谓是"外部"的。

然而，中国自己的现代文化发展过程却分明与之颇不相同。众所周知，自鸦片战争以降，中国文化的现代化进程分别经过了物质——制度——精神几个重要的阶段，在这里，精神世界的发展变化分明居于最末的层次，而且就是物质——制度的演变，也是西方文明武力冲击的结果，这样的结果从一开始就不是中国人能够自觉接受、自觉追求的目标，也就是说，这样的文化现代化，并非出自我们的"心愿"，不过就是"势之所迫"而已。与西方比较，我们明显缺乏那种从"尘世生活"的新变到人的生活态度、生活"观点"的新变相互作用的过程，而中国人自我体验、自我意识的发展也严重地受制于这样一种外来文化的压迫情势，也就是说，我们对于外部的文化压迫的反应与应对要远远多于我们对于当下生存的深入体验，我们对于自我独立的主体意识的发展的渴望也要常常让位于国家民族对于那些"外部"现代化指标的需要。

这样的文化现代化过程在客观上就不得不体现为对于一系列西方现代化指标的追求。我们常常是将这些文化的"外部"指标认作我们自己首先需要达到的基本要求。乃至一系列本来属于自我内部的精神性的建设也主要是径直取法于西方已有的结论，这样，"外部"再次完成了对"内部"的替代。

我们翻译了大量的西方政治学书籍，却没有有效地建构起我们自己的现代政治学理论。

我们输入了大量的西方经济学知识，却没有出现更系统完整的直接面对中国特殊问题的经济学思想。

除了重复卢梭与皮亚杰，除了引述前苏联的教育思想，我们自己的教育哲学在哪里？

我们不断叹服于西方的哲学成果，然而我们自己富有原创性的现代哲学却迟迟不见踪迹。

在美学领域，现代中国的最显著成就便是对西方美学的介绍和对中国古代美学的梳理，现代中国的美学依然在酝酿之中。

在中国现当代文学的创作当中，"在它的每一个发展阶段，几乎总是理论提倡在先，文艺创作随后。它所反映的恰恰是新文学作家理性追求在前，情感、审美追求在后的普遍倾向。"[1]这里依然存在一个自我体验、自我意识相对匮乏的问题。

当然也有似乎完全相反的情势，就是说每当这些"外部"力量的挤压迫近我们的承受底线之时，我们也会出现另外一种形势的"反弹"，那就是竭力标举中国古代文化的大旗，试图借助中国古代文化的力量反拨外来文明的挤压。在中国现代文化史上，不断有被指摘为"全盘西化"的流派的出现，但也不断响起对民族传统文化的捍卫之声，两大文化追求此伏彼起、纠缠不休。

在一定的意义上，作为对外来文化压力的反拨，我们对其他文化追求的倡导是完全可以理解的，但问题在于将中国文化现代化的方向认定为中国古代文化的发扬，这在根本上却是忽略了一个基本的前提：如果中国古代的文化依然具有如此强大的生命力，那么我们近现代以来的社会危机也许就完全不是今天所看到的这样了。无论西

---

〔1〕王富仁：《中国近现代文化发展的逆向特征》，见《灵魂的挣扎》，长春：时代文艺出版社，1993年版，第81页。

方文化在实际上给我们的文化发展造成了多大的挤压，带来了多么复杂的影响，我们都必须要正视一个基本的事实，这就是介入现代世界的文化循环、与其他文明形态发生有效的对话是不可改变的事实。中国古代文化的意义在今天只能是局部的而不再可能是整体的，现代中国的文化发展归根结底只能来自于现代中国人对于当下生存境遇的体验，只能来自于在新的生存境遇之中对自我意识的重新唤起和发扬，在这里，关键在于"当下"，关键在于"当下"中的"自我"。

如果说西方文化的"外部"指标不足以完成中国自己的文化现代化建设，这在根本上是因为西方文化的主体区别于现代中国文化的主体，而中国文化的主体需要决非异域文化所能够替代表达；那么，情况对于中国古代的文化也同样如此，作为古代中国文化的主体的人的需要又怎么会混同于现代中国文化主体的人的要求呢？现代中国文化发展的希望在于现代中国人生命感受与自我意识的表达，只有坚持了这样的原则，我们才能自然生长出属于现代的我们的政治学、经济学、哲学、美学与文学，我们才能不再被他人视作西方文化的简单的附庸，当然，也不会被视作古代文化的简单的附庸。

一种新的生存生命体验和新的自我意识也最终保证了西方文化——中国古代文化不再处于简单的二元对立状态，西方文化并不作为中国古代文化的颠覆者而出现在现代中国的，而中国古代文化也不是作为西方反抗者而确立自身价值的。文化的对抗性思维并不是文化发展的有利状态，在作为创造主体的人的精神建构成为我们的主要目标之后，一切外来的文化，一切古代的文化都可以成为我们自由选择的对象。

以上可以说是我们对百年来中国文学研究的一种观察，当然这并不意味着我们的理论先驱就根本没有意识到这样的问题，也没有对此提出过自己的求索创新之道；尤其因为如上问题的存在，这些理论先驱的哪怕最细微的一种探索也值得我们加以发现和梳理。从这个角度看,胡昌平所著《现代感悟批评研究》就是这样一部独具慧眼之作:在西方学院化批评普遍占据我们现代思想领域之时,依然有那么一些中国的文学批评者坚持着"感悟"之路,"体验"之路,并且这样的选择又绝非故步自封,它依然与西方思想保持着积极的对话和交流,无论其探索最终是否成功,都值得我们认真清理、考辩和研究。我也不是说未来中国文学研究的"主体重建"就一定根源于此,大家就此可以走出理论的低谷,但是,从对感悟、体验的高度重视出发,当可以重拾我们理论发展过程之中的种种遗漏,却是毫无疑问的。

我与昌平相识于重庆西南师范大学,那时他还是胡润森教授的硕士研究生,为人质朴,认真,愿意抓住自己认定的方向默默努力。几年后,我到四川大学工作,他又考上了四川大学的博士生。多年来,昌平踏实、执着的学术性格始终如一,这本著作就是他在四川大学攻读博士学位时的选择,对这一问题的研究,我自然是全力支持的,他的博士论文完成得也很不错。毕业之后,他又在博士论文的基础上进一步深化、挖掘,目前,奉献在读者诸君面前的就是这样一本几经完善的成果,对于昌平的研究,我深感欣慰,也从中获益良好。我愿向读者郑重推荐,并祝愿昌平在学术之路上取得更大的成就。

2016 年 7 月于成都江安花园

目　录

绪　论

一、概念界定

在已有的中国现代文学批评史中,大多会提到李健吾等人文学批评的印象感悟特点;论者将这一类型的文学批评称为现代感悟批评。在界定现代感悟批评之前,有必要先明确文学批评的涵义。

什么是文学批评呢? 许多理论家或批评家对其作了不同的解释,可谓众说纷纭。韦勒克和沃伦合著的《文学理论》影响甚广,他们在区分文学理论、文学批评和文学史三个概念时认为:"最好还是将'文学理论'看成是对文学的原理、文学的范畴和判断标准等类问题的研究,并且将研究具体的文学艺术作品看成'文学批评'(其批评方法基本上是静态的)或看成'文学史'。"[1]他们指出了文学批评的对象是具体的文学艺术作品,但似乎没有明确的界定,且没有进一步区分文学批评与文学史。我国著名文艺理论家童庆炳在其主编的《文学理论教程》中认为:"文学批评是对以文学作品为中心兼及一切文

---

〔1〕[美]雷·韦勒克、奥·沃伦:《文学理论》,刘象愚等译,北京:生活·读书·新知三联书店,1984 年版,第 31 页。

学活动和文学现象的理性分析、评价和判断。"[1]在另一处,童庆炳等人对文学批评作了较为详细的界定:"无论是用言谈和演讲,还是论文和著述,文学批评都意味着对特定的作家、作品和文学史等文学现象作具体的分析、阐释和评价,包括对与这些文学现象相关的其他现象作具体分析和评价。"[2]王先霈在其主编的《文学批评原理》中认为文学批评是"以一定的文学观念、文学理论为指导,以文学欣赏为基础,以各种具体的文学现象(包括文学创作、文学接受和文学理论批评现象,而以具体的文学作品为主)为对象的评价和研究活动"[3]。

尽管理论家和批评家对文学批评的界定各不相同,但在以下几个方面却是一致的:第一,文学批评的对象是文学作品及其相关的文学现象;第二,文学批评有某种理论作为依据或标准;第三,文学批评是对文学作品的认识、理解、鉴赏和评价。在这些共识之上,童庆炳等人注重文学批评的理性分析,强调其逻辑性、科学性等。王先霈等人则认为文学批评有不同的形态,既可以抽象分析,也可以感悟描述,因为文学批评的思维与其他科学研究有所不同:

> 文学批评是以理性活动方式对感性活动成果的研究,以逻辑思维方式对艺术思维成果的研究。在文学批评的全过程中,既要把定理性思维的基本性质,又要融合艺术思维的若干成分,形成跨越、沟通、结合两种思维的文学批评思维。……至于某一文学批评学派,某一文学批评模式,某一文学批评的文本,或者

---

[1] 童庆炳主编:《文学理论教程》(第4版),北京:高等教育出版社,2008年,第347页。

[2] 童庆炳主编:《文学理论新编》(第3版),北京:北京师范大学出版社,2010年,第315页。

[3] 王先霈主编:《文学批评原理》,武汉:华中师范大学出版社,2000年版,第1页。

靠近严密的科学,或者带有较浓的直感印象的色彩,彼此往往有很大差别,共同组成丰富、复杂的文学批评世界,其中成功的、优秀的,总是结合了两种思维成分的。[1]

因为文学批评对象的特殊性,即以艺术思维结晶的文学作品为主,故文学批评的思维融合了理性思维与艺术思维;现代感悟批评属于"带有较浓的直感印象的色彩"的文学批评。

在韦勒克和沃伦看来,文学批评与文学史都是对具体文学作品的研究,但他们在《文学理论》中没有分析二者对象的不同。王先霈等人则进一步区分了文学批评与文学史:"文学史研究的对象是,本身已经定型并且专业人士以及全社会对之持有文学共识的文学现象,文学史的研究工作的进行与它的研究对象的产生往往有较长的时间间隔;而文学批评的对象首先和主要是最新出现、未被人们普遍重视却有较大潜力、有较高价值和有较强代表性的文学现象,文学批评工作的进行与它的研究对象的产生一般时间距离较短。"[2]概言之,文学批评的对象主要是新近出现的文学作品、作家和文学现象,因而文学批评较之文学史则具有"时效性"或"当前性";论者也主要在这一基础之上来探讨现代感悟批评。

现代感悟批评是相对古代感悟批评而言的,那么,中国古代文学批评是否有所谓的感悟批评呢?中国古代文学批评主要表现为诗文评,但实际上,它的形式多种多样。袁行霈等人在《中国诗学通论》中认为中国诗学资料来源主要有八个方面:一是以"品""话""式"等命名的诗学书籍,如钟嵘的《诗品》、欧阳修的《六一诗话》等;二是文学批评的专论和专书,如曹丕的《典论·论文》、刘勰的《文心雕龙》等;

---

[1]王先霈主编:《文学批评原理》,第2页。

[2]同上书,第229~230页。

三是诗文集的序跋,如《毛诗序》《文选序》等;四是书信如白居易的《与元九书》、苏轼的《答谢民师书》等;五是哲学和史学著作中的诗学资料,如《老子》《史记》等都含有重要的诗学资料;六是作家自己的文学作品,如杜甫的《戏为六绝句》、(宋)吴可的《学诗诗》等;七是诗选和批注;八是诗纪事和词纪事。[1] 这八类诗学资料的来源,表明了中国古代文学批评有着不同的表现形式,因为这一重要原因,它在总体上是缺乏系统性的。袁行霈等人还将中国诗学的总体特点概括为三点,即:实践性、直观性和趣味性。在谈到直观性时,他们说:"所谓直观的反面是推论和演绎,直观是一种印象式的把握,更多地靠妙悟。在表述时往往略去思考的过程,跳跃式地直接端出结论。说一首诗好,并不作详尽的分析,而是三言两语点到为止,读者也不习惯去看长篇累牍的评论,而是靠了那三言两语的启发,自己领悟其中的三昧。"[2]周勋初也指出:"古代写作诗文评一类著作,受先秦儒家语录体的影响很深,文笔一般都很简练。而他们的评论文学,或受道家'得意忘言'说的影响,或受佛家讲求'妙悟'的影响,喜作启发式的提示,让读者自行参悟。"[3]叶维廉也把中国古代文学理论与文学批评的特色概括为三个方面:

一、中国的传统理论,除了泛言文学的道德性及文学的社会功能等外在论外,以美学上的考虑为中心。

二、中国传统的批评是属于"点、悟"式的批评,以不破坏诗的"机心"为理想,在结构上,用"言简而意繁"及"点到为止"去激起读者意识中诗的活动,使诗的意境重现,是一种近乎诗的

---

〔1〕袁行霈等:《中国诗学通论》,合肥:安徽教育出版社,1994 年版,第 4~7 页。
〔2〕同上书,第 11 页。
〔3〕周勋初:《中国文学批评小史·题记》,上海:复旦大学出版社,2007 年版。

结构。

　　三、即就利用了分析、解说的批评来看，它们仍是只提供了与诗"本身"的"艺术"，与其"内在机枢"有所了悟的文字，是属于美学的批评，直接与创作的经营及其达成的趣味有关……〔1〕

　　从这些论述来看，中国古代文学批评在整体上是片断的、零星的、印象的、感性的，缺乏系统性和逻辑性，而具有直观性或"悟"性。"悟"在此也就是参悟、了悟、领悟、体悟乃至妙悟，论者以"感悟"称之。"感悟"实际上也就是一种思维方式，它是一种形象思维而不是抽象思维，它注重感性而不是理性，注重具象而不是抽象，注重情感而不是逻辑，注重印象而不是推理，注重直观而不是演绎。

　　因此，从思维方式的角度来看，中国古代文学批评以直观感悟为主。白寅也从思维方式的角度来研究中国古代文学批评，并称之为"心灵化批评"，这与论者的命名不同。黑格尔说："在艺术里，感性的东西是经过心灵化了，而心灵的东西也借感性化显现出来了。"〔2〕白寅借用黑格尔的话把中国传统思维称之为"心灵化"思维模型，把中国古代文学批评称之为"心灵化批评"。白寅认为：心灵化批评在接受过程中企图寻求自己与作者的心灵契合；在文本分析过程中坚持读入自己的个人意志；在言说过程中用个人的心灵化话语传达对作品的主观体验，形成个性化的话语特征和诗意的批评形式。〔3〕"心灵化批评"的提出是合理的，但论者还是使用"感悟批评"。原因有三：其一，虽然"心灵化"是对中国古代思维模式的一种概括，但一

〔1〕叶维廉：《叶维廉文集》，第三卷，合肥：安徽教育出版社，2002年版，第120页。
〔2〕［德］黑格尔：《美学》，第一卷，朱光潜译，北京：商务印书馆，1996年版，第49页。
〔3〕白寅：《心灵化批评：中国古代文学批评的思维特征》，北京：中国社会科学出版社，2005年版，第14页。

切思维活动都是心理活动,用与"心理"相近的"心灵"一词并不能直接表明这一思维模式与另一思维模式的区别;其二,"感悟"一词更带有中国文化本身的特色,以其描述中国古代思维方式时易于找到一种文化的体认感而不是隔膜感;其三,中国现代文学批评并没有完全抛弃古代文学批评的传统,但以"心灵化批评"来考察现代文学批评时则更是困难重重,而印象感悟式批评的出现为我们使用"感悟批评"提供了便利。

20世纪中国的文学理论与文学批评的流派或体系大多都是从西方贩运而来,艾布拉姆斯将这些西方的流派或体系分为四类:将作品对世界的反映称作模仿说,将欣赏者对作品的解读称为实用说,将艺术家对作品的心灵外现称作表现说,将孤立地考察作品称为客观说。[1] 具体来说,侧重作家心理和创作过程研究的有文艺社会学研究法、传记研究法、象征研究法、精神分析研究法、原型研究法等;侧重作品本体研究的有符号学研究法、形式研究法、新批评研究法、结构与解构研究法等;侧重读者接受研究的有现象学研究法、解释学研究法、接受美学研究法、读者反应批评法等;侧重社会文化(世界)研究的则有西方马克思美学文化批判法、后现代文艺美学研究法、女权主义文学研究法、解构主义文学研究法、新历史主义研究法等。[2] 几乎所有这些理论或方法在 20 世纪的中国文学研究或文学批评中都曾出现过,所以这种归类概括能在一定程度上用来描述 20 世纪的中国文学批评潮流。在西方文化思潮涌入后,中国古代的感悟批评也必然受到影响进而发生变化,但其所受影响却是有选择性,与中国

---

〔1〕[美]M. H. 艾布拉姆斯:《镜与灯:浪漫主义文论及批评传统》,郦稚牛等译,北京:北京大学出版社,2004 年版,第 6～27 页。

〔2〕胡经之、王岳川主编:《文艺学美学方法论》,北京:北京大学出版社,1994 年版,第 7 页。

传统思维方式较为接近的唯美主义、直觉主义和印象主义等促进了感悟批评的现代转化,从而形成了现代感悟批评。然而,在文学批评实践中,批评家们往往综合运用某些理论和方法,而且也不会把侧重点仅仅局限于文学四要素中的某一种,因此,现代感悟批评并不等于唯美主义、直觉主义或印象主义。事实上,我们很难将现代感悟批评归入某一流派的,它不具有严格意义上的流派特征,虽然我们将会发现,隶属于现代感悟批评的批评家们有些具有京派背景,但我们不能简单地以京派批评去涵盖之,它并没有明显的流派色彩。

　　蒂博代将文学批评分作三类,即:自发的批评、职业的批评和大师的批评。自发的批评即有教养的读者的批评,职业的批评即专家或教授的批评,大师的批评则是艺术家——尤其是获得公认的大作家——的批评。蒂博代认为,职业的批评往往是"求疵的批评",大师的批评往往是"求美的批评"。考察中国现代文学批评,我们可以看到,蒂博代所谓大师的批评在中国现代文学批评史上占有着重要的地位,因为中国现代文学批评家们大多都是作家,他们的批评构成了中国现代文学批评史的主要部分。但是,同时我们也应该看到,中国现代文学批评家往往具有几重身份,他们可能既是作家和批评家,又可能是大学的教授。此外,中国现代文学批评并不是"求疵的批评"与"求美的批评"的简单分离,而往往是二者的交织。虽然蒂博代对批评的分类并不完全适应于中国现代的文学批评状况,但对我们也是有启示作用的。蒂博代认为:"毫无疑问,应该把这三种批评看做三个方向,而不应该看做固定的范围;应该把它们看做三种活跃的倾向,而不是彼此割裂的格局。"[1]文学批评既可以运用某种理论,也可能超越理论的限制而表现出不同的倾向,现代感悟批评就是如此。

---

〔1〕[法]蒂博代:《六说文学批评》,赵坚译,北京:生活·读书·新知三联书店,2002年版,第46~47页。

　　20世纪的文学批评,流派繁多、体系驳杂,但大致可以分作两种思潮:"一是标举'体验'性的人文主义诗学,其特点是注重将人的体验、感性、直观放在首位加以考察,通过对人的精神内涵的揭示去探寻艺术的本质和世界的审美本性。另一种是注重实证的科学主义诗学思潮,其特点是偏重于归纳法,更重视其科学性、实证性。"[1]以审美主义为主要倾向的文学批评从审美角度去体验和评价文学作品,强调文学批评的审美性、体验性;以科学主义为主要倾向的文学批评虽然也把文学当作一种艺术,但同时更把它看作科学研究的对象而强调文学批评的科学性、逻辑性。在中国的文学批评中,审美主义倾向又往往与实用主义倾向相对,因此,现代文学批评中的审美主义倾向既与实用主义倾向相对,又与科学主义倾向相对,且往往处于较弱的地位。从被现代文学批评史公认为印象感悟批评家李健吾的文学批评实践来看,现代感悟批评含有审美主义倾向。

　　"感悟"作为一种思维方式,它本身是直观的、感性的,但对其界定却应是逻辑的、理性的,这是矛盾的,也是困难的。"悟"在汉语里面是一个含义丰富的单音节词,它包含参悟、了悟、领悟、体悟乃至妙悟、神悟等意义;"感悟"则还应在此基础上包括感受、体验等含义。但这样一来,我们以词释词实际上就陷入了循环解释的陷阱。刘若愚在谈到研究中国文学批评的困难时说:"中国批评家习惯上使用极为诗意的语言所表现的,不是知性的概念而是直观的感性;这种直观的感性,在本质上无法明确定义。"[2]虽然如此,我们还是试图对其作一粗疏的界定。所谓现代感悟批评是现代文学批评中的一种直观感悟的批评形态,它采用直观思维对文学进行印象感悟式的认识、

---

　　〔1〕胡经之、王岳川主编:《文艺学美学方法论》,第3页。
　　〔2〕[美]刘若愚:《中国文学理论》,杜国清译,南京:江苏教育出版社,2006年版,第7页。

理解、鉴赏和评价,注重对文学艺术和人生的感悟与体验,同时,它又把自身当作一种艺术形式,追求批评的艺术化。现代感悟批评的思维方式是直观感悟的,但是,无论运用什么理论或方法,几乎所有的文学批评在阅读、理解和欣赏文学作品的过程中,批评家的思维方式都是直观感悟的。我们只把那些在整个文学批评活动中,即在从阅读、理解、欣赏到认识、评价以至形成批评文字的全部过程中,都以直观感悟的思维方式为主的文学批评称之为感悟批评。虽然现代感悟批评也重视理性思维的作用,但在整个批评活动中起主要作用的仍然是感悟思维。

二、范围梳理

中国现代文学批评是随着新文学运动的发生、发展而建立和发展的,正如现代文学的开端不是绝然始于1917年一样,现代文学批评也有其先声。20世纪伊始,梁启超的《论小说与群治之关系》(1902年)把小说的地位抬到了"文学之最上乘";王国维的《红楼梦评论》(1904年)则借用西方哲学和美学思想把《红楼梦》研究推向一个新的阶段。这两篇文章在思想观念、批评方法与言说方式等方面与中国古代文学批评有了很大的不同,标志着中国文学批评由古代向现代的转换。1908至1909年,王国维完成了《人间词话》,为古代文学批评画上了完满的句号,但因其同时具有异于传统的新质而开启了感悟批评的新时代。在晚清现代文学批评的萌动期,梁启超和王国维是两个具有代表性的批评家,他们代表着文学批评的两个不同方向:梁启超非常重视文学批评的社会和政治作用,他将文学和文学批评当作改良社会的工具;王国维则注重文学和批评的审美性,将文学与批评当作解脱苦闷和寻求理想人生的途径。王国维的文学批评带有浓厚的感悟色彩,可看作感悟批评从古代向现代的转型。

当然,根据前文对文学批评概念的探讨,王国维的《红楼梦评论》与《人间词话》似乎不具有"时效性"或"当前性",但是,因其是古代文学批评的终结和现代文学批评的萌芽,所以也将其纳入考察范围。

1917 年开始的文学革命,是新文学运动的一个标志性事件,文学批评在此也到了一个临界点。但新文学运动初期《新青年》阵营的批评家如胡适、陈独秀、钱玄同、刘半农等人,都把主要精力放在了思想启蒙和新文学理论的建设上,加之当时新文学创作相对滞后,他们针对作家和作品的批评实践相对较少,现代感悟批评难觅踪迹。鲁迅从《摩罗诗力说》开始到他停止笔耕为止,留下了大量的文学批评,可以说是中国现代文学批评史上的"元勋"[1],他的一些批评文本具有很强的感悟性与文学色彩,可以归入现代感悟批评。在《呐喊·自序》中鲁迅说:"我们的第一要著,是在改变他们的精神,而善于改变精神的是,我那时以为当然要推文艺,于是想提倡文艺运动了。"[2]这种带有强烈社会实用性的思想启蒙观念贯穿了鲁迅的文学创作和批评,正因为这样,鲁迅的文学批评又是带有实用色彩的文化批评和文明批评。

随着新文学运动的深入和文学创作实绩的扩大,现代文学批评实践也日益繁荣,以文学研究会和创造社为主,不仅在文学创作上表现出不同的风貌,而且在批评实践上也大不相同。文学研究会的主要批评家如周作人、茅盾(沈雁冰)、郑振铎、王统照等人极力提倡人生写实的文学,他们对文学创作与批评抱有明确的目的,强调文学和批评的社会功用性。正如他们在《文学研究会宣言》中所说:"将文艺当作高兴时的游戏或失意时的消遣的时候,现在已经过去了。我

---

〔1〕[斯洛伐克]玛利安·高利克:《中国现代文学批评发生史(1917—1930)》,陈圣生等译,北京:社会科学文献出版社,1997 年版,第 226 页。

〔2〕鲁迅:《鲁迅全集》,第一卷,北京:人民文学出版社,2005 年版,第 439 页。

们相信文学是一种工作，而且又是于人生很切要的一种工作；治文学的人也当以这事为他终身的事业"[1]；他们的文学批评也实践着这样的主张。为人生派的批评总体上来说不是现代感悟批评，然而有时他们也表现出感悟批评的一些特点，如茅盾的作家论就是如此。但茅盾更多地是一位社会科学工作者，从提倡自然主义到现实主义到马克思主义的理论主张和批评实践来看，他的文学批评在整体上是一种功用性的批评，理论的严密和逻辑的清晰是其文学批评的重要特色，因此我们不把他划入现代感悟批评的范围。郑振铎是一位学者型的批评家，理论性和逻辑性是其文学批评的重要特色，我们也不将其放在现代感悟批评之内。周作人从《人的文学》《平民文学》起，提倡人道主义文学、为人生的文学，其批评实践如对《沉沦》《蕙的风》等的批评都是一种功用性的批评。但周作人后来接受了法朗士印象主义理论的影响，他回到《自己的园地》，开始从审美角度来看待文学，并极力提倡"趣味"，为后来的京派审美的文学批评打下了坚实的基础。周作人的审美批评是现代感悟批评发展的一个重要阶段。

　　许道明将创造社的批评家称为"自我表现派批评家"[2]，他们主张"为艺术而艺术"，他们的文学批评也表现出审美倾向。郁达夫和郭沫若主要进行小说和诗歌创作，他们在一些文章里阐述自己的文学主张时，都倾向于浪漫主义或唯美主义，这些大多是理论的说明而不是批评实践，带有较强的理论性，以理性思维为主。如郭沫若的《批评与梦》看似受法朗士的影响，但实际上是"以唯美印象主义观点

---

　　〔1〕贾植芳等编：《文学研究会资料》（上册），郑州：河南人民出版社，1985年版，第1页。

　　〔2〕许道明：《中国现代文学批评史新编》，上海：复旦大学出版社，2002年版，第56页。

出发进行心理学批评的典型例子"[1]，带有较强的科学主义色彩。后来郭沫若转向了马克思主义，其文学批评缺少印象感悟的特点。在创造社中，成仿吾的文学批评成就是最大的。成仿吾认为批评就是判断，他的文学批评是一种"求疵的批评"。创造社"为艺术而艺术"的主张使成仿吾在文学批评中以审美作为批评的标尺，也使他接触到了法朗士与佩特，但他并没有走上唯美印象主义批评，而是在基欧社会学观点的影响下远离了佩特的唯美主义，驳斥了法朗士的印象主义，并在《建设的批评论》中批判了受法朗士影响的周作人的文学批评。在《评冰心女士的〈超人〉》《〈沉沦〉的评论》《〈残春〉的批评》等文章中，成仿吾主张用"归纳的方法"来分析作品，讲究严密的逻辑，这显然与现代感悟批评的直观感悟大异其趣。后来，成仿吾倡导革命文学，他受日本福本和夫的影响，强调革命文学是阶级斗争的武器，再后来，他更把文学和文学批评当作革命事业的一个组成部分。因此，尽管审美批评是成仿吾的一种追求，但他的文学批评总体上不是现代感悟批评。

在1920年代的文学批评中，还有邓中夏、恽代英、肖楚女等人的"政治性的"文学批评，这与现代感悟批评走的是不同的道路。革命文学兴起后，蒋光慈、钱杏邨、冯乃超、李初梨等人是著名的革命文学批评家，他们与后来的左翼批评家冯雪峰、瞿秋白、茅盾、郑伯奇、洪深等人在文学批评实践中都把审美追求放在了次要的位置，直观感悟色彩不明显。在"五四"落潮后，新古典主义批评（亦称新人文主义批评）在当时的文学批评中有着很大的影响。新古典主义的批评家有梁实秋、闻一多、朱湘、余上沅、陈源等人，前两位是最具有代表性的。梁实秋在美国留学时师从新古典主义批评大家白璧德并深受其

---

〔1〕[斯洛伐克]玛利安·高利克：《中国现代文学批评发生史（1917—1930）》，第26页。

影响,他在《王尔德的唯美主义》中说:"想象固是重要,而想象的质地尤为重要,真正伟大的作品,不是想入非非的胡言乱道,而是稳健的近乎常态的人性的,文学若不合于人性,我们怎能知道它是没有'或能性'?"[1]梁实秋反对不受节制的想象和情感,他认为"文学的力量,不在于开扩,而在于集中;不在于放纵,而在于节制"[2]。梁实秋把理性、节制力、人性等作为文学批评的原则,因此他反对唯美主义、浪漫主义而走上新古典主义。与梁实秋的主张相近,闻一多的诗学主张(如"三美"理论)与诗歌批评实践(如《〈女神〉之时代精神》)也都强调理智节制情感。梁实秋、闻一多的文学批评与注重想象和情感,注重直观感悟的现代感悟批评有着很大的差异。曾属新月派的叶公超也是一位成就很大的文学批评家,他是美国"新批评"派在中国的传人。"新批评"派的韦勒克、艾略特等人对印象主义、唯美主义的法朗士、佩特颇多微词,在文学批评实践上走的是不同的道路。因此,我们也不把叶公超的"新批评"纳入现代感悟批评的范畴。

1930年代,中国现代文学批评进入了多元发展的时期,除左翼文学批评外,京派文学批评无疑是此时文学批评的重镇。属于京派的批评家有朱光潜、沈从文、梁宗岱、李健吾、李长之、萧乾等人。许道明指出:"强调直觉感悟,强调批评主体介入和强调情感动力,这三者突出地成为京派批评创造性思维和批评方法的基本特征。"[3]这些特征与我们前面对现代感悟批评的界定非常相近的,因此,这些批评家是我们研究的主要对象,当然,这并不是说他们所有的文学批评都属于现代感悟批评。

在左翼批评家和京派批评家之外,还有一些批评家如朱自清、苏

---

[1]梁实秋:《梁实秋论文学》,台北:时报文化出版公司,1982年版,第144页。
[2]徐静波编:《梁实秋批评文集》,珠海:珠海出版社,1998年版,第101页。
[3]许道明:《中国现代文学批评史新编》,第171页。

13

雪林、侍桁、杜衡、林语堂、施蛰存、戴望舒、胡秋原等人，他们在文学批评上各有建树，其中朱自清的影响最大。朱自清与左翼批评家和京派批评家都交往甚密，因此他的文学批评得到了两派的认可。朱自清既是作家又是学者，他的文学批评也兼具两者的优长：学者的眼光使其能放眼古今中外，既能继承传统的诗文评，又能吸收外国文化中的有益成分；作家的素养则使他能够在直观感悟中深入文学作品内部。卜召林等人认为："文学作品中的某些范畴，深隐在文学话语蕴藉中，用言之凿凿的逻辑化语言很难言尽其意，文学批评必须借助文学化的表达方式才能道出其中三昧。朱自清深蕴着精密逻辑性的美文式批评语言，兼具西方文评的思辨品格与中国古代文评的感悟品格，树立起现代文学批评语言的典范。"[1]这是对朱自清文学批评中肯的评价，但朱自清对理论的兴趣又使其文学批评与李健吾等人的批评有所不同。

1940年代，中国现代文学批评在两次战争的大背景下发生了巨大的变化，其突出之处就在于文学批评的实用性得到了加强。在这一阶段，马克思主义文艺理论得到深入发展，《在延安文艺座谈会的讲话》又确立了解放区的文艺方向，政治性的文学批评逐渐取得了主流地位。周扬、何其芳、胡风、邵荃麟等人是政治性文学批评的代表，这类批评实用性重于审美性，理论色彩大于感悟色彩。李广田、唐湜等人的文学批评却具有现代感悟批评的余韵。李广田此时的文学批评实践获得了丰收，有《诗的艺术》《文学枝叶》《创作论》《文艺书简》等著作。他原是京派作家，这一阶段他告别了京派，时代潮流使他走上了马克思主义文学批评，但在《诗的艺术》中仍然保留着现代感悟批评的特色。袁可嘉和唐湜是"九叶"诗人中两位出色的理论家和批

---

〔1〕卜召林主编：《中国现代新文学批评研究》，济南：山东大学出版社，2003年版，第179页。

评家,他们与京派颇有渊源,袁可嘉在沈从文、朱光潜、杨振声等人的鼓励下开始新诗评论的写作,唐湜的文学批评受到李健吾的青睐而得以在《文艺复兴》杂志上发表。当然,他们所受影响是多方面的,京派影响只是其中之一。袁可嘉信奉京派批评的某些观念,又广泛地吸收西方现代派的理论,在批评中就表现出鲜明的理性色彩,因此,他的文学批评更重理论的建设,而少印象感悟的批评实践。唐湜则深为李健吾文学批评的魅力所折服而在文学批评实践中追随李健吾,他在1950年出版的《意度集》可以说是现代感悟批评在文学批评走向"一体化"时代的无声谢幕。

1950年代到1970年代,中国的文学批评达到了空前的"一体化",也就是政治性批评一统天下,现代感悟批评和其他批评很难找到生存空间。曾经为现代感悟批评的发展作出巨大贡献的李健吾主要从事法国文学研究和戏剧研究,其文章再也没有当年的风采了;沈从文改行研究文物;李长之则研究古典文学并疲于为其《鲁迅批判》作着各种各样难于令任何一方满意的辩护。这三十年内,现代感悟批评处于蛰伏期。

20世纪最后二十年,中国的文学批评在总体上是"追赶"西方理论,力图"与世界接轨",很多人都忙于补课和贩卖新潮,因此潮流迭起,思想与方法五花八门且"各领风骚三五天"。在这众声喧哗之中,也有些批评家身体力行感悟式的批评,对枯燥的卖弄或说教的批评进行反拨,虽然还没有形成较大影响,但也许能够促进现代感悟批评在新世纪的发展。

通过对中国现代文学批评史的简要回顾,可以看出,现代感悟批评在王国维那里播下了种子,在周作人那里发芽,在李健吾、沈从文、李长之等人那里开花结果,且余韵悠长。现代感悟批评是中国现代文学批评中的一种独特形态,大部分中国现代文学批评家都或多或少作过此类批评。李健吾等人的此类批评较多,可以看作现代感悟批评的代表批评家。

现代感悟批评并非基于某种理论体系,因此对其的研究也不能局限于某一理论体系,也很难为现代感悟批评构建一种体系。批评的体系化是人们的一种渴望,渴望确立一个理论体系或批评体系,以此来把握文学,甚至希冀其成为一种万能的手术刀,可以解剖一切文学作品。我们需要批评成为体系,正如我们喜欢对文学作品进行分类整理和评价一样,这有助于我们对文学的把握,但是我们不需要万能的体系,那只能使得理论和批评本身更加灰色,离常青的生命之树和无限丰富的文学作品越来越远。因此,我们将在描述中探寻现代感悟批评的特征,以此在被科学化的术语弄得支离破碎和狭窄晦涩的文学批评语境中探讨文学批评作为一种审美批评的重建与发展的可能性。

第一章　感悟批评的现代转型

　　王国维是一位文化巨人,他在三十年的学术生涯中广泛涉足哲学、美学、史学、文学、考古学、经学、小学、文字音韵学、敦煌学、历史地理学、图书馆学、编辑学、教育学、心理学、档案学等众多领域:在所有这些方面,王国维都有突出成就或开创之功。王国维称赞戴震"学问才力,固自横绝一世"[1];这也可以用来称赞王国维的学术贡献。

　　19世纪末20世纪初,中国文学批评出现了新的气象,开始转型而步入现代的轨道。当时的代表性批评家梁启超、王国维等人虽然没有摆脱古代文学批评的羁绊,但受西方文化学术思想的影响,他们的文学批评在思想观念、批评方法与话语方式上都有着明显区别于古代文学批评的新质而成为现代文学批评的先声。王国维的文学批评标志感悟批评从古代向现代的转型。

　　王国维(1877～1927)的生活和思想大致可以分作四个时期。第一个时期从1877年出生到1894年,在家乡接受传统教育,并于1892年16岁时考中了秀才,被誉为"海宁四才子"之一。但他对科举之路

---

　　〔1〕姚淦铭、王燕编:《王国维文集》,第四卷,北京:中国文史出版社,1997年版,第207页。

17

用力不专,而对学术兴趣浓厚。第二个时期从 1894 年到 1911 年,先到上海任《时务报》的书记,入"东文学社"学习,后到日本留学,主编过《教育世界》杂志,并为杂志撰稿。这一时期他学习了康德、叔本华等西方哲学家的思想,力图用新的思想来研究中国文化,并在文学创作和文学批评上作出了划时代的贡献。第三个时期从 1911 年到 1923 年,王国维寓居日本,后居住在上海,这一段时期他全力研究中国古代文化,取得了丰硕的成果。第四个时期从 1924 年到 1927 年,王国维到北京当了退位皇帝溥仪的文学侍从,后又担任了清华大学国学院导师,在其人生的顶峰而遽然坠湖自杀。

王国维虽出身小康之家,但累遭家庭变故,生活困顿;他体弱多病,性情忧郁,既感情强烈,又善作理性之思考,因而常常陷入矛盾困苦之中。王国维生活的年代,是民族屡遭屈辱、国家动荡不安的时代,他常怀忧国忧民之心。王国维的文学批评充满了对国家、民族及个体自身苦难的深刻体验与真切感悟,因而,他的文学批评大都带有直观感悟的色彩。在文学批评领域,古代文学批评史一般将王国维当作最后一位批评家来看待,现代文学批评史则往往把他放在最初来论述。事实上,王国维的文学批评象征着一个时代的终结,同时又代表着另一个时代的开始。

在文学批评上使王国维得以处在一个伟大临界位置的是其《人间词话》(1908 至 1909 年)。"要理解 20 世纪中国文论的发展,不能不首先理解《人间词活》;要确立中国文论在跨文化交流的世界文论格局中的地位,也不能不总结《人间词话》所内蕴的现代性经验;要确定 21 世纪中国文论的发展方向,还是不能不首先审视《人间词话》所提供的可能途径。它所映照的中国现代文论的发展之路,是那么的光明,又是那么的艰难,其中包含的经验、模式、转型、创新、继承、困惑、不足、交融、拒斥等等,无一不是创建新的中国现代文论的重要构

成内容。"〔1〕《人间词话》的重要意义由此可见一斑。然而，王国维在
文学批评上的总结与开创之功并不止于《人间词话》，还有《〈红楼梦〉
评论》（1904 年）和一些散论，我们只有尽量从总体上来考察王国维
的文学批评，才能寻觅到感悟批评从古代向现代转型的踪迹。

第一节　《〈红楼梦〉评论》：分析与感悟的交织

　　《〈红楼梦〉评论》是王国维在学习康德和叔本华的哲学之后，用
西方的思想资源来解读中国文学作品的一次伟大的尝试。该文发表
于 1904 年 6 月至 8 月《教育世界》杂志第 8、9、10、12、13 期上，次年
收入《静庵文集》。与古代诗文评的短小、散乱和不讲究严密的逻辑
相比，《〈红楼梦〉评论》在当时是篇幅很长、且有系统性和逻辑性的一
篇文学批评。

　　王国维写作《〈红楼梦〉评论》之前，中国连续遭受了甲午海战和
庚子事变的屈辱，戊戌变法也以失败告终。国家与民族的多灾多难
使王国维常怀忧国忧民之心。自鸦片战争以来，中国一直在努力学
习西方，先从洋务开始，希冀以坚船利炮来应对西方列强，但甲午海
战失利，中国从器物上学习西方遇到挫折。戊戌变法欲从制度改革
来激活古老中国，则是学习西方先进的政治制度，但也以失败告终。
自此觉醒的国人认为必须学习西方的文化，从文化根本上来改变中
国。王国维就是在这样的大环境中走上求学与治学之路的，他说：

---

〔1〕王国维著，刘锋杰、章池集注：《人间词话百年解评》，合肥：黄山书社，2002 年
版，《前言》第 8 页。

"未几而有甲午之役,始知世尚有所谓学者"[1],可见他的治学从一开始就与国家和民族的多难命运联系在一起。王国维在三十《自序(一)》中说自己"体素羸弱,性复忧郁,人生之问题,日往复于吾前"[2];他欲通过求学与治学来解决人生问题。对于王国维的性格,叶嘉莹认为是"知"与"情"兼胜。也就是说,王国维感情强烈,同时又善作理性之思考,这就常常使其陷入矛盾困苦之中。王国维在学习西方哲学之际由于国家、民族和个体自身的苦难,很快放下了康德而接受了叔本华的悲观哲学。这样,当王国维在中国第一次运用叔本华哲学与美学思想来阐释《红楼梦》时,就突破了此前《红楼梦》研究中的局限,同时又在表现形态上与中国古代文学批评相去甚远,因此,《〈红楼梦〉评论》不仅开创了《红楼梦》研究的新时代,也开创了中国文学批评的新时代。

《〈红楼梦〉评论》由五章组成,结构完整,自成体系。王国维虽然深受叔本华哲学的影响而确立了自己的人生观,但文章却从老子与庄子的人生观谈起,强调忧患、劳苦与人生紧密相伴,究其本质,"欲"而已矣。叔本华认为人有各种各样的欲望,要满足这些欲望必然会有所追求,追求的结果无非两种:一是欲望得不到满足,必然会产生痛苦;二是欲望得到满足,但可能会产生新的欲望,即所谓"欲壑难填",使人生永远处于痛苦之中,还可能因欲望得到满足后"厌倦"而产生新痛苦,因此,人生就是痛苦。王国维在《〈红楼梦〉评论》中论述人生之本质从语气到结论都与叔本华是极为相似的:

> 欲之为性无厌,而其原生于不足。不足之状态,苦痛是也。

---

[1] 姚淦铭、王燕编:《王国维文集》,第三卷,北京:中国文史出版社,1997年版,第470页。

[2] 同上书,第471页。

既偿一欲，则此欲以终。然欲之被偿者一，而不偿者什百。一欲
既终，他欲随之。故究竟之慰藉，终不可得也，即使吾人之欲悉
偿，而更无所欲之对象，倦厌之情即起而乘之。于是吾人自己之
生活，若负之而不胜其重。故人生者，如钟表之摆，实往复于苦
痛与倦厌之间者也，夫倦厌固可视为苦痛之一种。有能除去此
二者，吾人谓之曰快乐，然当其求快乐也，吾人于固有之苦痛外，
又不得不加以努力，而努力亦苦痛之一也。且快乐之后，其感苦
痛也弥深。故苦痛而无回复之快乐者有之矣，未有快乐而不先
之或继之以苦痛者也。又此苦痛与世界之文化俱增，而不由之
而减。何则？文化愈进，其知识弥广，其所欲弥多，又其感苦痛
亦弥甚故也。然则人生之所欲，既无以逾于生活，而生活之性质
又不外乎苦痛，故欲与生活、与苦痛，三者一而已矣。[1]

欲望、生活、痛苦，三位一体，这就是王国维根据叔本华哲学而确立的
人生观。面对这样的人生，必须忘却生活之欲以寻求解脱之道，王国
维将之寄托在"美术"（艺术/美学）之上，他辨别了优美与壮美，认为
此二者皆使人离却生活之欲而入于纯粹之知识，同时又有与此二者
相反之眩惑使人复归于生活之欲。通过对人生与"美术"的概述，王
国维为评论《红楼梦》确立了自己的理论依据，即通过"美术"来忘却
生活之欲寻求解脱之道。

　　王国维在《〈红楼梦〉评论》中论述了《红楼梦》的精神在于写贾宝
玉由"欲"所产生的痛苦及其解脱之道。他仍然先谈生活之欲，并以
《红楼梦》第一回关于贾宝玉来历的叙述来证明"生活之欲先于人生
而存在，而人生不过此欲之发现也"。在生活之欲中，王国维重在探

---

〔1〕姚淦铭、王燕编：《王国维文集》，第一卷，北京：中国文史出版社，1997年版，第2
页。

讨男女之欲,而这在《红楼梦》的描写中占了很大比重。王国维指出,两千年中在哲学上研究男女之欲的只有叔本华的《男女之爱之形而上学》(今译《性爱的形而上学》)。叔本华认为除生命之外,性爱是"所有的冲动中力量最强大、活动最旺盛的,它占据人类黄金时代(青年期)一半的思想和精力,它也是人们努力一生的终极目标"。[1]但叔本华将性爱归结为传宗接代的"种族生存意志",而否定了其精神需求。王国维却认为男女之欲强于和优于饮食之欲,因为前者具有形而上的品质。在王国维看来,《红楼梦》展示了生活之欲与痛苦,而痛苦主要来自于男女之欲,且为"自造",因此,要解脱痛苦也得求诸自身。王国维认为解脱之道在于出世而不是自杀。在解脱中,又有两种情况,一是观他人之痛苦,如惜春、紫鹃;一是觉自己之痛苦,如贾宝玉。王国维认为前者的解脱是超自然的、神秘的、带有宗教色彩且是平淡的,而后者的解脱是自然的、人类的、带有艺术色彩且是悲剧的。王国维还将《红楼梦》与歌德的《浮士德》加以比较,认为浮士德的痛苦是天才的痛苦,而贾宝玉的痛苦是所有人的痛苦,故《红楼梦》因其深刻地展示了人生之欲与痛苦及其解脱之道而是一部伟大的杰作。

　　道出了《红楼梦》的精神,只是发掘了它的思想内涵,王国维进一步论述了它在艺术上的卓越成就。王国维指出,中国文学大多都是乐天主义和团圆主义,仅《桃花扇》和《红楼梦》具有厌世解脱之精神。在此之前,梁启超扬《桃花扇》而抑《红楼梦》,王国维却相反,因为他认为前者的解脱是他律的,而后者的解脱是自律的,前者是政治的、国民的、历史的,而后者是哲学的、宇宙的、文学的。依据叔本华的悲剧哲学,王国维论证了《红楼梦》表现人生固有的最大之不幸,是悲剧中的悲剧:这正是它在艺术上的价值。王国维认为《红楼梦》的悲剧

---

〔1〕［德］叔本华:《叔本华论文集》,天津:百花文艺出版社,1987年版,第126页。

多表现为壮美,可以感发人的"恐惧与悲悯"之情,而使"人之精神于焉洗涤",于是又将《红楼梦》的艺术价值与其伦理学价值联系在一起。

王国维认为《红楼梦》的伦理学上的价值在于示痛苦之解脱。伦理求善,美学求美,叔本华悲剧美学本身与伦理学是有联系的,王国维在评论《红楼梦》时也是如此。王国维虽然在一定程度上认可普通的伦理道德,但他认为《红楼梦》的价值在于反抗普通的人伦道德而自求解脱,因此他把解脱当作伦理学上的最高理想。这本是难以证明的,因而王国维先以世界归结为"无"则可以"使吾人自空乏与满足,希望与恐怖之中出,而获永远息肩之所"来论之。继而,他以"美术"使人离生活之欲,世界各大宗教皆以解脱为唯一宗旨,且哲学家也以解脱为最高理想来证之。然而,在引用了大段叔本华的话之后,王国维得出的结论却自存疑问:"解脱之足以为伦理学上最高之理想与否,实存于解脱之可能与否。"[1]当然,他认为《红楼梦》达到了解脱的目标,因此,应对这一"宇宙之大著述""企踵而欢迎"。

《〈红楼梦〉评论》一文的写作处于中国文学批评从古代到现代的过渡期,同时又是王国维接受西方哲学后系统解读中国文学作品的第一次尝试,其优点与缺点是并存的。李长之认为《〈红楼梦〉评论》有组织、有系统,有叔本华哲学的根据,有高出常人的眼光,并在理智的分析中流露出情绪,因而"他的价值已很明显。我觉得他能够认识纯文学的价值,是高出于前人的;在知识一方面,他的悲剧观念,是高于在他二十年后的胡适的,胡适只知道《红楼梦》没叙团圆,便是悲剧罢了,多一点是茫然的;他的鉴赏力,也是高于在他二十年后的俞平伯的,俞平伯竟能说后四十回的《红楼梦》不及前半,王国维却是真能

---

[1] 姚淦铭、王燕编:《王国维文集》,第一卷,第18页。

尝出滋味来的,他认识九十六回的价值"〔1〕。叶嘉莹则将《〈红楼梦〉评论》的长处归结为三:第一,以哲学与美学为批评之理论基础,表现了作者睿智过人的眼光;第二,批评体系的建立;第三,为胡适及俞平伯的《红楼梦》研究指明了途径。〔2〕刘烜认为王国维写《〈红楼梦〉评论》选择了现代意义上的文学论文的写法,并有两点经验值得注意:"一是突出主要概念的创造:悲剧、美、人生。二是从中西对比、古今对比中将讨论的范围确定起来,这样就易于理解。"〔3〕

李长之等人指出了《〈红楼梦〉评论》的优点;正是这些不同于古代文学批评的优点,使该文成为中国文学批评的现代起点之一。在此应强调三点:第一,《〈红楼梦〉评论》不同于古代文学批评的诗文评,它所体现出来的逻辑性、系统性和理论性是文学批评现代化的趋势之一,因而其开创性是显而易见的,这种开创精神在如今的文学批评中非常缺乏而尤为珍贵和值得借鉴。第二,《〈红楼梦〉评论》借用西方哲学和美学思想来解读中国文学作品,有其理论依据,因而具有文学论文科学化的倾向,但它能紧密结合作品而作出审美批评,与同时期梁启超文学批评的政治功用性完全不同,所以更接近文学本身,这对今天渐渐远离作品本身的文学批评无疑是一剂良药。第三,《〈红楼梦〉评论》在创造文学批评新文体上的经验必须重视,我们在文学批评中运用的理论无论是西方的还是古代的,都必须做到通俗易懂,不能以玩弄理论或术语而故作高深。

《〈红楼梦〉评论》是现代中国文学批评科学化的开始,它在两个方面与古代文学批评有着显著的不同。首先,《〈红楼梦〉评论》注重

---

〔1〕李长之:《李长之文集》,第七卷,石家庄:河北教育出版社,2006年版,第212页。

〔2〕叶嘉莹:《王国维及其文学批评》,北京:北京大学出版社,2008年版,第150~151页。

〔3〕刘烜:《王国维评传》,南昌:百花洲文艺出版社,1997年版,第68~69页。

运用概念和进行推理。古代文学批评大多是印象的、跳跃的，不用概念和推理；在《〈红楼梦〉评论》中，有"悲剧""美""人生"等一些重要概念，它的主要论点或结论不是直接得出的，而是通过较为严密的逻辑推理一步一步得出的。其次，《〈红楼梦〉评论》有较强的理论性与系统性。古代文学批评较为缺少理论依据，也缺乏系统性。《〈红楼梦〉评论》以叔本华哲学和康德美学为理论基础，呈现出较为鲜明的理论色彩，且结构完整、有较强的系统性。这两个方面决定了《〈红楼梦〉评论》是科学化的，这是其明显区别古代文学批评的地方。

《〈红楼梦〉评论》的缺点也非常明显。李长之不同意王国维对人生问题、艺术问题的看法，并称其运用叔本华哲学为"硬扣"，他认为王国维的态度不对，方法不对，因而批评也不对，王国维上了作品字面之当更上了叔本华的当。[1]叶嘉莹指出，王国维第一个最明显的错误在于完全以"生活之欲"之"痛苦"与"示人以解脱之道"作为批评《红楼梦》的依据，甚至对"宝玉"之名加以附会说"所谓玉者不过生活之欲之代表而已"，这与作品本身有许多矛盾不合之处，如作品中还有其他姓名里含"玉"之人物，王国维并未一一细究，显然牵强。叶嘉莹认为《〈红楼梦〉评论》第二个明显的错误在于其立论与《红楼梦》原书的主旨也有许多不尽相合之处，如《红楼梦》的真正价值绝不是仅在于王国维所说的"示人以解脱之道"。再次，王国维所依据叔本华之学说本身就有矛盾之处，因而他在运用时不能自圆其说。[2]从李长之与叶嘉莹的分析可以看出，《〈红楼梦〉评论》一文根本的缺点就在于完全运用叔本华哲学和美学思想来解读《红楼梦》，因而立论有错误，论证也有牵强附会之处。

优点与缺点共存，是因为《〈红楼梦〉评论》交织着逻辑分析与直

---

〔1〕李长之：《李长之文集》，第七卷，第213～214页。
〔2〕叶嘉莹：《王国维及其文学批评》，第152～155页。

观感悟的矛盾,王国维在运用理论和概念进行逻辑分析时难于掩盖他对艺术与人生的直观感悟。哲学一般注重理性思维与推理,叔本华哲学也是如此,然而,叔本华哲学是非理性的直觉主义,它表面的理性与内在的直觉之间存在着一定的矛盾。《〈红楼梦〉评论》运用叔本华哲学和美学思想来解读《红楼梦》,因而存在着理论运用与直观感悟的矛盾。《〈红楼梦〉评论》中的一些观点,看似由叔本华哲学推论而得,是理论的证明,然而它更多地来自王国维对生命苦难的真切体验与感悟,它表面是概念与推理的,内在却是直观感悟的。

王国维与叔本华有着一些相似的苦难经历,因此他在运用叔本华的理论解读《红楼梦》时更多地包含着自己对人生苦难的体验,对国家、民族衰落的忧患和对国民盲目乐观的感慨。曹雪芹在书中称自己创作《红楼梦》是“满纸荒唐言,一把辛酸泪”,在某种程度上,亦可将此加在王国维的《〈红楼梦〉评论》上。也就是说,王国维在解读《红楼梦》时虽然有缺点与错误,但能够借他人之酒杯,浇自己心中之块垒,这比如今一些玩弄理论游戏却缺乏切身体验与感悟的文学批评要高明得多。当然,正因为王国维在评论时更多地注入了自己对苦难的体验与感悟,更多地注入了自己的情感与情绪,他才未能出而观之,即所谓“不识庐山真面目,只缘生在此山中”,其缺点也在所难免。王国维自己也在《〈红楼梦〉评论》中对叔本华的哲学提出了疑问,后又在《静安文集·自序》说:“去夏所作《红楼梦评论》,其立论虽全在叔氏之立脚地,然于第四章内已提出绝大之疑问。旋悟叔氏之说,半出于其主观的气质,而无关于客观的知识。”[1]正是意识到了叔本华哲学的矛盾和《〈红楼梦〉评论》的不足,王国维才在《人间词话》中回归到古代文学批评,但这已不是简单的回归了。

〔1〕姚淦铭、王燕编:《王国维文集》,第三卷,第469页。

第二节 《人间词话》：感悟批评的转型

　　从《〈红楼梦〉评论》到《人间词话》，王国维的文学批评发生了巨大的转变，前者是现代中国文学批评科学化的开始，它是概念与推理的，而后者则是直观感悟与艺术化的。王国维文学批评的这一转变，与他的性情、兴趣及生命体验有着极大的关系，也就是说，个体的生命体验与感悟决定了王国维文学批评的转向，这是一个艰难的过程。《人间词话》采用语录体形式来评词论词且分条记之，在形式上，它与古代的诗话、词话没有多大的差异。古代的诗话、词话大多没有统帅全篇的理论基石，没有严密的内在逻辑性，也缺乏系统性，但《人间词话》六十四则的编排顺序有一种系统化的追求，其内在逻辑的严密使其有着完整的结构。在《人间词话》中，王国维对文学作品及对自身生命的体验与感悟是现代的，而且还有着西方近现代哲学与美学思想基础，这就决定了《人间词话》在精神本质上是现代的而不是古代的。

　　杨义指出："《人间词话》作为20世纪初中国文论现代性转型的标本，成了被谈论和被研究得最多的一部近代文论著作。它所揭示出的'境界说'把握了中国传统诗性智慧的一个关键，并且用西方理论进行某种程度的展开，同时贯注于其间的感悟思维没有结合充分的理性予以展开和解释，其间存在着相当多的难以明白理解之处，存在着多义性。感悟于理的不明晰处和于情的多诱惑处，如兼葭伊人、洛水妙魂，这就带来了值得后世反复追寻研究的可能和趣味。王国维写《人间词话》，在某种意义上，是以写诗词的情怀和趣味来写文学理论书的。此书之成为'伟大的未完成'，也是他内心矛盾和苦闷的折射。"[1]《人间词话》是感悟批评,继承了古代感悟批评传统又运用西方理论加以改造,从而成为感悟批评从古代向现代转型的"未完成"之作。

王国维在30岁时写的《自序(二)》中说:"哲学上之说,大都可爱者不可信,可信者不可爱。余知真理,而余又爱其谬误。……知其可信而不能爱,觉其可爱而不能信,此近二三年中最大之烦闷,而近日之嗜好所以渐由哲学而移于文学,而欲于其中求直接之慰藉者也。要之,余之性质,欲为哲学家则感情苦多,而知力苦寡;欲为诗人,则又苦感情寡而理性多。诗歌乎?哲学乎?他日以何者终吾身,所不敢知,抑在二者之间乎?"[2]王国维治学从哲学转到文学,是因陷于可信与可爱的矛盾之中而欲求一己之慰藉,这跟他个人的性情、兴趣与生命体验有着极大的关系。纵观王国维的学术生涯,从接受传统教育到醉心新学,从哲学到文学,从词到戏曲,再到考证、历史等诸多领域,其转变很是频繁。究其原因,论者认为叶嘉莹和潘知常两人的分析是非常到位的。叶嘉莹认为王国维"既关心世变,又不能真正涉身世务以求为世用,于是乃退而为学术之研究,以求一己之安慰及对人生困惑之解答;而在一己之学术研究中,却又不能果然忘情于世事,于是乃又对于学术之研究,寄以有裨于世乱的理想。这种矛盾的表现,以及对这种双重追求的努力,乃是静安先生学术研究途径之转变中,最值得注意的一点特色"。叶嘉莹还指出:"辛亥革命的激变,以及革命后的失败混乱的现象,却使静安先生以其过人之锐感及其过人的反省之能力,很快就发现了盲目去接纳一种新文化的未蒙其利而先受其害的种种流弊。"[3]潘知常则认为:"在中国,个人的生命

[1] 杨义:《感悟通论》,北京:人民出版社,2008年版,第109页。
[2] 姚淦铭、王燕编:《王国维文集》,第三卷,第473页。
[3] 叶嘉莹:《王国维及其文学批评》,第29～30、85页。

体验或许可以借助西方美学的启示一蹴而就,但是内在的思维机制却必须通过坚韧的努力逐步完成。十分遗憾,在这个方面,王国维缺乏清醒的意识,既没有逻辑根据(手段)方面的转换,也没有终极指向(目标)方面的确立,最终只能中途而返,在作为'纯粹知识'的古史考据之中安身立命,谋求自我解脱。"[1]叶嘉莹和潘知常都是在探讨王国维的学术研究从一个领域转向另一个领域的原因,他们找出的原因同样可以用到王国维在文学批评领域内从《〈红楼梦〉评论》到《人间词话》的转向。

在《〈红楼梦〉评论》里,王国维大谈而特谈解脱之道,其实他是在《红楼梦》和叔本华的哲学与美学思想中寻求痛苦之解脱,即言他人之痛苦与解脱而达到自身的解脱,整篇文章就像是他的夫子自道,因为他对痛苦有着切身的体验。但实际上,王国维在言他人痛苦及其解脱时并未使自己得到解脱,反而堕入了他所说的"眩惑"状态。上文所谈到的《〈红楼梦〉评论》一文的缺点,王国维自己也可能已经发现了,因为他已经意识到了叔本华学说的矛盾。可以说,从《〈红楼梦〉评论》完成之后到《人间词话》的创作这段时间内,王国维极有可能已经发现了盲目接受一种新文化的未蒙其利而先受其害的流弊,虽然他自己并不是盲目的,但也引起了消化不良的症状。这是王国维在文学批评领域内从运用西学回归到中国传统的原因之一。

王国维在《论新学语之输入》一文中对中国人与西洋人的特质有着较为准确的区分:"我国人之特质,实际的也,通俗的也;西洋人之特质,思辨的也,科学的也,长于抽象而精于分类,对世界一切有形无形之事物,无往而不用综括及分析之二法,故言语之多,自然在之理也。吾国人之所长,宁在于实践之方面,而于理论之方面则以具体的

---

〔1〕潘知常:《王国维:独上高楼》,北京:文津出版社,2004 年版,第 162～163 页。

知识为满足,至分类之事,则除迫于实际之需要外,殆不欲穷究之也。"[1]简言之,中国人长于具象思维,西方人长于抽象思维。王国维对此有着清醒的认识,虽然他在治西方哲学后增强了抽象思维与思辨能力,但因从小所受教育为传统的,他不能完全改变自己的思维方式,两种思维方式在他身上纠缠在一起,正如他自己所说的"欲为哲学家则感情苦多,而知力苦寡;欲为诗人,则又苦感情寡而理性多"一样,这就更增加了他的矛盾与痛苦。为了解脱这种痛苦而获得一己慰藉,他从哲学转向了文学,从抽象思维回到了具象思维。这是王国维从现代文学批评回到古代文学批评的原因之二。

我们分析了王国维从《〈红楼梦〉评论》的现代批评回到《人间词话》的古代批评的原因,但不能因此就把《人间词话》完全当作古代文学批评,我们所说的"回归"不是简单的"回归",而仅从其文体形式这一个层面称之为回归。在创作《人间词话》时,王国维已经有了多方面的准备,一是他研究了西方的哲学与美学,二是他创作了《人间词话》,三是他研究了戏曲史和词史,在这些准备中,西方哲学与美学无疑是非常重要的。也就是说,王国维《人间词话》的创作是深受西方哲学与美学思想的影响,这在某种程度上是从古代走向现代的标志之一,因此,从其本质来看,应把它当作现代批评而不是古代批评。

《人间词话》于 1908 年至 1909 年在《国粹学报》上分三期连载,共六十四则,这是王国维手定本,称为定稿。后来又从王国维的原稿上发现四十九则未刊稿,被称为删稿;又有各家所录王国维论词之语二十九则,这被称为附录;姚柯夫在《人间词话及评论汇编》中又从滕咸惠的《人间词话新注》中补录得王国维论词十三则,称之为拾遗。如今《人间词话》的编辑出版往往都把定稿、删稿、附录和拾遗放在一

---

〔1〕姚淦铭、王燕编:《王国维文集》,第三卷,第40页。

块，我们以《人间词话》定稿六十四则为主进行论述，兼顾其他。

王国维在《人间词话》中采用语录体形式来评词论词且分条记之，表面看来与其他诗话、词话没有多大的差异。大多诗话、词话往往没有统帅全篇的理论基石，没有严密的内在逻辑性，也缺乏系统性，但《人间词话》六十四则的编排顺序却有一种系统化的追求，其内在逻辑的严密使其有着完整的结构。这六十四则词话可以分作三部分：第一则至第九则为全篇的理论纲领，此为立论部分；第十则至第五十二则是作家作品论，其范围从唐代的李太白至清代的纳兰性德，此为论证部分；第五十三则至六十四则论词的发展，为全篇之结论部分。

《人间词话》在开篇即提出："词以境界为最上。有境界则自成高格，自有名句。五代北宋之词所以独绝者在此。"[1]"境界"就是王国维的评词之标准，整部《人间词话》几乎都在谈"境界"。第二则至第八则是对"境界"一词的解释、说明和补充，王国维认为"境界"有"造境"与"写境"、"有我之境"与"无我之镜"之分，且"境界"不仅包括景物亦包括内心情感，也不分大小优劣。第九则为"境界"之说的总结，认为"沧浪所谓兴趣，阮亭所谓神韵，犹不过道其面目；不若鄙人拈出'境界'二字，为探其本也"。[2] 从第二则至第九则对"境界"一词解释、说明和补充来看，王国维并未对其明确定义，其后各则词话也没有补充的界定，因此何为"境界"就成为后人争论不休的话题。现略举数例：李长之认为境界就是作品的世界；顾随以"人生"二字来代境界"；刘任萍认为"境界"之含义，实合"意"与"境"二者而成；李泽厚认为"意境"比"境界"更为准确，并将其与"典型环境中的典型性格"并论；佛雏也把"境界"等作"意境"，即通过为外物所一刹兴起

---

〔1〕姚淦铭、王燕编：《王国维文集》，第一卷，第141页。
〔2〕同上书，第143页。

的抒情诗人的某种具体的典型感受,凝为"外景"或"心画",反映出生活的某一本质方面或某一侧面的一种单纯的、有机的、富于个性特征的艺术结构;王攸欣则将"境界"定义为叔本华理念在文学作品中的真切对应物。[1]

从这些对"境界"一词的解释来看,大多以"意境"代之,强调情景交融、虚实相生,朱光潜和宗白华的观点也与此相似。我们认为,离开了《人间词话》这一具体语境,任何对"境界"的解释都可能与王国维的本意有所出入,但王国维的本意他又未加以说明;同时,我们又认为"境界"是一个直观性的术语,对其的理解在很大程度上靠"悟",而无法用逻辑性的语言将其完全说清楚。因此,对于我们来说,纠缠于"境界"一词的确切含义可能是舍本求末,重要的是要弄清词或文学作品何以才能有"境界"? 王国维的"境界"说形成的渊源是什么,它何以能确定《人间词话》是感悟批评从古代向现代的转型?

关于第一个问题,叶嘉莹认为:"一个作者必须首先对其所写之对象能具有真切的体认和感受,又须具有将此种感受鲜明真切地予以表达之能力,然后才算是具备了可以成为一篇好作品的基本条件",[2]也就是说这就具备了有"境界"的基本条件。潘知常认为"境界"的美学内涵包括三个方面:

> 首先,"境界"是一个描述性的范畴,这个世界是由作者的能感之、作者的能写之、读者的能赏之构成的第三进向的世界,它意味着抒情类作品必须有境界,这个境界不在审美活动之前,也不在审美活动之外,而就在审美活动之中;其次,"境界"是一个评价性的范畴,这个由作者的能感之、作者的能写之、读者的能

---

[1] 参见王国维著,刘锋杰、章池集注:《人间词话百年解评》,第2～11页。
[2] 叶嘉莹:《王国维及其文学批评》,第182页。

赏之所建构的第三进向的世界必须是一个自由的世界,所以王国维才说,抒情类作品"以境界为最上",有境界的作品才为"高格"、"名句";最后,"境界"是一个特定性的范畴,要建构这个第三进向的自由世界,必须是在作者能真实地感之,在作品能真实地写之、在读者能真实地赏之的基础之上。所以王国维才说,"境界""所以独绝者在此"。[1]

叶嘉莹和潘知常都强调能感之、能写之、能赏之是文学作品有"境界"的基本条件,且他们都准确地把握住了"境界"之"真",亦即王国维所说的"故能写真景物真感情者谓之有境界,否则谓之无境界也"。这里的"真",也就是"本",因此王国维才说兴趣、神韵是"道其面目",而"境界"才是"探其本"。但是,"真"或"本"何以能感之、能写之、能赏之?作者对世界的感受和认知靠科学知识?对世界的描绘靠理性思维?读者对作品的欣赏靠理性分析?否也。感之、写之、赏之都靠的是直观感悟与体验。由此我们来看看"境界"说的渊源。

"境界"一词源于佛教,这在佛教的许多经书里面都能看到,其主要含义则可通过慧能讲法窥见一斑。慧能临终向弟子传授三科法门阴、界、入,阴则色、受、想、行、识五阴,界则六尘、六门、六识十八界,入则外六尘、中六门。六尘即六境,包括色、声、香、味、触、法;六门即六根,包括眼、耳、鼻、舌、身、意;六尘对六门就产生六识,即眼识、耳识、鼻识、舌识、身识、意识。这就是十八界,也就是产生境界的界域。六门(六根)是人的五种感官和意识,其对六尘的反映为六识,这被称之为"境界",实际上主要是指人的感觉或感受。佛教渡己渡众生都要求"空",而境界乃与此相反,它易使人有念想,尤其是妄念,因此佛

---

[1] 潘知常:《王国维独上高楼》,第127页。

教大体上对"境界"是持批判和反对的态度。所以慧能《坛经》提出了"于一切境上不染""于自念上离境"。然而在佛教里,又有凡夫境界、菩萨境界与佛境界等不同层次,从低级境界到高级境界依靠悟断,这是一个不断觉悟和人格上升的过程。[1] 遁入空门或曰解脱,就是依靠自身的觉悟而心无尘念以提升人格,从凡夫境界达到菩萨境界和佛境界。

王国维的"境界"源于佛教,它与其本初意义也有一些相同之处。首先,王国维的"境界"包含着佛教里"境界"重感受和经验的一面,他在《人间词话》第六则里写道:"境非独谓景物也,喜怒哀乐,亦人心中之一境界"[2],这就是强调诗人或作家对宇宙人生要能感之,还要"能写真景物真感情"才算有"境界"。第六十则说:"诗人对宇宙人生须入乎其内又须出乎其外。入乎其内,故能写之;出乎其外,故能观之。入乎其内,故有生气;出乎其外,故有高致。"[3]这里的"入乎其内"就是强调诗人或作家的感受能力,能感之,才能写之。其次,王国维的"境界"也与佛教里的"境界"一样,都强调人格的提升,故《人间词话》第二十六则说:"古今之成大事业、大学问者,必经过三种之境界:'昨夜西风凋碧树。独上高楼,望尽天涯路。'此第一境也。'衣带渐宽终不悔,为伊消得人憔悴。'此第二境也。'众里寻他千百度,回头蓦见(当作'蓦然回首'),那人正(当作'却')在,灯火阑珊处。'此第三境也。"[4]刘烜将这三种境界概括为树立目标、日夜追求、顿悟成功,这其实就是人生境界不断提高,人格不断提升的过程。

---

〔1〕此处关于佛教中"境界"的论述参见张节末:《禅宗美学》,北京:北京大学出版社,2006年版,第192至193页。

〔2〕姚淦铭、王燕编:《王国维文集》,第一卷,第142页。

〔3〕同上书,第155页。

〔4〕同上书,第147页。

再次，王国维的"境界"与佛教里的"境界"都具有解脱之意。在佛教里，从凡夫境界到菩萨境界和佛境界是解脱尘世烦恼的过程，这是由悟及空，也就是通过觉悟来看空宇宙人生。王国维的"境界"实际上他是对自身痛苦尤其是陷入可信与可爱之矛盾而寻找到的一个避风港，由此来获得一己之慰藉与解脱，这是由悟及忘，也就是在审美的感悟中忘却物我之利害关系，忘却痛苦和烦恼而达到暂时的解脱。这三方面都表明了王国维的"境界"与佛教里的"境界"有相同之处，但是我们更应该看到的是二者的不同。在此我们只强调两点：第一，佛教里的"境界"本是一个宗教用语，其最终目标是"空"，而在王国维那里，"境界"是一个美学术语，其终极目标是"美"。第二，佛教里虽然从凡夫境界到菩萨境界和佛境界是一个提升的过程，但它总体上要求去妄念，虽然关注人的心灵却要求心灵的"空"，事实上是漠视人的灵魂的真实存在；而在王国维的"境界"中，审美的忘却不是"空"或"无"，而是充实，它真正地正视着人的灵魂。中国古代美学是缺失人的灵魂这一维度的，因此，在这一点上，王国维以"境界"为核心的美学思想并不是古代美学的集大成，而是中国美学史上的一场"哥白尼式的革命"。

　　虽然王国维从佛教里拈出"境界"二字来作为自己美学与文学批评的核心用语，但他并不是直接受佛教的影响，而是通过叔本华作为中介。在《作为意志和表象的世界》第一版序中，叔本华说："读者如已接受了远古印度智慧的洗礼，并已消化了这种智慧；那么，他也就有了最最好的准备来倾听我要对他讲述的东西了。"[1]这表明，古印度哲学，尤其是佛教哲学是叔本华思想的重要来源之一。在叔本华的书斋里面有两座雕像，一个是释迦牟尼的铜像，一个是康德的半身

―――――――

〔1〕[德]叔本华：《作为意志和表象的世界》，石冲白译，北京：商务印书馆，1982年版，第6页。

雕像,可见,叔本华是非常喜爱佛教的。叔本华将意志当作人和世界的本质,这里的意志,就是欲望,它永远得不到满足,因而人生是痛苦的;这种观念与佛教里将尘世烦恼归因于妄念是相似的。王国维正是在接受叔本华哲学与美学思想之后而到达佛教这一源头的。因此,王国维的"境界"说的直接渊源是叔本华哲学与美学思想。

《〈红楼梦〉评论》中多处提及和引用叔本华,但在《人间词话》中,这种现象几乎没有,这并不表明《人间词话》不受叔本华之影响。王国维将"境界"视为词之标准,而叔本华认为"表出人的理念,这是诗人的职责"〔1〕,故有人将"境界"当作"理念"是有道理的,因为王国维明显受叔本华的影响,所以这两个术语有相似之处。叔本华认为"理念只是自在之物的直接的,因而也是恰如其分的客体性。"〔2〕诗人或作家对"理念"的把握靠直观,并在直观之中"自失"和"吾丧我",这就与王国维"境界"之"无我之境"非常相近。《人间词话》第三则云:"有我之境,以我观物,故物皆著我之色彩。无我之境,以物观物,故不知何者为我,何者为物。"第四则又云:"无我之境,人惟于静中得之。有我之境,于由动之静时得之。"〔3〕"无我之境""有我之境",虽是两种不同之境界,但都必须于"静"中"观"之,实际上也就是达到一种审美的心境,这里的"观",就是直观,王国维显然接受并巧妙地运用着叔本华的思想与方法。由此,可以说王国维"境界"说的理论渊源主要来自叔本华。

我们认为,"境界"是以直观审美为核心的,这是《人间词话》的理论基石和方法论。在《人间词话》的第二部分,即从第十则至第五十二则的批评实践都是直观审美的。第十则、第十四则、第二十四则、

〔1〕［德］叔本华:《作为意志和表象的世界》,第344页。
〔2〕同上书,第244页。
〔3〕姚淦铭、王燕编:《王国维文集》,第一卷,第142页。

第三十二则等评词论词人皆以一二字概之,"气象""句秀""神秀""洒落""悲壮""神""貌""品格"等用语都是印象感悟式的,这里没有周密详尽的论述,也没有严密的逻辑思考,只有直观的概括;同时,直观又达到了精要与准确,这是通过对不同词人及词的比较而得出的。在《人间词话》中,直观感悟与印象比较俯拾即是,此乃其最重要的特点。实践是理论的运用、补充和修正,《人间词话》的第二部分仍然是在谈"境界",并提出了词忌用替代字、隔与不隔的问题。第三十四则主张词忌用替代字,因为"境界"之要就在于作者能感之能写之,能感之则"意足",能写之则"语妙",苟能满足此二条件者,无须替代字则"境界"出。第三十六则和第三十九则论述隔与不隔的问题,实际上也是对"境界"作更进一步的解说,词人或作者只要有真切的感受,且能真切地表达出来,才能不隔,反之则隔,就只能因袭陈言或矫揉造作。

《人间词话》好用简练之语评说作品的风格,同时又注重作者和时代因素对作品的影响。第十六则云:"词人者,不失其赤子之心者也。故生于深宫之中,长于妇人之手,是后主为人君所短处,亦即为词人所长处。"此乃论环境对词人性格之影响进而对作品之影响。第十七则云:"客观之诗人,不可不多阅世。阅世愈深,则材料愈丰富,愈变化,《水浒传》、《红楼梦》之作者是也。主观之诗人,不必多阅世。阅世愈浅,则性情愈真,李后主是也。"[1]这是论词人或作者阅历与性情之关系,同样会对作品产生重要的影响。第四十四则云:"东坡之词旷,稼轩之词豪。无二人之胸襟而学其词,犹东施之效捧心也。"[2]这是以作者的性格来说明其词之风格。第十九则和第四十三则注意到了不同时代作品风格之不同,故论时代因素对作品之影

---

〔1〕姚淦铭、王燕编:《王国维文集》,第一卷,第145页。
〔2〕同上书,第152页。

响;王国维在《人间词话》第三部分对此作了进一步的论述。王国维还以词来论词,使其文学批评充满了形象的比喻,如第十二则云:"'画屏金鹧鸪',飞卿语也,其词品似之。'弦上黄莺语',端己语也,其词品亦似之。正中词品,若欲于其词句中求之,则'和泪试严妆',殆近之欤?"又如第五十则云:"梦窗之词,吾得取其词中一语以评之,曰:'映梦窗凌乱碧。'玉田之词,余得取其词中一语以评之,曰:'玉老田荒。'"[1]以词论词,不仅把批评对象当作艺术来看待,而且也把批评本身当作艺术来对待,这也是《人间词话》的重要特点之一。

在第三部分,即从第五十三则到六十四则,《人间词话》主要论述词的发展。这一部分的中心为第五十四则:"四言敝而有楚辞,楚辞敝而有五言,五言敝而有七言,古诗敝而有律绝,律绝敝而有词。盖文体通行既久,染指遂多,自成习套。豪杰之士,亦难于其中自出新意,故遁而作他体,以自解脱。一切文体所以始盛终衰者,皆由于此。故谓文学后不如前,余未敢信。但就一体论,则此说固无以易也。"[2]从这则词话来看,王国维认为一个时代有一个时代的文学,文学的美主要是形式之美,文体的演变也主要体现为文体形式的演变。王国维在追寻这个演变过程时,反对因循守旧,强调"豪杰之士"的创新,也就是注重天才的创造作用。虽然王国维在第五十四则中的观点不足以解释文学发展的过程,但他的理论用意却是很深的,这使得整部《人间词话》在结构上紧凑严密。最后二则谈到了元曲,表明其"境界"理论不仅可以用来阐释诗词,也可以用于其他文学形式的阐释。王国维在第六十四总结之时再次强调创新之重要,创新是文学的生命,也是"境界"得以发展的重要条件。其实,《人间词话》就是王国维在自己的学术生涯中追求创新以求自我慰藉与解脱的一部

---

[1] 姚淦铭、王燕编:《王国维文集》,第一卷,第144、153页。
[2] 同上书,第154页。

力作,它在形式方面虽然是"因"(这种"因"照顾了读者的习惯与接受能力),在批评对象上也是"因"(当时文学创作成就不高故他把目光投向了古典文学),但在理论与方法,尤其在精神方面则是"创"。

总的来说,《人间词话》是直观感悟与印象评点的,其缺点是笼统、模糊和主观,而且王国维多以作者性格人品作为其作品之根据,这也容易混淆作品的价值。但是,《人间词话》的批评方式更有其优点,那就是这种批评方式更接近文学本身,比那些科学化或经过严密逻辑推理的文学批评,更能使读者在印象体验中把握作品的美。在整体上,王国维的文学批评是审美批评,但只有《人间词话》才既是审美批评,又是感悟批评,因此,我们把《人间词话》看作是感悟批评从古代向现代转型的一部文学批评著作。叶嘉莹认为,中国文学批评体系的建立有两种方式:"一种是完全凭借西方既有之理论体系,将之应用到中国文学批评中来;另一种则是并不使用西方之体系而仅采纳其可以适用于中国的某些重要概念,而将之融合入中国文学的精神生命之中,从而建立起自己的一套批评理论来。"〔1〕王国维的《〈红楼梦〉评论》是前一种的尝试,《人间词话》则是后一种的尝试。正因为如此,人们一般都容易忽略《人间词话》在理论上的现代性,往往将它当作古典美学或古代文论来看待,更有人将其连同感悟批评一起加以指责或贬低。理论运用的最高境界是化用而不是搬用或者套用,化用就是灵活而巧妙的运用,就是创造性的运用并在运用时不见原理论基础的踪迹;《人间词话》对西方理论的运用正是如此。由此,我们应该追寻《人间词话》的理论基础,看看它是如何在理论上开创现代感悟批评的。

---

〔1〕叶嘉莹:《王国维及其文学批评》,第147页。

第三节 文学观念与感悟批评的转型

王国维从事哲学与文学的时期,亦即从 1894 年到 1911 年,正是中国文学萌动着变革的重要阶段。此时,在西学尤其是西方文学与美学思想的刺激下,古典文学已经走到尽头,在其腹内孕育着新的种子。黄遵宪、夏曾佑、梁启超等人倡导着"诗界革命";裘廷梁提倡白话文;梁启超领导着"文界革命"与"小说界革命",并极力推动着戏曲改良运动:这些都是中国文学由古代向现代的转型。王国维的文学批评标志着感悟批评的现代转型,在于他借用康德、叔本华、席勒等人的哲学与美学思想,形成了与古代极其不同的文学观念,这主要包括以下几个方面:一是纯文学观,二是游戏审美,三是天才观念,四是古雅之美,五是理想伦理,六是直观思维。

一、纯文学观

王国维的文学观是纯文学的,或者说是反功利性的,他认为文学有自身独立的价值,反对文以载道的观点,否认文学的社会作用或政治作用。王国维在《文学小言》的第一则里就提出他的这一观点:

> 昔司马迁推本汉武时学术之盛,以为利禄之途使然。余谓一切学问皆能以利禄劝,独哲学与文学不然。何则?科学之事业直接间接以厚生利用为恉,故未有与政治及社会上之兴味相刺谬者也。至一新世界观与一新人生观出,则往往与政治及社会上之兴味不能相容。若哲学家而以政治及社会之兴味为兴味,而不顾真理之如何,则又决然非真正之哲学。此欧洲中世哲

学之以辩护宗教为务者,所以蒙极大之耻辱,而叔本华所以痛斥德意志大学之哲学者也。文学亦然;餔餟的文学,决非文学也。[1]

王国维认为哲学与文学跟"利禄"无关,是非功利性的,不能以政治或社会的实用目的来要求或衡量文学。"餔餟的文学"是为饮食或曰为利的文学,它与"利禄"紧密相关,因此王国维将其划归入非文学之域。在《文学小言》第三则王国维进一步将"文绣的文学"和"模仿之文学"排除在纯文学之外,他认为"文绣的文学"是为名的文学,模仿的文学同样也是为名为利的文学,这都不是真正的文学,真正的文学是非功利的文学,为美的文学。在纯文学观主导下,王国维在《文学小言》第十七则对文学家之专门与职业作了区分:"吾人谓戏曲小说家为专门之诗人,非谓其以文学为职业也。以文学为职业,餔餟的文学也。职业的文学家,以文学为生活;专门之文学家,为文学而生活。今餔餟的文学之途,盖已开矣。吾宁闻征夫思妇之声,而不屑使此等文学嚣然污吾耳也。"[2]在王国维看来,文学非为生活,文学家应该为文学而生活,这同样是反对功利的文学观,而"征夫思妇之声"是发自内心的情感表露,故与餔餟的文学相比是真正的文学。晚清文学的发展,与报馆出版业的兴起有很大的关系,尤其是1905废除科举取士制度之后,大批读书人转入文学以寻出路,导致了"餔餟的文学"之途"开矣",这与王国维的纯文学观是相背的,因此他极力反对。

王国维反对功利性的文学,他认为哲学和美术最神圣、最尊贵而又于当世无用,故哲学家与文学家的神圣天职在于追求永恒的真理,而不是"一时一国之利益":这是王国维在《论哲学家与美术家之天

[1] 姚淦铭、王燕编:《王国维文集》,第一卷,第24页。
[2] 同上书,第29页。

职》一文中阐述的主要思想。但事实上,中国的哲学家同时还想成为
政治家,诗人也是如此:

> "自谓颇腾达,立登要路津,致君尧舜上,再使风俗淳",非杜
> 子美之抱负乎?"胡不上书自荐达,坐令四海如虞唐",非韩退之
> 之忠告乎?"寂寞已甘千古笑,驱驰犹望两河平",非陆务观之悲
> 愤乎?如此者,世谓之大诗人矣!至诗人之无此抱负者,与夫小
> 说、戏曲、音乐诸家,皆以侏儒倡优自处,世亦以侏儒倡优畜之。
> 所谓"诗外尚有事","一命为文人,便无足观",我国人之金科玉
> 律也。呜呼!美术之无独立价值久矣,此无怪历代诗人多托于
> 忠君爱国劝善惩恶之意以自解免,而纯粹美术上之著述往往受
> 世人之迫害而无人为之昭雪者也,此亦我国哲学美术不发达之
> 一原因也。[1]

在欲兼政治家的观念支配下,中国的诗歌具有美学价值的大多只是
描写自然之美的,而戏曲小说如果只有纯美学价值则会遭到贬责。
因此不能以"有用"或"无用"来评价文学,文学家也不能以此来支配
自己的创作。文学是审美的而非实用的,其价值在于追求"永恒的真
理",故文学是神圣的。在《教育偶感四则》中,王国维甚至说道:"生
百政治家,不如生一大文学家。何则?政治家与国民以物质上之利
益,而文学家与以精神上之利益。夫精神之于物质,二者孰重?且物
质上之利益,一时的也;精神上之利益,永久的也。前人政治上所经
营者,后人得一旦而坏之,至古今之大著述,苟其著述一日存,则其遗
泽且及于千百世而未沫。"[2]他又在《人间词话》删稿第三十七则说:

---

[1] 姚淦铭、王燕编:《王国维文集》,第三卷,第7页。
[2] 同上书,第63~64页。

"'君王枉把平陈业,换得雷塘数亩田。'政治家之言也。'长陵亦是闲邱陇,异日谁知与仲多?'诗人之言也。政治家之眼,域于一人一事。诗人之眼,则通古今而观之。词人观物,须用诗人之眼,不可用政治家之眼。故感事、怀古等作,当与寿词同为词家所禁也。"[1]文学所以神圣、尊贵,就在于它不限于一人一事,不追求一时一国之利,而在于能通古今之观以追求永恒之精神利益。因此,文学家创造作品时要抛却功利目的,读者阅读时也不能带着任何功利目的。反对功利性文学,提倡纯文学,是王国维文学观念的基石。

　　这块基石来源于康德和叔本华。在《孔子之美育主义》中,王国维说:"美之为物,不关于吾人之利害者也。吾人观美时,亦不知有一己之利害。德意志之大哲人汗德,以美之快乐为不关利害之快乐(Disinterested Pleasure)。至叔本华而分析观美之状态为二原质:(一)被观之对象,非特别之物,而此物之种类之形式;(二)观者之意识,非特别之我,而纯粹无欲之我也。"[2]无利害、无欲也就是非功利,这是美的本质属性之一。王国维对康德美学观念的这一介绍源自于《判断力批判》,如康德在该书中写道:"鉴赏是通过不带任何利害的愉悦或不悦而对一个对象或一个表象方式作评判的能力。一个这样的愉悦的对象就叫作美。"[3]王国维对康德的理解又是通过阅读叔本华和席勒之后才完成的。席勒是康德的忠实信徒,《审美教育书简》中阐述的美学理论,在一定程度上是对康德美学作更易于理解的解释,这可能对王国维的影响更大一些。席勒在《审美教育书简》第二封信中认为,符合时代需求和风尚对艺术毫无好处。"理想的艺术必须脱开现实,必须堂堂正正地大胆超越需要;因为,艺术是自由

---

〔1〕姚淦铭、王燕编:《王国维文集》,第一卷,第166页。

〔2〕姚淦铭、王燕编:《王国维文集》,第三卷,第155页。

〔3〕[德]康德:《判断力批判》,邓晓芒译,北京:人民出版社,2002年版,第45页。

的女儿,她只能从精神的必然,而不能从物质的最低需求接受规条。"席勒指出,"有用"是他那个时代的大偶像,"哲学家和通达人士,都满怀期望地把他们的目光贯注在政治舞台上,人们认为,人类的伟大命运如今正在那里审理。不参加这个共同的谈话,不就暴露了对社会幸福的一种应该受到责难的冷漠态度吗?"[1]任何时代和国家都是如此,只不过程度不同而已。从以上引语可以看出王国维笔下中国哲学家和文学家的情况与席勒描绘的 18 世纪德国的状况是何其相似,他们都通过对哲学与文学(艺术)的考察而认清了历史和现实,因此都反对哲学与文学上的功利主义。席勒和叔本华的著作比康德的要容易理解,王国维就通过二人接受了康德的美学观念。康德美学核心就在于非功利性,王国维将此也当作其文学观念的基石。

二、游戏审美

既然文学是非功利的,作家的创作和读者的鉴赏又如何达到这一状态呢? 这就需要以游戏的态度来进行审美活动。《人间词话》删稿第四十九则云:"诗人视一切外物,皆游戏之材料也。然其游戏,则以热心为之。故诙谐与严重二性质,亦不可缺一也。"[2]王国维认为文学家的创作就应像做游戏一样热心地投入,而不能带有任何功利目的,所谓游戏审美不是儿戏般地看待文学,必须是严肃的;游戏而严肃,这是审美的根本,文学家和读者都得如此。王国维在《文学小言》第二则对此有更为详细的论述:"文学者,游戏的事业也。人之势力,用于生存竞争而有余,于是发而为游戏。婉娈之儿,有父母以衣食之,以卵翼之,无所谓争存之事也。其势力无所发泄,于是作种种之游戏。逮争存之事亟,而游戏之道息矣。惟精神上之势力独

---

〔1〕张黎选编:《席勒精选集》,济南:山东文艺出版社,1998 年版,第 669、670 页。
〔2〕姚淦铭、王燕编:《王国维文集》,第一卷,第 169 页。

优,而又不必以生事为急者,然后终身得保其游戏之性质。而成人以后,又不能以小儿游戏为满足,于是对其自己之情感及所观察之事物而摹写之、咏叹之,以发泄所储蓄之势力。故民族文化之发达,非达一定之程度,则不能有文学;而个人之汲汲于争存者,决无文学家之资格也。"[1]

文学就是游戏的事业,这种观点在康德,尤其是席勒那里都能寻找到。康德说:"艺术甚至也和手艺不同;前者叫做自由的艺术,后者也可以叫做雇佣的艺术。我们把前者看作好像它只能作为游戏、即一种本身就使人快活的事情而得出合乎目的的结果(做成功);而后者却是这样,即它能够作为劳动、即一种本身并不快活(很辛苦)而只是通过它的结果(如报酬)吸引人的事情、因而强制性地加之于人。"康德还认为:"在诗艺中一切都是诚实而正直地进行的。它坦然表示只是想促进那用想像力来娱乐的游戏,也就是想像力按照形式而与知性法则相一致的游戏,而不是要用感性的表演来偷换和缠住知性。"[2]康德的"雇佣艺术"与王国维的"餔餟的文学""文绣的文学"和"模仿的文学"是相近的,这些都包含着浓厚的功用色彩,不是真正的文学(艺术),真正的文学(艺术)是游戏,同时,这种游戏又是严肃的、诚实、正直和坦然的。

文学是游戏的事业,这是王国维在肯定性地接受了席勒的"游戏冲动说"后形成的重要观念。王国维在《人间嗜好之研究》中说:"若夫最高尚之嗜好,如文学、美术,亦不外势力之欲之发表。希尔列尔(今译为"席勒"——引者)既谓儿童之游戏存于用剩余之势力矣,文学美术亦不过成人之精神的游戏。故其渊源之在于剩余之势力,无

---

〔1〕姚淦铭、王燕编:《王国维文集》,第一卷,第25页。

〔2〕[德]康德:《判断力批判》,第147、173页。

可疑也。"〔1〕剩余力量产生游戏，审美游戏又产生文学艺术，这就是席勒"游戏冲动说"的要点。席勒在《审美教育书简》第二十七封信中强调剩余力量的作用，如果没有剩余力量，个体就处在"缺乏"状态之中，只能从事谋生的工作，无力从事游戏，更无法进行审美游戏了。在席勒看来，审美是无目的的，是自由的，所以也就是游戏的。席勒对游戏与工作的区分，是王国维区分"职业的文学家"与"专门之文学家"的依据。"职业的文学家，以文学为生活"，实质上就是缺乏剩余力量而将文学当作谋生或谋取功名利禄的手段，其功利主义色彩是非常明显的，这与美的本质是背道而驰的，因而为王国维所批判；"专门之文学家，为文学而生活"，他们以游戏审美的态度毫无功利目的地来从事文学活动，保持了文学的独立品性，这是王国维所提倡的。

席勒说："在力的可怕王国与法则的神圣王国之间，审美的创造冲动不知不觉地建立起第三个王国，即游戏和假象的快乐王国。在这个王国里，审美的创造冲动给人卸去了一切关系的枷锁，人摆脱了一切称为强制的东西，不论这些强制是物质的，还是道德的。"〔2〕在审美中，人忘却了各种利害关系，摆脱了各种目的，从而进入了自由自在的境地。席勒笔下的审美状态与叔本华笔下的"自失""吾丧我"和王国维笔下的"无我之境"乃至"有我之境"是非常相近的，游戏是一种全身心投入而又忘我的状态，审美状态也与其类似。

王国维接受了游戏审美的观念，但并非完全臣服。席勒在阐述其"游戏冲动说"时进而将文学艺术的起源归结为游戏，这在王国维那里是未加探讨的，他只是将游戏当作文学艺术的审美途径来看待，或将其当作审美的一个基本条件来看待的。此外，在康德和席勒的话语中，除"游戏"一词外，"自由"是一个同等重要的词语，但我们在

〔1〕姚淦铭、王燕编：《王国维文集》，第三卷，第29～30页。
〔2〕张黎选编：《席勒精选集》，第811页。

王国维的文学批评中，很难看到他对"自由"的论述。王国维在这一点上靠近了叔本华，即通过审美来获得欲望的忘却与痛苦的解脱。当然，王国维同样与叔本华有着距离，他的解脱是要达到一种理想伦理的境地。关于"游戏说"，必须指出的是，游戏与文学是两件不同的事情，不能将二者等同，席勒将文学艺术的起源归结到游戏，因二者之间有着相似之处就以其一当作其二的起源，这在逻辑上是有问题的。当然，王国维将文学当作游戏，不是在二者之间划等号，而是强调二者的态度或状态的相似，这是合理的；他以游戏观文学，强调的仍然是文学的非功利性，尤其是强调文学不受政治等的束缚而获得的独立性。因此，游戏审美在王国维文学观念中是对纯文学观这一基石的加固。

三、天才观念

游戏是有规则的，游戏者必须在游戏规则的束缚下才能自由自在地进行游戏。文学与游戏相似，它也有自己的"游戏规则"，康德认为制定规则的就是天才。康德称美的艺术是天才的艺术，他说"天才就是给艺术提供规则的才能（禀赋）。由于这种才能作为艺术家天生的创造性能力本身是属于自然的，所以我们也可以这样来表达：天才就是天生的内心素质（ingenium），通过它自然给艺术提供规则。"[1]康德认为，天才具有独创性，能够起示范作用，自然地为艺术提供规则，因此，美要求有天才。

天才观念在王国维文学批评审美体系中占有着重要的位置。在《〈红楼梦〉评论》中王国维说："苟无人而能忘物与我之关系而观物，则夫自然界之山明水媚，鸟飞花落，固无往而非华胥之国、极乐之土

---

〔1〕〔德〕康德：《判断力批判》，第150页。

也。岂独自然界而已？人类之言语动作，悲欢啼笑，孰非美之对象乎？然此物既与吾人有利害之关系，而吾人欲强离其关系而观之，自非天才，岂易及此？于是天才者出，以其所观于自然人生中者复现之于美术中，而使中智以下之人，亦因其物之与己无关系，而超然于利害之外。"[1]在此，王国维与康德一样，将天才看作具有一种独特才能的人，他为艺术立法并作出示范。康德称美的艺术是天才的艺术，因而艺术就只是天才的事情，常人在艺术上只能模仿天才，这实际上强调只有天才具有独创性。王国维也强调天才的独创性，他将天才当作大师来看待，因为天才难遇：

> 天才者，或数十年而一出，或数百年而一出，而又须济之以学问，助之以德性，始能产真正之大文学。此屈子、渊明、子美、子瞻等所以旷世而不一遇也。[2]

天才虽然难遇，但常遭扼杀，其原因在于天才之才能与修养乃至痛苦都与公众不同，故遭天妒人嫉而处于不幸之境地。在《叔本华与尼采》一文中，王国维认为天才在物质生活上与常人无异，但在精神上却有着很大的不同，他怀疑，他创造，他高于常人而承担着异常的苦痛，他自寻慰藉与解脱之道，又以此示之常人。康德的天才观念只强调学问才能，而王国维同时又强调修养与德性，将其伦理理想寄之于天才，因而王国维的天才观念具有两重内涵。这两重内涵在他那里并没有表现出完全的一致，其原因就在于受叔本华天才观念的影响。

一方面，叔本华认为只要能以非功利的眼光来审美并将其审美体验传达出来的人就是天才。叔本华把艺术称为"独立于根据律之

---

〔1〕姚淦铭、王燕编：《王国维文集》，第一卷，第3页。
〔2〕同上书，第26页。

外观察事物的方式",这种方式就是天才的考察方式,他认为"完全浸
沉于对象的纯粹观审才能掌握理念,而天才的本质就在于进行这种
观审的卓越能力"[1]。诗人、文学家乃至有经验的读者大多具有这
种沉浸于对象的纯粹观审的能力,是否都可以称为天才呢? 依据叔
本华对天才本质的描述,答案是肯定的。但另一方面,叔本华又认为
"在别的场合艺术只是少数真正天才的事",而真正的天才是那些能
够在作品里将"整个人类的内在[部分],并且亿万过去的,现在的,未
来的人们在由于永远重现而相同的境遇中曾遇到的,将感到的一切"
表现出来的人。[2] 也就是说,只有那些创作出了能够世代相传的经
典作品的诗人或文学家才能称得上是天才。这两个方面显然是有矛
盾的,王国维在天才观念上的矛盾也与此相似。但王国维通过强调
诗人或文学家的修养与德性,以"内美"来作为衡量的标准,从而弥补
了这一缺陷,这就将天才观念与其理想伦理统一了起来。但康德和
叔本华的天才观念毕竟只把艺术当作少数天才之事,这对王国维来
说并不能完全接受,于是他提出"古雅"之说来将文学艺术与常人联
系起来。

四、古雅之美

在《古雅之在美学上之位置》一文中王国维将非天才之制作而与
美术无异者称之为"古雅":

> "美术者天才之制作也",此自汗德以来百余年间学者之定
> 论也。然天下之物,有决非真正之美术品,而又决非利用品者,
> 又其制作之人,决非必为天才,而吾人之视之也,若与天才所制

---

[1] [德]叔本华:《作为意志和表象的世界》,第 259 页。
[2] 同上,第 344~345 页。

作之美术无异者,无以名之,名之曰"古雅"。[1]

"古雅"是美术之一种,但它是常人的创造,可见艺术并非只是天才的事情。王国维认为美之性质是"可爱玩而不可利用",亦即美是非功利性的。他分析了优美与宏壮都是"可爱玩而不可利用":优美"由一对象之形式不关于吾人之利害,遂使吾人忘利害之念,而以精神之力全沉浸于此对象之形式中";宏壮"由一对象之形式,越乎吾人知力所能驭之范围,或其形式大不利于吾人,而又觉其非人力所能抗,于是吾人保存自己之本能,遂超越乎利害之观念外,而达观其对象之形式"。[2]王国维指出,一切之美皆形式之美也,古雅就是形式之美也。古雅与优美及宏壮的性质相同之处也在于"可爱玩而不可利用",其不同之处在于优美及宏壮的判断是先天的、普遍的、必然的,而古雅之判断是后天的、经验的、特别的、偶然的。

优美与宏壮是先天的,也就是天才的,古雅是后天的,也就是习得的,它们都是美之一种,所以美或艺术并不只是天才的事情。据此,王国维说:"古雅之性质既不存于自然,而其判断亦但由于经验,于是艺术中古雅之部分,不必尽俟天才,而亦得以人力致之。苟其人格诚高,学问诚博,则虽无艺术上之天才者,其制作亦不失为古雅。"[3]古雅在价值上低于优美及宏壮,王国维称之为"低度之优美",并认为"中智以下之人",都可以通过习得而具有古雅之创造力。王国维总结说:"古雅之价值,自美学上观之诚不能及优美及宏壮,然自其教育众庶之效言之,则虽谓其范围较大成效较著可也。"[4]由

---

[1] 姚淦铭、王燕编:《王国维文集》,第三卷,第31页。
[2] 同上。
[3] 同上书,第34页。
[4] 同上书,第35页。

此观之,王国维虽然接受并坚持天才观念,坚持独创性,但他同样重视美或艺术上的教育与学习,也就是在强调"创"的同时又强调"因",正如《人间词话》拾遗第十二则云:"楚辞之体,非屈子之所创也。《沧浪》《凤兮》之歌已与三百篇异,然至屈子而最工。五七律始于齐、梁而盛于唐。词源于唐而大成于北宋。故最工之文学,非徒善创,亦且善因。"[1]因此,我们也可以这样来看待王国维的天才观念与古雅之美,即前者讲文学艺术的创新,后者讲文学艺术的继承,二者是文学艺术发展不可分割的两个方面。可以说,天才观念与古雅之美是王国维文学观念的两大支柱。

在《古雅之在美学上之位置》一文中,王国维还强调了"美在形式"的观念。美在形式,是康德美学的一个重要观点。康德追求纯粹形式之美,最终只能把线条和几何图形当作纯粹美来看待,因此他认为不存在真正的纯粹之美,只有依附美。王国维虽然称美在形式,但实际上他并没有仅仅将美局限在形式之上,而是寄托了他的理想伦理。

五、理想伦理

虽然美是非功利性的、无实际用处的,但美是有价值的,它有无用之大用,如果只把纯粹形式之美当作批评的对象,那是毫无意义和价值的。王国维认为,美的价值就在于它是理想伦理的寓所。可以说,理想伦理乃王国维文学观念的顶点。

王国维认为美(艺术)的价值在于使人离生活之欲,因而他将《红楼梦》的伦理价值归结为忘欲而解脱痛苦。王国维在《人间词话》第十八则中将文学艺术"担荷人类罪恶"也当作他的理想伦理。王国维

---

〔1〕姚淦铭、王燕编:《王国维文集》,第一卷,第184页。

所谓之伦理,也与我们一般的伦理道德之伦理不同,它超越了人伦秩序之理而进入到了人的精神世界,触及了灵魂的根本。王国维接受叔本华哲学思想后,认为人生是痛苦的,必须于美术(艺术)之中才能获得解脱。的确,人生大都欲壑难填,痛苦不断,乃至罪恶感丛生,因此,解脱、慰藉甚至寻找苦难的承担,就成为人类永远的精神追求,以求得灵魂的安息。王国维把灵魂的安息之所指向了文学艺术,这就是他的理想伦理。

文学艺术要成为人类灵魂的安息之所,必然对文学艺术家有很高的要求,王国维强调得最多的就是文学家必须要有高尚的人格。《人间词话》删稿第四十八则云:"'纷吾既有此内美兮,又重之以修能。'文学之事,于此二者,不可缺一。然词乃抒情之作,故尤重内美。无内美而但有修能,则白石耳。"〔1〕"内美"即人格修养的内涵意蕴,"修能"即文学之技巧,王国维把"内美"作为评价文学及文学家的重要标准。《文学小言》第五则认为古今之成大事业大学问者及文学上之天才者,皆需莫大之修养。王国维强调,即使天才,也必须有"内美",即要有高尚伟大的人格和德性;若无天才之能,只要有高尚伟大之人格并通过自身的努力,同样可能通达灵魂的安息之所。《人间词话》定稿第四十四、四十五则要求文学家要有宽广的胸怀和正直高雅的品性,也是属于人格修养的"内美"。

在《人间词话》中,王国维所谓的豪杰之士、大词人、大诗人、大家等都是具有高尚伟大的人格,亦即都具有真诚、高雅、正直、宽广之品性。真诚也就是不失赤子之心,有真性情、真感情、真而深邃之人生感悟,而无矫揉造作之态、无病之呻吟。有真感情、真感受,才能写真景物、真感情,方能"不隔"、无须用"代字",从而才有境界。故《人间

---

〔1〕姚淦铭、王燕编:《王国维文集》,第一卷,第168页。

词话》定稿第五十六则云："大家之作，其言情也必沁人心脾，其写景也必豁人耳目。其辞脱口而出，无矫揉妆束之态。以其所见者真，所知者深也。诗词皆然。持此以衡古今之作者，无可大误矣。"[1]高雅指文学家的趣味、品位高尚、雅致，不粗俗、无淫鄙。有高雅之趣味、品位，故"永叔、少游虽作艳语，终有品格。方之美成，便有淑女与倡伎之别。"《人间词话》删稿第四十一则认为失之倡优，尚可能存高雅，失之俗子，则品位低劣。正直是指文学家的品行应表里如一、言行一致、刚正不阿。《人间词话》定稿第四十八则和删稿第四十三则都是对品行不端之文学家的贬责，因为他们不正直，没有高尚伟大的人格，与王国维的理想伦理是背道而驰的。高尚伟大的人格第四个方面就是要有宽广的胸怀，王国维所谓"大气象""大境界"及"旷""豪"等词都含胸怀宽广之意。《人间词话》定稿第四十四则就称赞东坡、稼轩有宽广的胸襟。在《人间词话》中，王国维以人品来论词和词人，看似与传统文学观念无异，实质上是截然不同的，两者的根本差异就在于王国维强调"真"。王国维所要求文学家要有高尚伟大的人格，就是以真诚为基础，以高雅之兴趣品位及正直之品行为表现，以宽广之胸怀为旨归，概括为一个字就是"真"。只有"真"，才能从形而下上升到形而上，才能关注人类的精神，触及人类的灵魂，也才能为人类灵魂寻找安息之所。

伟大高尚之人格可以概括为"真"，而"真"也是"境界"之核心，王国维关于伟大高尚之人格的论述，实际上就是在谈论"境界"，因此，王国维的"境界"就是其理想伦理的核心。作者能感之能写之，读者能赏之方有境界，有境界则自有高格，有境界则自能获得慰藉与解脱乃至承担，故能为灵魂寻找到安息之所。"境界"不仅仅是形式之美，

---

〔1〕姚淦铭、王燕编：《王国维文集》，第一卷，第154页。

更是精神之美与灵魂之美,故王国维将"境界"视作是文学之本。本,就是精神,是灵魂,文学之本也就是人之本。因此,以"境界"为核心的理想伦理,使文学能将人类灵魂引向安息之所。至此,王国维形成了异于古代的文学观念体系,但进入这一体系,靠的是直观思维。

六、直观思维

《人间词话》第四十七则云:"稼轩《中秋饮酒达旦,用〈天问〉体作〈木兰花慢〉以送月》曰:'可怜今夕月,向何处、去悠悠? 是别有人间,那边才见,光景东头。'词人想像,直悟月轮绕地之理,与科学家密合,可谓神悟。"[1]王国维认识到了文学家的思维是"直悟""神悟",也就是直观感悟,他作为批评家在《人间词话》和《文学小言》中采用的同样是直观思维。直观思维是中国传统思维固有的,但之前几乎无人加以理论说明,王国维不仅在文学批评中采用直观思维,也对直观思维进行了说明。

叔本华在《作为意志和表象的世界》中,处处强调以直观来通达理念,这是其哲学的思维基础。王国维在《叔本华之哲学及其教育学说》一文中认为叔本华哲学整体特色最重要的一点就是其出发点在直观,而不是概念。直观就是人的感官对对象的直接感受或知觉,换句话说,直观对对象或知识的认识靠的是感官的感受或知觉,而不靠抽象概念之推理。王国维认为,直观的知识才是确实的知识,离直观越远的概念就越容易导致谬误。王国维在该文中表明了自己对直观的看法:

> 直观可名为第一观念,而概念可名为第二观念……以概念

---

[1] 姚淦铭、王燕编:《王国维文集》,第一卷,第152页。

比较要领，则人人之所能，至能以概念比较直观者，则希矣。真正之知识，唯存于直观，即思索（比较概念之作用）时，亦不得不藉想像之助，故抽象之思索，而无直观为之根柢者，如空中楼阁，终非实在之物也。即文字与语言，其究竟之宗旨，在使读者反于作者所得之具体的知识，苟无此宗旨，则其著述不足贵也。故观察实物与诵读，其间之差别不可以道里计。一切真理唯存于具体的物中，与黄金之唯存于矿石中无异。[1]

直观是感性思维或形象思维，概念是理性思维或抽象思维，直观是本，概念是末，直观是源，概念是流。王国维强调的是直观印象、第一手材料和直接经验。王国维进而将直观引入文学艺术。他宣称"美术之知识全为直观之知识，而无概念杂乎其间"，"建筑、雕刻、图书、音乐等，皆呈于吾人之耳目者，唯诗歌（并戏剧小说言之）一道，虽藉概念之助以唤起吾人之直观，然其价值全存于其能直观与否。"[2]由此可见直观思维在王国维的文学批评体系中也是非常重要的，它起着方法论的作用。

王国维对叔本华哲学推崇备至，他认为叔氏哲学"凌轹古今"，但他也与叔本华不同。在叔本华那里，直观与理念是紧密连在一起的，或者说，直观是依附于理念的，但王国维却放弃理念只拣直观。夏中义认为："王国维所以青睐直观，无非是逼视心灵的直观比什么都更接近生命存在本身，这也是王国维急于想从叔本华处觅得价值参照的标志。这又解释了直观在叔本华处本是依附于理念的，为何王国维偏要轻理念而重直观？因为叔本华引进柏拉图理念本是为了支撑其宇宙图式，作为自在之物的形上本原与作为个别之物的形下现象，

---

〔1〕姚淦铭、王燕编：《王国维文集》，第三卷，第328～329页。

〔2〕同上书，第330页。

正是靠理念中介才焊接为体系的;但王国维无意于浩茫天宇,他更执著于真实人生,于是,也就不想绕道理念,曲径通幽,而只须凭借直观,便一步到位,开门见山,人生形象历历在目矣。也因此,王国维《人间词话》几乎不见'理念'一词,但对人生之感悟却俯拾皆是。感悟者,对生命存在之直观也。"〔1〕直观就是感悟,只有这样才能接近生命存在本身,也只有这样,才能触及人类灵魂之本,为其寻找安息处所。直观思维作为王国维文学批评体系的方法论,使整个体系充满了生机与活力。

我们分析了王国维文学观念的六个方面:纯文学观是基石,游戏审美是基石之加固,天才观念与古雅之美是两大支柱,理想伦理是顶点,直观思维是方法论。前五个方面决定了王国维的文学批评是审美批评,第六个方面决定了其文学批评是感悟批评。

王国维的文学批评是感悟批评,它与古代文学批评的感悟性有联系,但更有着显著的不同。首先,古代文学批评的感悟性常常与实用性纠缠在一起,注重文学批评的社会作用,较多地体现了"文以载道"的观念,因而感悟性不具有独立的品格。王国维的文学批评坚持审美的独立性,也为感悟性带来了独立的品格。其次,古代文学批评的感悟性大多缺乏理性的指导与制约,因此带有神秘性、模糊性和难以言传性。王国维的文学批评受西方哲学和美学思想的影响,其直观感悟有着理性的指导和制约,因而又具有一定的准确性和清晰性。再次,古代文学批评的感悟性大多是片断的、零星的,缺乏逻辑性,王国维文学批评的直观感悟则是整体的、系统的,有着较为严密的内在逻辑性。这些不同之处标志着王国维的感悟批评不属于古代文学批评。

---

〔1〕夏中义:《王国维:世纪苦魂》,北京:北京大学出版社,2006 年版,第 116～117 页。

　　然而,王国维的文学批评在从古代到现代的转换过程中带有较为明显的古代痕迹,还没有完全脱离古代文学批评,因而,转型过渡性是其作为感悟批评的最重要特点。这主要表现在三个方面:第一,王国维的文学批评,语言是文言文,文体形式还有语录体(如《人间词话》《文学小言》),这种古代的文学批评方式并不一定适用于现代作家作品的批评。第二,王国维的文学批评虽然比古代文学批评的感悟性带有更多的科学性,但其主要批评概念的内涵并不是确定的,这与古代文学批评是非常相像的。如"境界""有我之境""无我之境""写境""造境""隔"与"不隔"等都没有明确的界定,只是以古典诗词为例加以形象地说明,它们需要再阐释,而后人的再阐释又各不相同,反而带来了更多的歧义。第三,王国维在《人间词话》中以人品论词的观念与方法偏离了文学本体批评,这有点类似于古代文学批评中的道德批评。作家的人品可能会反映在作品中,但作家的人品并不是作品高尚伟大与否的决定因素。上述三个方面都表明了王国维的感悟批评处在从古代向现代转型的过渡期。

　　尽管带有明显的过渡性,但王国维的文学批评,尤其是《人间词话》能将古代文学批评中的感悟性与西方的哲学与美学思想融合起来,从而推动了感悟批评的现代转型。而且,王国维在《人间词话》中对古代与西方的融合是化用与活用,这不仅对后来现代感悟批评的发展起着重要的作用,也对当前的文学批评有着重要的启迪意义。当前的文学批评存在着两种现象,一是搬用和套用西方文学批评理论,充斥着晦涩、生硬的概念与术语,出现了"食洋不化";一是挖掘古代文学批评资源又往往语焉不详,出现了"食古不化"。要避免这两种现象,从王国维的文学批评,尤其是从《人间词话》中吸取营养与经验应是一个比较有效的途径。

第二章　现代感悟批评的发展

　　"五四"新文学运动在一定程度上是晚清文学运动的继续,二者在思想观念和思维方式上有着很大程度的相似之处,但"五四"新文学运动之所以成为划时代的运动,就在于它比晚清文学运动反传统更猛烈、更彻底些,并以鲁迅、文学研究会、创造社作家和其他作家的创作实绩宣告了新文学的诞生。"五四"新文学运动在反对旧文学、提倡新文学的同时,还极力反对旧道德,提倡新道德,所以"五四"初期的文学理论建设和文学批评实践都非常注重文学的社会功用性。在这种情况下,现代感悟批评也得到了发展,但是科学化、实用性的文学批评在当时却占据了绝对的优势。倡导文学革命的胡适、陈独秀、钱玄同、刘半农、鲁迅、周作人等在新文学初期无疑都把文学当作了思想启蒙的工具,他们的文学批评也就是一种实用性的批评。这些先驱者中,胡适和周作人在文学理论建设和批评实践上的成绩最大。

　　胡适主要是一个思想家,他在"五四"时期论文学的文章如《文学改良刍议》《建设的文学革命论》《易卜生主义》《谈新诗》《文学进化观念与戏剧改良》等,都把文学当作思想革命或思想启蒙的工具来看待,很少注意文学的审美性。从理论上探讨文学语言工具的变革使得胡适在强调文学的社会功用性的同时涉及到了许多文学本体问题，他"但开风气不为师"，并未对这些问题进行深入而系统的研究。胡适论文学，有着严密的逻辑性，使现代文学批评带有了科学主义倾向，让人在科学推理的过程中更感受到其思想力量的强大。与胡适相似，周作人初期的文学批评也处处显露出战斗的锋芒。周作人在《人的文学》《平民的文学》《儿童的文学》等文章中构建起他的"人的文学"体系，"人的发现"、文学对人生的实际功用是这些文章论述的重点。在"人的文学"观念的主导下，周作人当时的批评实践如《〈沉沦〉》《什么是不道德的文学》等就从新的人生理想和道德理想去为新文学作品进行辩护，而将审美价值放在了次要的地位。与胡适不同的是，周作人并不追求严密的逻辑性，而是采用随笔文体来进行论述。坚持"人的文学"，强调个性，为周作人转向审美的感悟批评奠定了基础。在现代文学第一代批评家之中，周作人为现代感悟批评的发展作出了重要贡献，但其他批评家也有感悟批评之作。本章主要通过对周作人文学批评的考察来探讨现代感悟批评的发展，并以鲁迅为例探讨现代感悟批评的另一面。

第一节　周作人：文学批评从实用到感悟审美

周作人（1885～1967）是现代文学史上著名的作家和批评家。周作人的一生是矛盾的一生，他一方面具有"绅士风度"，另一方面又带有"流氓气息"；一方面具有反叛精神，另一方面又倾向于退隐；一方面是文化运动和文学革命的伟大战士，另一方面又是民族的罪人。周作人对自己矛盾的思想也有着清醒的认识，他认为自己心头有两个鬼，一是绅士鬼，一是流氓鬼，他的言行就在这两个鬼的支配下摇摆着。[1] 周作人在《泽泻集》序中引戈尔特堡批评蔼理斯的话自喻："在他里面有一个叛徒与一个隐士,这句话说得最妙:并不是我想援蔼理斯以自重,我希望在我的趣味之文里也还有叛徒活着。"[2]这种矛盾的思想使周作人成为一个容易引起争议、正反两面评论差异很大的人物。

周作人的矛盾思想在他的文学观念和文学批评中体现得也比较明显。"文学革命"运动兴起后,周作人成了出色的弄潮儿和领航者,他在《人的文学》《平民的文学》《新文学的要求》等文章中高举"人"的大旗而走在时代的前列。"五四"退潮后,周作人回到了"自己的园地",倡导文艺上的"自由"和"宽容",提倡"趣味",在文学批评上走向了与时代主流相异的道路。虽然一个时代有一个时代的文学,但任何时代的文学都必须超越其时代的局限才能具有永恒的审美价值,文学批评也是如此。周作人转向"趣味"批评就是对永恒审美价值的追求,在这个过程中,他始终坚持"人的文学"观念,从而促进了现代感悟批评的发展。

一、人的文学

1918 年 12 月周作人在《新青年》上发表了《人的文学》一文,提倡"人的文学",反对非人的文学。周作人认为,中国四千年来忽略了人的问题,因而要"辟人荒",在文学中提倡人道主义,以促进人的正当生活。他指出,兽性与神性结合起来就是人性,理想的人类生活就是灵肉一致的生活。周作人说:"用这人道主义为本,对于人生诸问题,加以记录研究的文字,便谓之人的文学。其中又可以分作两项:

---

〔1〕钟叔河编:《周作人文类编・夜读的境界》,长沙:湖南文艺出版社,1998 年版,第 58 页。

〔2〕同上书,第 538 页。

（一）是正面的，写这理想生活，或人间上达的可能性；（二）是侧面的，写人的平常生活，或非人的生活，都很可以供研究之用。"〔1〕周作人将道德当作"人的文学"之本，以便"养成人的道德，实现人的生活"，其现实针对性是很强烈的，功利色彩也是明显的。文学应该表现和发扬人性，这是周作人"人的文学"的第一层内涵。关于文学与人性、人道主义，周作人在1920年的《新文学的要求》与1921年《个性的文学》中有进一步的论述。《新文学的要求》对"人的文学"作了两点说明：一是"这文学是人生的；不是兽性的，也不是神性的"；二是"这文学是人类的，也是个人的；却不是种族的、国家的，乡土及家族的"〔2〕。第一个方面讲文学是表现人性的，第二个方面讲的是文学所表现的人性是个性与共性的统一。在《个性的文学》中，周作人针对假的、模仿的、不自然的文学提出了四点："（1）创作不宜完全没煞自己去模仿别人，（2）个性的表现是自然的，（3）个性是个人唯一的所有，而又与人类有根本上的共通点，（4）个性就是在可以保存范围内的国粹，有个性的新文学便是这国民所有的真的国粹的文学。"〔3〕这实际是对前一篇文章第二点说明的具体阐述。在这篇文章中，周作人认为文学是个性与共性的统一，但他更强调的是个性，这也就为他后来的转向埋下了伏笔。

在《平民的文学》（1919）和《儿童的文学》（1920）中，周作人阐述了"人的文学"的第二层内涵，那就是"人的文学"没有阶级与贫富贵贱之分，也包括儿童文学。《平民的文学》将平民文学与贵族文学相对比，认为贵族文学是"偏于部分的、修饰的、享乐的、或游戏的"，平

---

〔1〕钟叔河编：《周作人文类编·本色》，长沙：湖南文艺出版社，1998年版，第34～35页。

〔2〕同上书，第46页。

〔3〕同上书，第53页。

民文学则是内容充实、普遍而真挚的。具体来说，平民文学应以"普通的文体，写普遍的思想与事实"，应"记载世间普通男女的悲欢成败"，反对表现"愚忠愚孝""殉节守贞"的畸形道德；另一方面，平民文学应以"真挚的文体，记真挚的思想与事实"，而"以真为主，美即在其中"。〔1〕周作人提倡"平民文学"并未将文学降格到通俗文学或慈善主义文学，而是通过表现普遍而真挚的思想与事实将平民的生活提高到适当的地位，亦即正当的人的生活，因此，"平民文学"是"人的文学"的具体体现。在《儿童的文学》中，周作人认为儿童的生活有独立的价值和意义；儿童也有文学的需要。周作人认为中国没有对儿童的正当理解，文学也少有供儿童可用的，因此他希望有热心的人在这方面研究整理以满足儿童对文学的需要。这篇文章的逻辑与《人的文学》《平民的文学》是一致的，因为有文学的需要而又不能满足，所以应该提倡，周作人是将"儿童的文学"看作"人的文学"理应包括的。钱理群认为："正是这三篇文章构成了一个完整的人道主义思想体系，对五四思想革命与文学革命产生了深远影响。"〔2〕到 1922 年时，周作人在《女子与文学》一文中认为女性有独立的人格而不是他人的依附，女性表现自己和理解他人的情思都需要文学，这较儿童对文学的需要更为迫切。从上述几篇文章可以看出，周作人"人的文学"主张中的"人"是没有阶级之别，无论贫富贵贱，不分男女老幼的，也无种族与国家的界限，这个"人"是人类全体。

"人"本是文学题中应有之义，不需要号召与提倡，但在周作人看来，中国文学几千年来缺乏"人的文学"，因此要提倡"人的文学"。实际上，周作人批判非人的文学或贵族的文学等，其主要原因是这些不符合他的人道主义思想观念与道德观念，而提倡人道主义与新的道

---

〔1〕钟叔河编：《周作人文类编·本色》，第 41～42 页。
〔2〕钱理群：《周作人研究二十一讲》，北京：中华书局，2004 年版，第 49 页。

德以改变人的生活,是周作人赋予文学的重要任务。因此,"人的文学"第三个方面的内涵就是文学作用于人生。早在 1908 年的《论文章之意义暨其使命因及中国近时论文之失》一文中,周作人就列举了文章的四大使命:裁铸高义鸿思,汇合阐发;阐释时代精神;阐释人情以示世;发扬神思,趣人心以进于高尚。他认为文章是寄托了国民精神,虽然没有直接的作用,但也有间接的作用。周作人对文学(文章)作用的认识是正确的。然而,在"五四"初期,为了达到思想启蒙和改造国民性的目的,周作人就强调文学直接的社会作用。在《平民的文学》中,周作人有一个比喻,很能说明他对文学的社会作用的强调:

> 譬如古铜铸的钟鼎,现在久已不适实用,只能尊重他是古物,收藏起来;我们日用的器具,要用磁的盘碗了。但铜器现在固不适用,磁的也只是作成盘碗的适用。倘如将可以做碗的磁,烧成了二三尺高的五彩花瓶,或做了一座纯白的观世音,那时我们也只能将他同钟鼎一样珍重收藏,却不能同盘碗一样适用。因为他虽然是一个艺术品,但是一个纯艺术品,不是我们所要求的人生的艺术品。〔1〕

周作人承认文学是艺术,承认文学的审美特性,但当时他要求的文学就如"磁的盘碗"一样对人生有实际的作用,而不要求非功利性的纯文学。周作人执笔的《文学研究会宣言》称:"我们相信文学是一种工作,而且又是于人生很切要的一种工作;治文学的人也当以这事为他终身的事业,正同劳农一样。"把文学当作与其他职业一样的工作,

---

〔1〕钟叔河编:《周作人文类编·本色》,第 41 页。

这虽然不完全是周作人的意见，但也能说明他相信文学对人生有着重要的作用。

周作人很快意识到强调文学的直接社会作用是危险的，但他此时又不能轻易地放弃这一主张，于是就欲进行调和，提出了"人生的艺术派的文学"。他在《新文学的要求》中说："在文艺上，重技工而轻情思，妨碍自己表现的目的，甚至于以人生为艺术而存在，所以觉得不甚妥当。人生派说艺术要与人生相关，不承认有与人生脱离关系的艺术。这派的流弊，是容易讲到功利里边去，以文艺为伦理的工具，变成一种坛上的说教。"〔1〕周作人批评了艺术派与人生派两种文学容易走向两个相反的极端，认为只有"人生的艺术派的文学"才能既坚持为人生，又能不失去艺术性。但此时，他是将"人生"二字放在前面加以强调的，坚持的是"人的文学"，也就是说，周作人虽然注意到了文学的审美性，但他更看重文学的社会作用。周作人之所以在这一阶段非常重视文学对人生对社会的作用，是因为他怀着美好的理想和满腔的热情来参与新文化运动和"文学革命"，他相信通过文学，国民的思想可以得到改造、民族可以获得新生。他的这种观念主要得益于对外国文学尤其是对俄罗斯文学的考察。在《文学上的俄国与中国》的讲演中，周作人称俄国近代文学为"理想的写实派文学"，是真正的文学。他考察了俄国文学发展的情况后认为："中国的特别国情与西欧稍异，与俄国却多相同的地方，所以我们相信中国将来的新兴文学当然的又自然的也是社会的、人生的文学。"周作人在这个讲演里还说："我们如能够容纳新思想，来表现及解释特别国情，也可望新文学的发生，还可由艺术界而影响于实生活。"〔2〕周作

---

〔1〕钟叔河编：《周作人文类编·本色》，第45页。

〔2〕钟叔河编：《周作人文类编·希腊之馀光》，长沙：湖南文艺出版社，1998年版，第425、428页。

人将中国与俄国相比，其用意是很明显的，那就是希望中国新文学能够像俄国近代文学一样起到改变国民生活和社会现实的作用。从这些言论都可以看出，周作人在"五四"时期是主张文学的功用性。

周作人最初在理论上主张"人的文学"，强调文学的社会功用性，在文学批评上也是非常注重文学的社会作用。在《〈阿 Q 正传〉》中，周作人主要论述了小说的讽刺特色，他之所以如此看重这一点，是因为他相信讽刺对当时中国社会现实有着独特作用。周作人认为《阿 Q 正传》在艺术上还较为幼稚，但强调它是治疗中国社会痼疾的苦药与良药，因而小说有其存在的意义。此时，周作人与鲁迅的思想有着相似之处，都把文学当作医治社会疾病的苦口良药，努力用文学去改造社会与人生，这显然带有文学功用化的色彩。当郁达夫和汪静之出版《沉沦》与《蕙的风》遭到道学批评时，周作人也以"人的文学"观念从道德的角度去为他们辩护。关于《沉沦》，周作人认为这部集子描写了"青年的现代的苦闷"，"虽然有猥亵的分子而并无不道德的性质"，其价值在于"非意识的展览自己，艺术地写出升华的色情"，因而是"艺术的作品"。[1] 郁达夫在《沉沦》里表现的"青年的现代的苦闷"是符合"人的文学"的主张的。周作人从新的道德伦理观念出发而肯定了《沉沦》中有关性的描写，因为这是色情的升华，是"兽性"的升华，所以是人性的。关于《蕙的风》，周作人在两篇文章中为其辩护。《情诗》中写道："对于情诗，当先看其性质如何，再论其艺术如何。情诗可以艳冶，但不可涉于轻薄，可以亲密，但不可流于狎亵；质言之，可以一切，只要不及于乱。……静之的情诗即使艺术的价值不一样，……但是可以相信没有'不道德的嫌疑'。"[2] 在《什么是不道德的文学》中，周作人批判了旧派的道德观念，仍然认为《蕙的风》是

---

〔1〕钟叔河编：《周作人文类编·本色》，第 621～622 页。

〔2〕同上书，第 725～726 页。

符合新的道德观念的。"道德"是这几篇评论文章中最重要的关键词,在周作人看来,符合人性的便是道德的,表现自然的人性、表现人性的苦闷和受压迫是文学的任务,只有这样,才能够正视现实人生而改变人生,周作人的落脚点依然是在文学功用性上。

周作人坚持"人的文学"观念,故以"人性""个性"去衡量文学,主张文学的功用性,故以"改造人生""影响人生"和"道德"等来评价文学;同时,他又兼顾作品的审美特性。针对旧派频频以旧思想和旧道德来批判和压制新文学,周作人提出了"宽容"和"自由"的批评原则。

二、宽容与自由

"人的文学"观念认为文学是人性的表现,它没有男女、老幼、阶级、贫富、贵贱、民族和国家的区别,因而文学所表现的人性应该是丰富多彩的。但是,中国自古以来就文人相轻,不同种类、风格、流派、地域和不同年龄之间的作家经常相互攻击、贬斥甚至压迫,这实际上不利于文学的发展。"五四"新文学运动开始后,这种情况并没有得到改善,旧派对新派、新派之间都常相攻击,因此周作人提出了"宽容"的批评原则,并将之当作文艺发达的必要条件。

周作人认为,文艺上不宽容的原因在于"主张自己的判断的权利而不承认他人中的自我","文学家过于尊信自己的流别,以为是唯一的'道'",甚至于将别派视为异端,这"与文艺的本性实在很相违背"。[1] 因此,周作人提倡文艺上的宽容,但他的宽容是有条件的,只有那些符合"人的文学"主张,自由而合理地表现人性的文学才在宽容的范围之内。周作人说:"宽容决不是忍受。不滥用权威去阻遏他人的自由发展是宽容,任凭权威来阻遏自己的自由发展而不反

---

[1] 钟叔河编:《周作人文类编·本色》,第67页。

抗是忍受，正当的规则是，当自己求自由发展时对于迫压的势力，不应取忍受的态度；当自己成了已成势力之后，对于他人的自由发展，不可不取宽容的态度。"[1]从这段话可以看出，周作人的"宽容"是已成势力对未成势力的宽容，前者不能对后者进行压制和迫害，这样，新兴的势力才能得到自由的发展。周作人的宽容主张实际上是在为新文学争取自由发展的空间，与"五四"新文学运动反封建反传统的潮流是一致的。

　　然而，当周作人是"已成势力"之后，他对新兴的左翼革命文学却不采取"宽容"的态度，这成为他遭到诟病的一个主要方面。有的人认为周作人之所以如此，是因为他对左翼文学的隔膜与不理解才造成他的"不宽容"；我们认为，他对左翼文学的认识虽然是片面的，却是深刻的。周作人的"宽容"虽然是已成势力对新兴势力的一种态度，但其宽容的对象只是那些符合自由而合理发展的文学，也就是符合"人的文学"主张的才能对其采取宽容态度。但在周作人看来，左翼文学在自由和功用性两个方面与其"人的文学"主张相背。

　　首先，周作人的"宽容"是与"自由"紧密连在一起的，二者不可分开来谈。文学上的自由就是指文学创作在题材、体裁、技巧、形式等各个方面都不应受到某一理论、原则或标准的限制。当然，在周作人那里，还得加上一点，那就是这种自由必须符合"人的文学"主张，合理地表现人生。坚持自由的原则，使周作人坚决反对文学上任何形式的统一或统一的企图与倾向。在《文艺的统一》中，周作人认为文艺是不应也不可能统一的，但总有一些批评家或其他势力借各种美名在文艺上实行有形无形的统一。他举居友、别林斯基和托尔斯泰为例，认为他们在最初"有相当的价值"，但后来却成为文学的统一

---

〔1〕钟叔河编：《周作人文类编·本色》，第68页。

论,所以有许多流弊。在周作人看来,文学上的已成势力,无论其在初始阶段对文学的发展有多么大促进作用,也不能以此统一和号令文坛,后来的文学也不必将其当作尊崇的正宗。同时,周作人从"人的文学"、个性的文学主张出发,认为不能用相同的情绪来统一文学,但轻个人重群体的思想认为只有表现多数人的情绪或苦乐才是有意义的。周作人指出:"一个人的苦乐与千人的苦乐,其差别只是数的问题,不是质的问题;文学上写千人的苦乐固可,写一人的苦乐亦无不可,这都是著者的自由,我们不能规定至少须写若干人的苦乐才算合格,因为所谓普遍的感情,乃是质的而非数的问题。"[1]凡是以已成势力、普遍情绪和社会意义等等来统一文学的主张和企图都是必须加以批判和反对的,因为文学是自由的,只要能合理表现人生人性,就不应受任何限制。周作人说:"文艺是人生的,不是为人生的,是个人的,因此也即是人类的;文艺的生命是自由而非平等,是分离而非合并。一切主张倘若与这相背,无论凭了什么神圣的名字,其结果便是破坏文艺的生命,造成呆板虚假的作品,即为本主张颓废的始基。"[2]如果说"宽容"是文艺发达的必要条件,那么"自由"就是文学的生命了,而在周作人眼里,左翼文学虽然还没有完全得势,但已表现出统一文坛的企图和倾向,这必然遭到他的反对和批判了,更不用说"宽容"了。实际情形是,左翼文学最终走向极端而给中国文学的发展带来了巨大的打击。由此,我们抛开周作人的政治立场不谈,仅从这一方面,就可看出他对中国现代文学的发展是有贡献的,而且,"宽容"与"自由"的原则也正是现代感悟批评的原则。

其次,周作人对左翼文学不宽容的原因也在于后者强调文学的直接社会作用,尤其是强调文学在整个革命事业中的直接宣传与鼓

---

〔1〕钟叔河编:《周作人文类编·本色》,第77～78页。

〔2〕同上书,第78页。

动作用,这与前者的文学无形功用论是背道而驰的。在"五四"初期,
周作人坚持"人的文学","五四"落潮后他并没有放弃而是更加坚持
了这一主张,只不过最初他认为文学是"为人生"的,持直接功用性的
文学观,后来他认为文学是"人生的",转向了无形功用论的文学观。
在 1922 年的《自己的园地》一文中,周作人说:"艺术是独立的,却又
原来是人性的,所以既不必使他隔离人生,又不必使他服侍人生,只
任他成为浑然的人生的艺术便好了。"〔1〕他认为艺术是独立的、无形
功利的。从主张文学的直接功用到主张"无形的功利",在周作人的
《平民的文学》与《贵族的与平民的》两篇文章中可以清晰地看到这种
转变。《平民的文学》解释"人的文学"没有阶级与贫富贵贱之分,要
求文学表现并改良人生,这里的"平民"与"贵族"带有阶级与身份之
义。而在《贵族的与平民的》中,"平民"与"贵族"却更带有精神意味:
"平民的精神可以说是淑本好耳(即叔本华——引者)所说的求生意
志,贵族的精神便是尼采所说的求胜意志了。前者是要求有限的平
凡的存在,后者是要求无限的超越的发展;前者完全是入世的,后者
却几乎有点出世了。"〔2〕求生与求胜的意志是任何人都有的,无阶级
区分,因此这里的"平民"与"贵族"不再具有阶级和身份的区别作用
了,它们只是不同精神的区别。从求生到求胜,从有限到无限,从入
世到出世,实际上是指文学的功用从强调直接性到强调无形性。这
篇文章结尾时写道:"我想文艺当以平民的精神为基调,再加以贵族
的洗礼,这才能够造成真正的人的文学。……从文艺上说来,最好的
事是平民的贵族化,——凡人的超人化,因为凡人如不想化为超人,
便要化为末人的。"〔3〕周作人坚持了"人的文学"主张,要求文学以平

---

〔1〕钟叔河编:《周作人文类编·本色》,第 63 页。

〔2〕同上书,第 74 页。

〔3〕同上书,第 75 页。

民精神为基调；他更提升了"人的文学"主张，要求文学必须具有超越性：文学必须超越求生而达到求胜、超越有限而指向无限、超越入世而趋于出世、超越平民而升为贵族。关于文学上的"贵族"，周作人于1928年还作过解释："文学上的贵族，只是思想上的分别，他不论特权，所有权，物质权，只说到一个人或多少不同阶级的人，而且他们的思想完全在物权的支配和羡慕。"〔1〕文学是"贵族的"，也就是超越了阶级与物质的限制而追求精神上的自由。超越就是文学不以其功用的直接性为价值旨归，而以无形的永恒为皓的。"超越"与王国维的"解脱"具有对等作用，但是周作人比王国维更进一步：王国维在吸收康德和叔本华的哲学与美学思想上抛弃了"自由"概念而以理想伦理代之，周作人则坚持了文学的自由与精神的自由，而且"超越"比"解脱"更能说明文学的无形功用性而指向美和精神的自由自在。周作人在此已经走上了王国维的批评道路，正是这样，他才成为王国维与李健吾等人之间的承传者。

周作人后来声称关闭"文学小店"，但仍经常谈论文学，他这时则宣称文学无用论了。在1932年《中国新文学的源流》中，周作人说：

> 文学是无用的东西。因为我们所说的文学，只是以达出作者的思想感情为满足的，此外再无目的之可言。里面，没有多大鼓动的力量，也没有教训，只能令人聊以快意。不过，即这使人聊以快意一点，也可以算作一种用处的：它能使作者胸怀中的不平因写出而得以平息；读者虽得不到什么教训，却也不是没有益处。〔2〕

---

〔1〕钟叔河编：《周作人文类编·本色》，第112页。

〔2〕周作人：《中国新文学的源流》，石家庄：河北教育出版社，2002年版，第14～15页。

宣称文学无用,又承认文学是有益处的,这实际上还是无形功用论。革命文学兴起之后,周作人准确地指出了其功用主义色彩:"现在讲革命文学的,是拿了文学来达到他政治活动的一种工具,手段在宣传,目的在成功。"[1]革命文学追求文学的直接功用性,在周作人看来,这与他所说的"赋得的文学"是相同的,所以他毫不宽容地对其进行了批判。周作人所说的"赋得的文学"与王国维所说的"餔餟的文学""文绣的文学"都把文学当作一种谋取某种利益的工具和手段,因而不是真正的文学,真正的文学是超越了人的形而下需求而关注人的形而上需求,亦即指向人的精神的归依或慰藉灵魂的寓所。在文学的功用性问题上,周作人最终也与王国维达到了一致,从而为李健吾等人引领了方向。

　　周作人坚持宽容、理解与自由,主张文学的无形功用论,这些是形成现代感悟批评的基本原则。周作人又将文学批评当作艺术,注重趣味与印象,注重批评实践的审美化,这就使感悟批评从王国维的转型过渡步入了现代的轨道。

三、趣味与印象

　　周作人写于 1923 年的《文艺批评杂话》是中国现代感悟批评发展中非常重要的一篇文献。在讨论这篇文章之前,先来看看周作人写于 1921 年的《批评的问题》一文。在《批评的问题》中,周作人认为"批评家应该专绍介好著作,至于那些无价值的肉麻或恶心的作品,可以不去管他",其理由有三:一是"不应当败读者的兴",二是"现今的人还不很有承受批评的雅量",三是"古人有隐恶扬善之义"[2]。他又假借朋友的观点对自己关于批评家的认识作了补充:"批评家

---

〔1〕钟叔河编:《周作人文类编・本色》,第 114 页。

〔2〕同上书,第 580 页。

实在是文学界上的清道夫兼引路的向导",因为批评家负有"清道夫"的责任,所以是一种"很不愉快的职业"。[1] 这里所说批评家的两大任务,即"绍介好著作"与"清道",前者类似于蒂博代所谓"寻美的批评",后者类似于"求疵的批评"。实际上,这两个任务是一个事物的两个方面,"清道"是为了更好地"寻美"。但周作人却更倾向于前者,他对通往"美"的路途上的垃圾采取视而不见的态度,这就使他和后来的李健吾等人的现代感悟批评在选择批评对象时有很强烈的倾向性,凡不符合其追求的,是难于进入其批评视野的。在《批评的问题》中,周作人关于文学批评的看法还有些模糊,到了《文艺批评杂话》这篇重要文章中,他的观点就变得非常鲜明了,并以"趣味"与"印象"两个关键词确立了现代感悟批评发展的方向。

《文艺批评杂话》开篇就提出:"真的文艺批评,本身便应是一篇文艺,写出著者对于某一作品的印象与鉴赏,决不是偏于理智的论断。"[2]文学批评本身就是文艺,而不是科学的判断。周作人认为当时的文艺批评的缺点就在于缺乏文艺性而是"理智的论断"。他将两种批评排除在"真的文艺批评"之外,即"吹求"的批评和"判决"的批评:

> 这两种批评的缺点,在于相信世间有一种超绝的客观的真理,足为万世之准则,而他们自己恰正了解遵守着这个真理,因此被赋裁判的权威,为他们的批评的根据,这不但是讲"文以载道"或主张文学须为劳农而作者容易如此,固守一种学院的理论的批评家也都免不了这个弊病。[3]

---

〔1〕钟叔河编:《周作人文类编·本色》,第581页。
〔2〕同上书,第575页。
〔3〕同上书,第576页。

文学批评家不是裁判或法官，文学批评也不是下判断，而是对作品的理解和鉴赏，不存在着绝对的权威。周作人指出，那些把文学批评当作科学来看待的人也有这样的缺点，因此他将其划入学问的范畴，从而使文艺批评更具有独立的品格，这是他的独特贡献。我们都容易犯的错误就是混淆批评与学问，所以当科学化的文学批评兴起之后，充斥着文学批评界的大多是学问式的研究，而不是在理解与欣赏的基础上对作品的批评。学问式的研究往往缺少文学的趣味，缺少对作品和人生的感悟。真正的文艺批评是对作品的理解、欣赏和感悟，它本身也应是文艺作品，而不是通过概念和推理对作品的分析和评判。

　　周作人对文学批评的这种认识受印象主义批评的影响，他在《文艺批评杂话》中连续引用了三段法朗士的话。法朗士认为批评是一种小说，并将主观当作文学批评的根本特征来看待，认为批评家说的是自己，也就是自己的印象与感受，自己对作品和人生的感悟。周作人对法朗士的话赞赏备至，他要求批评家都应该注意这些话，不要将批评当作"下判决或指摘缺点"。周作人认为，理解作品靠人类共通的情感，也与后天养成的趣味有关。但周作人否认某种趣味能成为权威，所以他说批评的时候，"一方面想定要诚实的表白自己的印象，要努力于自己表现，一方面更要明白自己的意见只是偶然的趣味的集合，决没有什么能够压服人的权威；批评只是自己要说话，不是要裁判别人"。[1] 他认为趣味是变化的，"我们常人的趣味大抵是'去年'的，至多也是'当日'（Up to date）的罢的，然而'精神的贵族'的诗人，他的思想感情可以说是多是'明天'的，因此这两者之间常保有若干的距离，不易接触。"在周作人眼里，"趣味"有高下之分，一般人的

---

　　〔1〕钟叔河编：《周作人文类编·本色》，第578页。

趣味是暂时的,只有"精神的贵族"的趣味才能够"超越现代而远及未来,所以能够理解同样深广的精神,指示出来,造成新的趣味"。[1]"趣味"也是文学发展的一个因素,但一定是那些能提升人的精神品格的"趣味"才能使文学向前发展,所以周作人对"礼拜六"派的"恶趣味"是大力抨击的。王国维在《人间词话》里认为"趣味"是"貌"而"境界"才是本,周作人所提倡的"趣味",虽然与古代文学批评中的"趣味"有联系,但又有自身的特色,这与沈从文所谓的"兴味"大致相当,我们将在后面加以分析。"趣味"是一种审美主张,"印象"则是对作品与人生的感悟,由此组成的文艺批评,本身就是一种文艺创作。此外,周作人要求批评家要做到"诚"与"谦",才能成为一个真正能具有超越性的批评家,在这一方面,周作人与王国维站在了一起,王国维要求词人(作家)要有高尚的人格,周作人则要求批评家同样要有高尚的人格。在"诚"与"谦"的基础上以"精神贵族"的"趣味"来对作品进行印象式的审美批评,这就是周作人为现代感悟批评确立的基本原则。

周作人提倡印象与趣味,一方面借鉴了西方的文学批评,一方面又连通了古代文学批评,为现代感悟批评形成自身的独特性奠定了基础。周作人主张文学批评不是判断,而是印象的鉴赏,主张文学批评本身就是文艺:这些都促进了现代感悟批评的发展。但是,周作人从实用性的文学批评转向现代感悟批评,对其自身来说是一个曲折的过程,对整个"五四"时期的文学批评来说则是非常稀有的,这说明了现代感悟批评的发展是曲折的。

周作人1923年以前的文学批评如《〈沉沦〉》《情诗》《什么是不道德的文学》等立足点在于"道德",而不在于"趣味"(审美),但他后来

---

[1] 钟叔河编:《周作人文类编·本色》,第579页。

的文学批评则走向了审美的感悟批评。周作人并没有放弃"人的文学"主张,如他认为废名《竹林的故事》具有"隐逸性",只写乡村儿女翁媪之事,却是现实人生的一部分,因为乡村姑娘失恋的沉默与都市女郎因相思而长吁短叹、寻死觅活都是人生的表现,都有意义。周作人正是在对作品和人生的感悟中,读出了废名作品的美与意义。在对作家作品的批评中,周作人实践着他的"趣味"主张与印象审美,坚持着"自由"和"宽容"的原则,如他欣赏废名"简炼""含蓄的古典趣味",称赞其"平淡朴讷"的风格,又以"宽容"的态度为废名的"隐逸"与"晦涩"进行辩护并表示理解和赞赏。总的来说,1920 年代中期至1930 年代,周作人的文学批评主要有以下两个方面的特点:

第一,批评文体以序、跋为主,无论文的逻辑分析而带有随笔特色。这一时期,周作人的文学批评主要是为废名和俞平伯等人的作品作序和写跋,如《〈竹林的故事〉序》《〈桃园〉跋》《〈杂拌儿〉跋》《〈杂拌儿之二〉序》《〈燕知草〉跋》《〈枣〉和〈桥〉的序》等。周作人说:"做序是批评的工作,他须得切要地抓住了这书和人的特点,在不过分的夸扬里明显地表现出来,这才算是成功,跋则只是整个读过之后随感地写出一点印象,所以较为容易了。"[1]作序和写跋都是文学批评的一种方式,周作人认为要抓住要点写出印象,也就是主张印象感悟式的批评。序和跋的写作与文学创作一样没有定式,周作人在运用这种批评文体时表现出较大的随意性,他并不直接谈论作品本身,而是用简明扼要的话语说出自己对作品的印象和评价,读者只能感受到他的印象而不能对作品有较为详细的了解。当然,这主要因为序和跋都是附在作品正文之前或之后,不需要详细地介绍作品,但周作人的"闲谈"在这些短小的评论中是占有较大成分的,其随笔性是明显

---

〔1〕钟叔河编:《周作人文类编·本色》,第 643 页。

的。如《〈杂拌儿〉跋》只有四段,篇幅短小,行文却自由自在、无拘无束,周作人在文章中谈到了北京的风俗、当时的形势、他以前的序、唐宋与明清的散文、白话与古文等很多话题,这些话题看似与俞平伯的《杂拌儿》无关,但又无一不在谈《杂拌儿》。又如周作人在《〈燕知草〉跋》中自己都说:"从《燕知草》说到明朝,又从明朝说到革命,这个野马跑得太远了。"〔1〕可见其是随意而自由的。

第二,好用比喻,在印象感悟中呈现出审美特征。在《〈杂拌儿〉跋》中有这样的比喻:"现代的散文好像是一条湮没在沙土下的河水,多少年后又在下流被掘了出来;这是一条古河,却又是新的。"〔2〕周作人以古而新的河水来喻现代散文,同时也形象地说明了俞平伯散文的特征。周作人将废名的《桥》比喻为诗和画,又将废名的《莫须有先生传》比作"流水"和"风"。这些比喻,都是周作人自己对作品的印象和感受,但是能使读者领略到他所评论之作品的美,更能使读者感受到批评本身的美。

周作人这一时期的文学批评与王国维的文学批评相比,从语言到文体形式都更加现代。如果说现代感悟批评在王国维那里带有明显的从古代向现代转型的过渡性,那么在周作人那里呈现出的主要特点就是矛盾性、曲折性,即他在对待文学功用的问题上存在着矛盾,他从实用性批评转向审美的现代感悟批评的过程是曲折的。然而,周作人的"人的文学"、批评是文艺、"印象"与"趣味"等主张以及他的文学批评都促进了现代感悟批评的发展。

---

〔1〕钟叔河编:《周作人文类编·本色》,第645页。

〔2〕同上书,第638~639页。

第二节　鲁迅：民国体验与感悟批评的另一面

鲁迅(1881～1936)是中国现代文学史上最伟大的作家,他在文学上的成就至今罕有比肩者;在文学批评上,他也颇有建树。"鲁迅的文学思想是在中外文化的交融冲撞中形成的,但更是在中国社会人生的实际体验中孕育起来的,他的《狂人日记》、《药》、《阿 Q 正传》等作品来源于沉痛的民国体验。"[1]同样,鲁迅的文学批评也来自于他沉痛乃至绝望般的民国体验。鲁迅始终高举思想革命的大旗,他的文学批评紧紧围绕着思想启蒙的历史使命而展开,总体上属于社会历史批评或实用性批评,但现实人生的深切体验也使他的文学批评常常充满感悟色彩。当然,与胞弟周作人相比,鲁迅的感悟批评更带功用性。

一、文学批评的战斗性

"文学是战斗的!"这可以看作是鲁迅文艺观念的总纲领。

鲁迅文艺观念的最初形成来自于他的留日体验。仙台医专的"幻灯片"事件使鲁迅弃医从文,他认为改变国民的精神是第一要务,而文艺又是改变国民精神的第一利器。鲁迅就在弱国子民的体验中开始了文艺之路,这使得他的文艺观念从一开始就是"实用"为先的,即文艺是为人生并改良人生的。在《摩罗诗力说》中,鲁迅指出文章(文学)作用于人的精神,且"文章之于人生,其为用决不次于衣食,宫室,宗教,道德。"[2]因此,鲁迅热切地呼唤摩罗诗人在中国的出现,

---

[1] 李怡:《中国现代文学史的叙述范式》,《中国社会科学》,2012 年第 2 期。

[2] 鲁迅:《鲁迅全集》,第一卷,第 73 页。

并将其称之为"精神界之战士";"文学是战斗的"观念已经孕育成形。鲁迅还称"文艺是国民精神所发的火光,同时也是引导国民精神的前途的灯火"[1],他极力推崇文艺的社会作用。

辛亥革命和中华民国的成立,鲁迅始而激昂,继而失望。他"见过辛亥革命,见过二次革命,见过袁世凯称帝,张勋复辟,看来看去,就看得怀疑起来,于是失望,颓唐得很了。"[2]怀疑和颓唐都是鲁迅自身的生命体验。袁世凯称帝前后,鲁迅在北京的生活遭到了严密的监视,为了逃避监视,他只得沉寂于抄古碑。"五四"新文化运动中,鲁迅摇旗呐喊而成为主将。然而,随着"五四"的落潮,鲁迅再次陷入孤独和寂寞之中:"后来《新青年》的团体散掉了,有的高升,有的退隐,有的前进,我又经验了一回同一战阵中的伙伴还是会这么变化,并且落得一个'作家'的头衔,依然在沙漠中走来走去"[3]。

在北洋政府统治下,鲁迅经历了女师大风波并被撤职,民国以来他首次被卷入了社会现实中。因为在三一八惨案(鲁迅称之为"民国以来最黑暗的一天")事件中反抗政府,鲁迅被迫到一家外国人开的医院避难,后来又逃到了南方。鲁迅到厦门之后,高长虹纠集未名社的不满分子另立狂飙社并大肆攻击鲁迅。四一二政变后,鲁迅将其称为"血的游戏","目睹了同是青年,而分成两大阵营,或则投书告密,或则助官捕人的事实!"[4]1927 年,鲁迅在广东的处境是非常危险的。定居上海后,鲁迅又深深地体验到了国民党文化专制主义的残暴统治:"统治者也知道走狗的文人不能抵挡无产阶级革命文学,于是一面禁止书报,封闭书店,颁布恶出版法,通缉著作家,一面用最

---

〔1〕鲁迅:《鲁迅全集》,第一卷,第 254 页。
〔2〕鲁迅:《鲁迅全集》,第四卷,北京:人民文学出版社,2005 年版,第 468 页。
〔3〕同上书,第 469 页。
〔4〕同上书,第 5 页。

末的手段,将左翼作家逮捕,拘禁,秘密处以死刑,至今并未宣布。"[1]左联五烈士的牺牲给鲁迅以沉重的打击。鲁迅自身也很危险,只好躲避,以免被捕。

血淋淋的现实和自身处境的危险,使鲁迅又怀疑文艺的作用。鲁迅曾说:"文学文学,是最不中用的,没有力量的人讲的;有实力的人并不开口,就杀人,被压迫的人讲几句话,写几个字,就要被杀;即使幸而不被杀,但天天呐喊,叫苦,鸣不平,而有实力的人仍然压迫,虐待,杀戮,没有方法对付他们,这文学于人们又有什么益处呢?"[2]鲁迅虽然说文学不中用,但并没放弃文学改良人生的信念,通过清醒地认识文学的无力性,反而能更大地获得文学的有力性。

九一八事变后,民族救亡成为时代主题,鲁迅也时时体验着亡国亡种的危险,所以他极力地推动左翼革命文学运动。鲁迅在去世前参与了"国防文学"与"民族革命战争的大众文学"两个口号的论争,仍然坚持着"文学是战斗的"主张。

文学是战斗的,使鲁迅始终拒绝一切将文学当作"消闲"的观念和形形色色的"为艺术而艺术"的主张。因为他的民国体验是沉痛乃至绝望的:一方面是血腥,是暴力,是压迫,是侵略,另一方面是愚昧,是麻木,是苟安,是忍辱。鲁迅的民国体验是复杂而独特的,即使与其胞弟周作人相比,也有着巨大的差异,这也使得他们的文学观念有很大的不同。周作人与鲁迅都是"五四"新文化运动的先驱,但二人后来却走上殊途。周作人早期的《人的文学》《平民的文学》等同鲁迅一样强调文学对社会的直接作用,要求文学就如"磁的盘碗"一样对人生有实际的作用,其功利色彩是非常明显的。在"五四"新文化运动中,当时的先驱们一般都从"人"出发而至民族与国家,鲁迅遵从

---

[1]鲁迅:《鲁迅全集》,第四卷,第289页。

[2]鲁迅:《鲁迅全集》,第三卷,北京:人民文学出版社,2005年版,第436页。

了这一逻辑。但周作人所谓"人的文学"包含着类的概念却不属于种族、民族、国家、乡土与家族等,它只是个人的,通过个性而直接体现人类的共性,并不一定遵循从个人到民族和国家的逻辑。因此,周作人的"人的文学"虽然是功利性的,但又有与功利目的相背离的倾向。后来,周作人退回到"自己的园地"过着"精神贵族"的生活,他脱离了民国社会实际而从"叛徒"变为"隐士",他强调文艺的无功用性而提倡印象与趣味,追求为艺术而艺术。周作人从强调文学的直接社会作用到宣称文学无用,他走向了无功利的文学观。鲁迅则时时体验着民国社会的实际,尽管也对文学的社会功用有过怀疑,但他始终坚持"文学是战斗的"观念。

在"文学是战斗的"观念支配下,鲁迅也要求文学批评是战斗的。鲁迅说:"现在的作家,连革命的作家和批评家,也往往不能,或不敢正视现社会,知道它的底细,尤其是认为敌人的底细。……自然,我们看书,倘看反对的东西,总不如看同派的东西的舒服,爽快,有益;但倘是一个战斗者,我以为,在了解革命和敌人上,倒是必须更多的去解剖当面的敌人的。"[1]在鲁迅看来,文学批评就是战斗,批评家就是战士,他自己也的确如是。但是,文坛上有恶意的批评家,他们"在嫩苗的地上驰马,那当然是十分快意的事;然而遭殃的是嫩苗——平常的苗和天才的苗"。有的则"靠了一两本'西方'的旧批评论,或则捞一点头脑板滞的先生们的唾余,或则仗着中国固有的什么天经地义之类的,也到文坛上来践踏"而滥用了批评的权威。[2]针对文学批评失去权威及批评界的乱象,鲁迅认为:"批评家的错处,是在乱骂与乱捧,例如说英雄是娼妇,举娼妇为英雄。"[3]因此,有人

〔1〕鲁迅:《鲁迅全集》,第四卷,第308页。
〔2〕鲁迅:《鲁迅全集》,第一卷,第176、423页。
〔3〕鲁迅:《鲁迅全集》,第五卷,北京:人民文学出版社,2005年版,第615页。

否定文学批评，但鲁迅却坚持"文艺必须有批评；批评如果不对了，就得用批评来抗争，这才能够使文艺和批评一同前进，如果一律掩住嘴，算是文坛已经干净，那所得的结果倒是要相反的。"[1]批评家的职责"不但是剪除恶草，还得灌溉佳花，——佳花的苗"。[2]鲁迅还说："我又希望刻苦的批评家来做剜烂苹果的工作，这正如'拾荒'一样，是很辛苦的，但也必要，而且大家有益的。"[3]简言之，文学批评必须坏处说坏，好处说好，若无战斗精神，是做不到的。因此，鲁迅希望有"坚实的，明白的，真懂得社会科学及其文艺理论的批评家。"[4]"坚实""明白"就必须正视现实而具有战斗精神。

　　文学批评必然有批评的尺度或标准。对此，鲁迅说："我们曾经在文艺批评史上见过没有一定圈子的批评家吗？都有的，或者是美的圈，或者是真实的圈，或者是前进的圈。没有一定的圈子的批评家，那才是怪汉子呢。"[5]那么，究竟该用什么尺度或标准呢？在当时的文学批评中，"有英国美国尺，有德国尺，有俄国尺，有日本尺，自然又有中国尺，或者兼用各种尺。有的说要真正，有的说要斗争，有的说要超时代，有的躲在人背后说几句短短的冷话。还有，是自己摆着文艺批评家的架子，而憎恶别人的鼓吹了创作。"[6]尽管鲁迅并没有明确地说明自己的批评尺度或标准，但他说："不过我总以为倘要论文，最好是顾及全篇，并且顾及作者的全人，以及他所处的社会状态，这才较为确凿。要不然，是很容易近乎说梦的。"[7]这实际上就

----

〔1〕鲁迅：《鲁迅全集》，第五卷，第580页。

〔2〕鲁迅：《鲁迅全集》，第三卷，第162页。

〔3〕鲁迅：《鲁迅全集》，第五卷，第317页。

〔4〕鲁迅：《鲁迅全集》，第四卷，第245页。

〔5〕鲁迅：《鲁迅全集》，第五卷，第449页。

〔6〕鲁迅：《鲁迅全集》，第四卷，第83～84页。

〔7〕鲁迅：《鲁迅全集》，第六卷，第444页。

是"知人论世",它强调的是体验,是直面现实,这仍需要战斗精神;如果非得说它是什么尺的话,可以称之为"民国尺"。由此可以看出,鲁迅文学批评的尺度或标准,不是什么外来的理论或固有标准,而是以民国体验为基础,以为人生和改良人生为宗旨。

鲁迅的民国体验决定了他的文学创作,也决定了他的文学批评,即"文学是战斗",创作如此,批评也是如此。

二、在论争中战斗

鲁迅文学批评最显著的特征是战斗性,这主要体现在鲁迅参与的文学论争(论战)和对一些文学现象的剖析之中。

在《论睁了眼看》中,鲁迅将中国的文艺概括为"瞒和骗"的文艺:

> 中国人向来因为不敢正视人生,只好瞒和骗,由此也生出瞒和骗的文艺来,由这文艺,更令中国人更深地陷入瞒和骗的大泽中,甚而至于已经自己不觉得。世界日日改变,我们的作家取下假面,真诚地,深入地,大胆地看取人生并且写出他的血和肉来的时候早到了;早就应该有一片崭新的文场,早就应该有几个凶猛的闯将![1]

鲁迅深深体验到了民国现实的残酷,然而文艺却未能如实描写或反映血淋淋的现实,只是一味地用瞒和骗的方法来粉饰现实。因此,在鲁迅看来,真的新文艺的产生,必须打破瞒和骗,必须有闯将冲破一切传统思想和手法。

在《帮忙文学与帮闲文学》中,鲁迅把中国文学分为"廊庙文学"

---

〔1〕鲁迅:《鲁迅全集》,第一卷,第254～255页。

与"山林文学"两大类,并将其归为帮忙帮闲文学及无忙可帮无闲可帮只余悲哀的文学。他说:"现在做文章的人们几乎都是帮闲帮忙的人物。有人说文学家是很高尚的,我却不相信与吃饭问题无关,不过我又以为文学与吃饭问题有关也不打紧,只要能比较的不帮忙不帮闲就好。"〔1〕无论帮忙还是帮闲,只是为了自己获利而不是真正为人生或改良人生,这是鲁迅极力反对的。在《文坛三户》中,鲁迅剖析了文坛"破落户""暴发户""暴发破落户"的本质:

> 破落户的颓唐,是掉下来的悲声,暴发户的做作的颓唐,却是"爬上去"的手段。所以那些作品,即使摹拟到和破落户的杰作几乎相同,但一定还差一尘:他其实并不"顾影自怜",倒在"沾沾自喜"。

> 暴发不久,破落随之,既"沾沾自喜",也"顾影自怜",但却又失去了"沾沾自喜"的确信,可又还没有配得"顾影自怜"的风姿,仅存无聊,连古之所谓雅俗也说不上了。向来无定名,我姑且名之为"破落暴发户"罢。这一户,此后是恐怕要多起来的。但还要有变化:向积极方面走,是恶少;向消极方面走,是瘪三。〔2〕

鲁迅的批判可谓入木三分,深入骨髓,犀利无比。在上述三篇文章中,鲁迅撕破了文坛的一切假面及伪饰。于是,他遭到了各种各样的诋毁与辱骂,"学棍""学匪""拿卢布"等暗含杀机的攻讦从来就没中断过。这样的一种民国文坛的体验,使鲁迅更坚信文学是战斗的。他"知道人们怎样地用了公理正义的美名,正人君子的徽号,温良敦厚的假脸,流言公论的武器,吞吐曲折的文字,行私利己,使无刀无笔

---

〔1〕鲁迅:《鲁迅全集》,第七卷,北京:人民文学出版社,2005年版,第406页。

〔2〕鲁迅:《鲁迅全集》,第六卷,第353、354页。

的弱者不得喘息。倘使我没有这笔，也就是被欺侮到哭诉无门的一个；我觉悟了，所以要常用，尤其是用于使麒麟皮下露出马脚。万一那些虚伪者居然觉得一点痛苦，有些省悟，知道技俩也有穷时，少装些假面目，则用了陈源教授的话来说，就是一个'教训'。"[1]因此，鲁迅不遗余力地反击文坛上的一切"敌人"，以扫除障碍促进文学的发展实现文艺改良人生的目标。

革命文学兴起之际，太阳社、创造社以鲁迅为靶子，将他称为"封建余孽"和"二重反革命"，鲁迅则毫不留情面地指出他们的幼稚、易变的非革命性。鲁迅坚持文学是战斗的观念，他当然不会反对革命文学，然而，"中国之所谓革命文学……招牌是挂了，却只在吹嘘同伙的文章，而对于目前的暴力和黑暗不敢正视。作品虽然也有些发表了，但往往是拙劣到连报章记事都不如；或则将剧本的动作辞句都推到演员的'昨日的文学家'身上去。"[2]幼稚的革命浪漫蒂克的作品和批评，使读者对革命望而生畏。"成仿吾先生，将革命使一般人理解为非常可怕的事，摆着一种极左倾的凶恶的面貌，好似革命一到，一切非革命者就都得死，令人对革命只抱着恐怖。其实革命是并非教人死而是教人活的。这种令人'知道点革命的厉害'，只图自己说得畅快的态度，也还是中了才子＋流氓的毒。"这样的革命作家，必然容易动摇乃至变节："'革命'和'文学'，若断若续，好像两只靠近的船，一只是'革命'，一只是'文学'，而作者的每一只脚就站在每一只船上面。当环境较好的时候，作者就在革命这一只船上踏得重一点，分明是革命者，待到革命一被压迫，则在文学的船上踏得重一点，他变了不过是文学家了。"[3]鲁迅对叶灵凤、向培良这类所谓的革命文

---

〔1〕鲁迅：《鲁迅全集》，第三卷，第260页。
〔2〕鲁迅：《鲁迅全集》，第四卷，第85页。
〔3〕同上书，第304、305页。

学家作了猛烈的抨击。革命文学,必须反对一切假革命的文学,鲁迅用他的文学批评捍卫了真正的革命文学并极大地促进了左翼革命文学的发展。

为对抗左翼革命文学,国民党极力提倡"民族主义文学"。在《"民族主义文学"的任务和命运》一文中,鲁迅将"民族主义文学"称为"流尸文学",指出"流尸文学仍将与流氓政治同在",他不仅进行文学批评,也作政治批判。鲁迅在这篇文章中分析了黄震遐的《陇海线上》《黄人之血》等所谓的"民族主义文学"作品,指出中国的"民族主义文学家"只同外国主子休戚相关,而不代表中华民族(汉族)。在此基础上,鲁迅概括了"民族主义文学"的任务:

> 那么,"民族主义文学"无须有那些呜呼阿呀死死活活的调子吗?谨对曰:要有的,他们也一定有的。否则不抵抗主义,城下之盟,断送土地这些勾当,在沉静中就显得更加露骨。必须痛哭怒号,摩拳擦掌,令人被这扰攘嘈杂所惑乱,闻悲歌而泪垂,听壮歌而愤泄,于是那"东征"即"西征"的第一步,也就悄悄的隐隐的跨过去了。落葬的行列里有悲哀的哭声,有壮大的军乐,那任务是在送死人埋入土中,用热闹来掩过了这"死",给大家接着就得到"忘却"。现在"民族主义文学"的发扬踔厉,或慷慨悲歌的文章,便是正在尽着同一的任务的。[1]

"民族主义文学"同腐败无能的国民政府一样,干着卖国的无耻勾当却又极力掩饰,但其本质在鲁迅的笔下昭然若揭。对于卖国的政府和卖国的"民族主义文学",人民必须反抗和战斗,而鲁迅走在最

---

〔1〕鲁迅:《鲁迅全集》,第四卷,第327~328页。

前列。

抗日战争爆发前夕,鲁迅参与了"国防文学"与"民族革命战争的大众文学"两个口号的论争,他仍然没有忘记文学的战斗性和批评的战斗性。在《论现在我们的文学运动》中,鲁迅认为:"中国的唯一的出路,是全国一致对日的民族革命战争。懂得这一点,则作家观察生活,处理材料,就如理丝有绪;作者可以自由地去写工人,农民,学生,强盗,娼妓,穷人,阔佬,什么材料都可以,写出来都可以成为民族革命战争的大众文学。也无需在作品的后面有意地插一条民族革命战争的尾巴,翘起来当作旗子;因为我们需要的,不是作品后面添上去的口号和矫作的尾巴,而是那全部作品中的真实的生活,生龙活虎的战斗,跳动着的脉搏,思想和热情,等等。"[1]鲁迅要求的是,作家在坚持民族革命战争的前提下,必须正视现实,既要通过创作来支持民族革命战争,又不忘阶级斗争,只有这样,才能真正成为"民族革命战争的大众文学"。直到去世,鲁迅都在用他的文学批评战斗着。

我们不用再列举更多的例子,我们已经看到了鲁迅文学批评的战斗性。鲁迅文学批评的战斗性,源于他对民国种种社会情态的体验,这不仅包括民国的政治、经济、法律,也包括民国时期文坛的各种现状。战斗性也使得鲁迅的文学批评同时是社会批评与文化批评。

三、实用性的感悟批评

对具体作家作品的批评,鲁迅主要采用"序""小引"等形式,除《〈中国新文学大系〉小说二集·序》外,没有长篇大论,大多篇幅短小精练、文辞优美,充分体现了鲁迅文学批评的另一面,即艺术性。鲁迅文学批评的艺术性,同样源自他的民国体验,由对社会现实、生活

---

〔1〕鲁迅:《鲁迅全集》,第六卷,第613～614页。

与生命的真挚、深切的体验而呈现出现代感悟批评的某些特点。

在《〈中国新文学大系〉小说二集·序》中，鲁迅对文学研究会和创造社之外的小说作了较为系统的批评。论及浅草社诸作家时，鲁迅写道："一九二四年中发祥于上海的浅草社，其实也是'为艺术而艺术'的作家团体，但他们的季刊，每一期都显示着努力：向外，在摄取异域的营养，向内，在挖掘自己的魂灵，要发见心里的眼睛和喉舌，来凝视这世界，将真和美歌唱给寂寞的人们。"[1]这里，没有枯燥的说教与乏味的逻辑推理，只是一些印象式的感悟，却准确地把握了评论对象的特征。鲁迅是这样评论废名的："在一九二五年出版的《竹林的故事》里，才见以冲淡为衣，而如著者所说，仍能'从他们当中理出我的哀愁'的作品。可惜的是大约作者过于珍惜他有限的'哀愁'，不久就更加不欲像先前一般的闪露，于是从率直的读者看来，就只见其有意低徊，顾影自怜之态了。"[2]仅寥寥数句，鲁迅就指出了废名小说的特色及意义。而对于台静农，鲁迅认为："要在他的作品里吸取'伟大的欢欣'，诚然是不容易的，但他却贡献了文艺；而且在争写着恋爱的悲欢，都会的明暗的那时候，能将乡间的死生，泥土的气息，移在纸上的，也没有更多，更勤于这作者的了。"[3]如果没有丰富的体验与真切的感悟，没有对民国社会现实的清醒认识与深刻的反思，鲁迅是难以准确评价台静农的。

鲁迅对具体作家作品批评的"序""小引"并不多，且主要关注左翼青年作家。

这《孩儿塔》的出世并非要和现在一般的诗人争一日之长，

〔1〕鲁迅：《鲁迅全集》，第六卷，第250～251页。

〔2〕同上书，第252页。

〔3〕同上书，第263页。

是有别一种意义在。这是东方的微光,是林中的响箭,是冬末的萌芽,是进军的第一步,是对于前驱者的爱的大纛,也是对于摧残者的憎的丰碑。一切所谓圆熟简练,静穆幽远之作,都无须来作比方,因为这诗属于别一世界。[1]

鲁迅一面说着自己不懂诗,一面却用诗一般的语言评论着白莽的诗集,这是其文学批评艺术化的突出体现。现代感悟批评在批评活动中,即从阅读、理解到鉴赏、评价和形成批评文字的整个过程中都以直观感悟为主要思维方式,因而它在总体上是印象的、感性的、具体的。鲁迅对白莽诗集《孩儿塔》等作品的批评,正具有这些特点。

鲁迅文学批评的艺术化是以其民国体验为基础的。他在《叶紫作〈丰收〉序》中指出:"这里的六个短篇,都是太平世界的奇闻,而现在却是极平常的事情。因为极平常,所以和我们更密切,更有大关系。作者还是一个青年,但他的经历,却抵得太平天下的顺民的一世纪的经历,在转辗的生活中,要他'为艺术而艺术',是办不到的。但我们有人懂得这样的艺术,一点用不着谁来发愁。"[2]鲁迅非常肯定叶紫的经历也就是体验,实际上,叶紫的体验又何尝不是鲁迅的体验呢? 当然,经历或体验不一定是亲历亲为。正是有了较为相同的民国体验,鲁迅才充分地肯定了叶紫小说的意义。对于萧军(田军)的《八月的乡村》,鲁迅认为:"这书当然不容于满洲帝国,但我看也因此当然不容于中华民国。这事情很快的就会得到实证。如果事实证明了我的推测并没有错,那也就证明了这是一部很好的书。"[3]为什么会有这样的评价呢? 因为《八月的乡村》阻碍了"征服中国民族的

---

〔1〕鲁迅:《鲁迅全集》,第六卷,第512页。

〔2〕同上书,第228页。

〔3〕同上书,第296页。

心",作品描绘的东北各种形式的抗战有背国民党的不抵抗的卖国政策。这是何其沉痛乃至绝望的民国体验呀！叶永蓁的《小小十年》出版时鲁迅曾为其作"小引",小说却受到了严厉的批评,批评的依据便是作品的主人公从军的动机是为了自己。鲁迅则反驳:"书中的主角,究竟上过前线,当过哨兵(虽然连放枪的方法也未曾被教),比起单是抱膝哀歌,握笔愤叹的文豪们来,实在也切实得远了。倘若要现在的战士都意识正确,而且坚于钢铁之战士,不但是乌托邦的空想,也是出于情理之外的苛求。"[1]鲁迅非常注重文学对社会实际的描写或反映,进而对那些有着实际革命经验的青年作家也多了些提携、奖掖与宽容。

对于"革命文学",周作人曾准确地指出了其功利主义色彩:"现在讲革命文学的,是拿了文学来达到他政治活动的一种工具,手段在宣传,目的在成功。"[2]这种观点与鲁迅对"革命文学"的看法有些相似。但周作人是一个"隐士",永远做着"精神的贵族",难以看到民国现实人生的苦难以及这种苦难对艺术的要求,所以有些绝对地坚持着艺术的无功用性而难以"宽容"左翼文学。鲁迅则在民国社会现实的沉痛体验中宽容了左翼青年作家的艺术上的幼稚,因为他坚信文学是战斗的。然而,批评的宽容绝不是包容和纵容,鲁迅注重对左翼青年作家的提携与奖掖,但又始终地坚持着艺术的尺度,决不掩盖他们的不足,而是做到了坏处说坏,好处说好。例如,对于叶永蓁的《小小十年》,鲁迅指出了其不足之处:"在这里,是屹然站着一个个人主义者,遥望着集团主义的大纛,但在'重上征途'之前,我没有发现其间的桥梁。"[3]鲁迅还批评了萧军《八月的乡村》和萧红《生死场》结

---

〔1〕鲁迅:《鲁迅全集》,第四卷,第231～232页。

〔2〕钟叔河编:《周作人文类编·本色》,第114页。

〔3〕鲁迅:《鲁迅全集》,第四卷,第150页。

构的散漫、人物刻画的不力及笔致的越轨等缺点。鲁迅对左翼青年作家的批评，既不是吹捧，也不是谩骂，他既坚持文学批评的战斗性，又坚持了艺术性。

在文学批评上，鲁迅既是战士，也是诗人，可以说，他是一位杰出的批评家。作为战士的鲁迅，文学批评是他的一种武器，充满了战斗性；作为诗人的鲁迅，文学批评是他抒发情感的工具，也满蕴着诗意。鲁迅的文学批评，没有固定的理论依据，但他的依据是整套的人生和艺术，也就是整个的民国体验，因而，鲁迅文学批评的战斗性与艺术就统一于他复杂而独特的民国体验。

从文学批评中的思维方式来看，感悟思维是基础；而在阅读、理解、欣赏和评价的整个过程都以感悟思维为主的批评应属于感悟批评。现代文学批评家几乎都有感悟批评文本的存在，即使是功用性的文学批评，也可能是感悟批评。以上对周氏兄弟文学批评的简要考察，可以发现他们在文学批评中都存在感悟批评，都在不同程度上促进了现代感悟批评的发展。不同的是，转向后周作人的感悟批评重在审美、重在为艺术，而鲁迅的感悟批评重在功用、重在为人生，且鲁迅的感悟批评之作相对较少。我们论述的现代感悟批评，以审美的感悟批评为主，通过对代表性批评家的考察来探讨现代感悟批评的基本特征。

第三章 现代感悟批评的典范

司马长风认为："三十年代的中国，有五大文艺批评家，他们是周作人、朱光潜、朱自清、李长之和刘西渭，其中以刘西渭的成就最高。他有周作人的渊博，但更为明通；他有朱自清的温柔敦厚，但更为圆融无碍；他有朱光潜的融会中西，但是更为圆熟；他有李长之的洒脱豁朗，但更有深度。"[1]这段话经常被谈论李健吾（笔名刘西渭）的人们所引用，其评价是相当高的，有人认为过誉了，但从现代感悟批评的发展来看，这个评价还是恰如其分的。

李健吾（1906～1982），现代著名作家、批评家和翻译家。李健吾在上小学时即喜看文明戏，并经常参加话剧演出，这为他后来成为著名剧作家和剧评家奠定了基础。上中学时，李健吾与蹇先艾、朱大枏等人一起从事文学活动。在清华园就读时，21岁的李健吾对好友蹇先艾的《朝雾》集写了评论，初次显示了他在文学批评上的非凡才能。1931年到1933年，李健吾留学法国，他畅游于艺术的海洋，日夜研读福楼拜，这一时期是他艺术思想形成的重要阶段。归国后，李健吾活跃在文坛上，不仅在话剧、小说和散文创作方面收获颇丰，更在文学

---

[1] 司马长风：《中国新文学史》，中卷，香港：昭明出版社，1978年版，第248页。

批评上取得了骄人的成绩。1935年12月,商务印书馆出版了李健吾的《福楼拜评传》,次年,《咀华集》问世,1942年又出版了《咀华二集》,这三部批评著作,代表了李健吾文学批评的最高成绩,也代表了现代感悟批评的最高水准。建国后,李健吾主要从事法国文学研究和翻译,并写了许多戏剧评论,后来结集为《戏剧新天》,这是他最后的批评著作集,虽然不乏对艺术和人生的感悟,但缺少了前期含英咀华的风采。李健吾前期三部批评著作体现了现代感悟批评的最主要的特征,即,始终坚持对艺术与人生的感悟与体验;坚持公正的批评原则,采取宽容的批评态度;坚持独立和自由的批评精神,追求批评的艺术化。

第一节 《福楼拜评传》:感悟批评的精彩开篇

许多人在谈论李健吾文学批评时,往往只涉及《咀华集》和《咀华二集》,很少顾及《福楼拜评传》,其原因也许在于这只是法国文学研究的一部学术著作,或者只是外国作家的传记,并不是中国当时文学的批评。然而,《福楼拜评传》既是一部学术著作,因为它满含学问、知识与学者的睿智,它也是一部文学传记,充满了艺术性,它更是一部文学批评,充分体现了李健吾的现代感悟批评的文学思想和批评原则。

《福楼拜评传》共八章,第一章叙述了福楼拜的生平,第二章至第七章依次评述了福楼拜的《包法利夫人》等作品,第八章为"福楼拜的宗教",主要评述传主的文学观念。评传之序是整部书的精彩开篇,它不像是一部学术著作的序言,而更像是一部伟大文艺作品的序言。在序中,李健吾将福楼拜放在整个19世纪的法国文学中来谈其伟大

意义,确立了全书的基调:

> 创作是他的生活,字句是他的悲欢离合,而艺术是他整个的
> 生命。一切人生刹那的现象形成他艺术的不朽。自从有了实业
> 革命,差不多个个文人,不出卖灵魂,也要出卖物质的生存。只
> 有这样一个人,硕果独存,做我们性灵最后的反抗,从理想里追
> 求精神的胜利。……司汤达深刻,巴尔扎克伟大,但是福楼拜,
> 完美。巴尔扎克创造了一个世界,司汤达剖开了一个人的脏腑,
> 而福楼拜告诉我们,一切由于相对的关联。他有他风格的理想,
> 而每一部小说,基于主旨的不同,成功不同的风格的理想。[1]

福楼拜将艺术当作生命,而不是将其作为谋名谋利的手段或工具,他
比司汤达和巴尔扎克更为伟大,因为他在艺术上达到了完美。坚决
维护艺术的纯洁性,坚持追求艺术的完美性,并在相当程度上达到了
"完美",这就是福楼拜在 19 世纪的法国文学中乃至整个世界文学史
上的伟大意义和价值。李健吾将福楼拜的信条作为他文学批评的基
本准则,因而他完美地刻画出一个完美的福楼拜;对艺术与人生近于
"完美"的感悟,也就成为这部评传的重要特色。

李健吾注重从作家的生平和思想来理解作家作品,因而《福楼拜
评传》的第一章主要是介绍传主的生平与思想。李健吾从大量的资
料,如回忆录、信札、他人的评说等来叙述福楼拜那艺术的一生,但他
不是以编年体的方式来叙述,也不理会一些具体的细节,而是抓住福
楼拜的主要性格,重点叙述传主对艺术执著追求的精神。李健吾认
为福楼拜的性格是充满矛盾的:"在这赤子的热怀里,是全部情绪的

---

[1] 李健吾:《福楼拜评传》,桂林:广西师范大学出版社,2007 年版,序,第 2～3 页。

汹涌，一下子奔流过去，或者一下子奔流回来，是整个生命的期许，全部灵魂的撼动。一切形成凿枘的参差。他赋有外形的美丽，同时具有永生的疾病；他生有魁梧的身体，同时里面布满了柔脆的神经。他从来一心相与；唯其一心相与，他容易受伤，也容易兴奋。他可以因为一粒微屑，怨天谩地；或者一声呼喊，欢天喜地。在他的爱憎上，他分不清大小轻重，甚至于轻重倒置；或者一言不发，或者滔滔不绝，是即是，非即非，绝无所谓唯唯诺诺。"[1]正是这种矛盾而趋于极端的性格，让福楼拜充满痛苦，而他的骄傲与畏怯又交织成他的孤独。福楼拜倾向于佛教思想，具有宿命观念，虽没有佛教徒的达观，但也能大彻大悟，这种悟就是通过艺术逃避痛苦，摆脱肉身和物质的局限而走向精神的自由。李健吾认为："艺术是他的宗教。他是文艺女神最忠实的信徒。他尽量缩减人生，正为显出她的仪态万端。"将艺术当作一种宗教来信仰，其目的正在于逃避、解脱或慰藉，所以福楼拜说："人生如此丑恶，唯一忍受的方法就是躲开。要想躲开，你唯有生活于艺术，唯有由美而抵于真理的不断的寻求。"[2]

艺术是一种"躲开"的方式，就必须"躲开"与艺术无关的一切，艺术绝不是功用的，只有这样，艺术才能获得其独立性与永恒性。福楼拜认为只有艺术才能不朽，只有艺术家才能流芳百世，其他都会沦为过去。福楼拜坚定地维护艺术的纯洁："他反对给艺术添上一堆身外的事物；他厌闻实用与消遣的用意。他看不出一个观念和五个佛郎之间的关联。我们必须为艺术而艺术，否则任何职业胜似舞文弄墨。他可以忍受物质的困厄，操守如一。在艺术上，犹如在爱情上，从一而终，是他精神活动最高的企向"[3]。福楼拜坚决维护艺术的

---

〔1〕李健吾：《福楼拜评传》，第 19 页。

〔2〕同上书，第 39 页。

〔3〕同上书，第 284 页。着重号为引者所加。

纯洁性与永恒性,这一点让李健吾非常欣赏,以至于成了李健吾的宗教。福楼拜把挣钱的艺术称作最卑贱的职业,李健吾则认为如果放弃为艺术而艺术,那么任何职业都比艺术这一"职业"强:两人都坚持艺术是纯洁而永恒的。

"为艺术而艺术"只是一句口号,任何艺术都无法做到只为本身,然而,艺术有其纯洁性,那就是排斥一切功用目的而专注于美,并通过美的创造与欣赏来进入自由自在的精神世界,让灵魂有所归依。这是一切伟大艺术的共同之处,也是伟大文艺批评家所追求的终极理想。李健吾就追求着这样的理想,他说:

> 尼采奚落为艺术而艺术,以为是一条蛇,咬着自己的尾巴。艺术是人生的兴奋剂,必须具有一个道德的目的。但是尼采忘掉对于真正的艺术家,例如福氏,人生,甚至于整个的宇宙,只是完成其作品的一种方法。在创作的过程上,艺术家吸取人生普遍和永久的成分,做成他理想的存在,正如高尔地耶所云:"他用一种生存底新解释替代旧解释,而旧的祛除其流弊,归纳做一种方法。他用一种美学的解释,替代人世的道德与终极的解释。"[1]

艺术是一种方法,即对生存进行美学解释的方法,通过这种解释,人能够从沉重的肉身中获得解脱、解放和慰藉,从而升至精神的永恒和理想的存在。李健吾说:"精神最大的威吓,正是认识自然,抛弃人为万物之灵的灵性,返回原始的浑噩。欧西文化用人做中心,而人的尊严,全在具有禽兽没有的精神生活。"[2]真正的人的存在,不是肉

---

〔1〕李健吾:《福楼拜评传》,第304~305页。
〔2〕同上书,第211页。

身的苟在,必然是一种精神的存在,而艺术正是这种精神存在的最为重要的方式,因而艺术与人生在本质上是有相似性的,"为艺术而艺术"也就是在最高、最美和最永恒的层面上的"为人生"。在这里,李健吾通过对福楼拜的人生和艺术的感悟,与王国维、周作人达到了一致,他所说的"理想的存在"与王国维的"理想伦理"、周作人的"精神的贵族"都指向文学艺术的无用之大用,而这些正是艺术的最高道德。

艺术与人生同质同构,人生的存在是性灵的存在,艺术也是性灵的存在。李健吾在福楼拜那里悟出:"艺术是性灵活动的结晶,如果斫去出人头地的天才,人类还余下些什么? 群众? 这是一群用不着艺术的蠕蠕而动的生物,正如每个中产者,最多不过用来装饰门面,或者消遣时日而已。"[1]王国维从康德和叔本华那里继承了"天才说"的衣钵,李健吾也在福楼拜那里看到了天才与艺术的密切联系。李健吾并不十分坚持天才观念,但他也强调作家的天性与禀赋对创作的重要作用,认为"艺术本身的价值,最后不在艺术家的技巧,因为技巧是学来的,体会的,熟练出来的,这就是说,可以同臻极境的,所以最后,却在艺术家各自的禀赋"。[2] 天才也好,天性与禀赋也好,都是性灵的体现。然而,在艺术创作和批评中,有些并无性灵,其原因就在于被知识羁绊,为功用所役。对知识的过分迷恋无益于艺术创作,因为这容易导致性灵的泯灭。艺术创作是性灵的,批评也是性灵的,因此,批评与知识、学问研究是不同的,在这一点上,李健吾又和周作人取得了一致。

福楼拜认为所有杰作的秘诀全在主旨同作者性情的符合。李健吾认为,作者的性情与作者的意见是不同的,作品里必须有作者的性

---

〔1〕李健吾:《福楼拜评传》,第31页。

〔2〕同上书,第45页。

情,但不能有作者的意见,也就是说,作品里不能有作者,作者在作品
中是隐去的,读者看不见他,又能时时感到他的存在。"从文章里把
自我删出,无论在意境上,无论在措词上,如果他不能从根拔起他的
生性;至少他可以剪去有害的稠枝密叶,裸露出主干来,多加接近阳
光,多加饱经风霜。"[1]这是福楼拜的信条,也是李健吾的信条。李
健吾认为《包法利夫人》的创造是真实的,这是包含作者在里面但又
是追求小我以外的永在而普遍的真实,与人生相符而又连接在宇宙
整个的进化上,因而小说在艺术上取得了最高的成就。艺术是永在
而普遍的,作家是个别的,作家的材料也是特殊的,但作家必须隐藏
自己,并将特殊材料与整个宇宙人生的关联表现出来才能达到艺术
的永恒。所以,对艺术家来说,故事、材料、主旨等都不是最重要的,
最重要的在于从故事、材料中发现其普遍性与永恒性,这种普遍性与
永恒性是属于人的精神或灵魂的,而任何艺术品的最终主旨都是人
生,即进入人的精神世界,为人的灵魂寻找寓所。艺术的永恒性就在
于表现了人类的普遍性,而要达到此目标,作者必须隐藏自己,即将
自己的个性融入人类的共性之中,所以福楼拜有一个原则就是:"自
己不应当写自己。所有的幻象正好来自作品的无我格。艺术家在他
的作品里面,应该和上帝在创造里面一样,看不见,然而万能;处处感
到他的存在,然而看不见他。"[2]作品的无我就是从作品删去作者的
意见,不是从作品删去作者的性情,因为艺术是性灵活动的结晶。在
李健吾看来,福楼拜的所有小说,都有着他的性情,但没有他的意见,
可以感到他在作品中的存在,却看不见他。隐藏自己而又使自己的
性情满于其间,这是艺术创作的一个原则,也是李健吾文学批评的一
个原则。

---

〔1〕李健吾:《福楼拜评传》,第42页。

〔2〕同上书,第306页。

艺术作品要包含作者的性情,但李健吾认为,这不能成为艺术家发泄自己情感的理由,"因为艺术是一个自身完备的天地,彷彿一颗星星,用不着支柱。我们必须脱离一切霎那的因果,然后越少感觉对象,我们反而越容易照实表现它永久而普遍的性质,天才或许不是别的,是叫对象来感觉的官能。物役于人,不是人役于物。艺术家表现热情,然而是描写的,属于一种再现的作用,具有形体的美丽,否则容易流于艺术娼妓化,甚至于情绪娼妓化"〔1〕。李健吾进而写道:

> 心不是艺术的根源,一切出于头脑:我们应该用脑袋写文章。这是一种理智的活动。通常我们所谓灵感,不是创作本身,往往只是一种主见,人为的激发。……所以灵感,我们应该导而用之,不要承而受之。前者属于一种理智作用,后者却是一种溃裂,形成所谓"容易"或者"滑"的风格。我们越约束感伤的成分,理智的成分越见强大。在我们生命里面,热情的地位愈小,艺术愈形发展。激奋应该留给筋肉,好叫理智永久晴明。对于艺术家,热情是生命的伴奏,而艺术是生命的歌唱。如果下面的音符升高了,挽在一起,就什么也分不清楚了。〔2〕

性情不是热情,情感也须受理智的约束,才能更好在通过"照实表现"而达到艺术的永久与普遍。作家对灵感要"导而用之",要用理智节制情感。李健吾的文学批评引起了一些作者的辩驳,他承认辩驳有其合理性,但他也捍卫自己批评的权利,因为批评是独立的,是公正的,它不因作家的辩驳而失去自身的价值。

在《福楼拜评传》中,李健吾谈到了艺术的公正和批评的公正,这

---

〔1〕李健吾:《福楼拜评传》,第310页。

〔2〕同上书,第311页。

是他批评的一个基本原则。李健吾认为："在艺术上，犹如在法律上，公正形成最高的道德。观察和描写，还给事物各自存在的价值，本身就是一种教诲。犹如自然历史的写作，甚至于批评的写作，这里必须看不见道德的观念。问题不在叫卖或此或彼的现象与公式，而在说出它为什么如此，和另一个怎样联在一起，而且何以生存。对于一个艺术家，美了就道德：'彷佛太阳，诗往粪堆上添金子。看不见金子的人们，活该了。'"[1]公正、道德、美，都是艺术的本质属性，而这些都基于艺术家的性情，或者说基于人生与人性。因此，批评也是基于人生与人性的，这是它的最大根据，在此基础上对艺术与人生的感悟，就是现代感悟批评的源泉。

李健吾认为福楼拜不是高明的理论家而是真正的实践者；笔者认为李健吾自己也是如此。李健吾对福楼拜的评述，是对艺术的批评，更是批评的艺术。"艺术是一种表现，艺术家只应该想着表现。这就说，转来转去，艺术仍是一种形体的美，倾其所能，呈现自然的形体的美，因为艺术，犹如上帝位居九霄，悬置于无限，本身完备，离开它的创造者而独立。"[2]李健吾是艺术的批评家，是批评的艺术家，所以他只想着表现，没有顾及理论，他是批评的实践者，更是艺术的创造者。在《福楼拜评传》中，我们看不见李健吾，但我们能感觉到他无处不在，当然，这种无处不在不是他自身，而是他对艺术之永恒性与普遍性的表现，是他对人生的感悟，是他对人的灵魂的探险和为其寻找完美的寓所。《福楼拜评传》以其对艺术和人生的感悟而表现了艺术与人生的伟大、永恒与完美。这是中国现代文学批评的幸运，更为幸运的是，李健吾还以其关注同代作家作品的《咀华集》与《咀华二集》积极参与了中国现代文学的历史进程，从而使 1930 年代和 1940

---

〔1〕李健吾：《福楼拜评传》，第 302 页。

〔2〕同上书，第 301～302 页。

年代的中国文学批评有了一道亮丽的风景。

第二节 《咀华集》：自由而独立的寻美之旅

　　《咀华集》出版之后，当时有欧阳文辅撰文无理贬斥和迎头棒击，他认为这是印象主义的死鬼到了中国，危险极大，因为"印象主义是垂毙了的腐败的理论，刘西渭先生则是旧社会的支持者！是腐败理论的宣教师！"[1]这样的批评当然不足道，但引起了人们对《咀华集》和"刘西渭"的关注。与其说印象主义是一种理论，不如说是一种实践；李健吾在文学批评上不是一个高明的理论家，而是一个伟大的实践者。

　　批评实践不能受理论的限制，但也应有理论的指导，李健吾的批评理论就是他对批评的态度，这在《咀华集》的"跋"中表现得非常鲜明。李健吾认为，"批评的成就是自我的发见和价值的决定。发见自我就得周密，决定价值就得综合。一个批评家是学者和艺术家的化合，有颗创造的心灵运用死的知识。他的野心在扩大他的人格，增深他的认识，提高他的鉴赏，完成他的理论。创作家根据生料和他的存在，提炼出来他的艺术；批评家根据前者的艺术和自我的存在，不仅说出见解，进而企图完成批评的使命，因为它本身也正是一种艺术。"[2]批评是创造，批评是艺术，这是李健吾为现代感悟批评织就的旗帜。但在李健吾写作"含英咀华"的篇什时，正是左翼文学高声撕杀之际，文坛各派互相攻击，批评在多数的批评家那里往往是一种工具，而不是艺术。对此，李健吾说："我厌憎既往（甚至于现时）不

---

〔1〕李健吾：《咀华集·咀华二集》，上海：复旦大学出版社，2005 年版，第 184 页。

〔2〕同上书，第 93 页。

中肯然而充满学究气息的评论或者攻讦。批评变成一种武器，或者等而下之，一种工具。句句落空，却又恨不把人凌迟处死。谁也不想了解谁，可是谁都抓住对方的隐匿，把揭发私人的生活看做批评的根据。大家眼里反映的是利害，于是利害仿佛一片乌云，打下一阵暴雨，弄湿了彼此的作品。于是，批评变成私人和字句的指摘，初不知字句属于全盘的和谐，私人有损一己的道德。但是，正相反，我并不打算信口开河，一意用在恭维。莫瑞先生曾经特别叮咛，尤其是在现时，一个批评者应当诚实于自己的恭维。"[1]不攻讦，不恭维，忠实于艺术与人生而追求公正，这就是批评的最大道德，这就是批评家应有的态度。《福楼拜评传》充溢着李健吾对福楼拜的赞美与"恭维"，但他是诚实而公正的。面对"古人"福楼拜及其杰作，李健吾能持公正态度，面对同代作家作品他则称自己"每每打不进去"，因为现实的沾着和人世的利害有碍于公正。但当李健吾一进入作家作品之后，绝不失却公正的态度（虽然困难而不能达到绝对的公正），正是持这种态度，并以艺术和人生为标尺，他在《咀华集》里对巴金、沈从文、林徽因、萧乾、卞之琳、李广田等人的作品进行了评品。

在《咀华集》中，有两篇文章批评巴金及其作品的，即《〈爱情的三部曲〉——巴金先生作》和《〈神·鬼·人〉——巴金先生作》。在《福楼拜评传》中，李健吾主张作家不应该写自己，应从作品中删出作者，更不能在作品中发泄作者的情绪。当李健吾面对巴金时，他深深地感到了作家的热情，他认为热情而不能冷静使得巴金不擅长于描写。李健吾对巴金的热情贬多于褒，他说："巴金先生不是一个热情的艺术家，而是一个热情的战士，他在艺术本身的效果以外，另求所谓挽狂澜于既倒的入世的效果；他并不一定要教训，但是他忍不住要喊出

---

〔1〕李健吾：《咀华集·咀华二集》，第94页。

他以为真理的真理。"[1]这种"入世的效果"即追求艺术的社会作用，显然是不符合李健吾的艺术主张的，因为艺术应在限制之中争取最和谐的表达的自由，这就要求作家必须删削妨害艺术之为艺术的东西，如热情。在作品中删出作家自己，他才可能坚持艺术无功用的原则，从而在艺术上趋于完美，但巴金似乎没有遵循这样的要求，所以李健吾对他在艺术上的成就并不看好。

李健吾的文学批评，不仅坚持艺术尺度，也坚持人生尺度，二者往往是一致的。只以艺术尺度来衡量废名和巴金，李健吾就会"牺牲"巴金，然而，再运用人生尺度，他就发现了巴金的意义与价值："废名先生单自成为一个境界，犹如巴金先生单自成为一种力量。人世应当有废名先生那样的隐士，更应当有巴金先生那样的战士。一个把哲理给我们，一个把青春给我们。二者全在人性之中，一方是物极必反的冷，一方是物极必反的热，然而同样合于人性。"[2]人性或人生就是李健吾文学批评的第二个尺度。以这一尺度来看巴金，李健吾认为巴金的作品与他的性情是一致的，因而"成为一种流动而动人的力量。不以艺术家自居，只要艺术供他役使，完成他社会的使命，同时不由自主，满足艺术的要求，他自然而然抓住我们的注意。"[3]巴金从人生出发而走向艺术，李健吾从艺术出发而回到人生，两人虽然艺术观念不一样，但在人性与人生的体验上却有着一致的地方，这让李健吾收起了艺术利剑的锋芒而坚持了公正的批评态度。李健吾虽然对巴金在艺术上的成就有所贬低，但他看到了巴金表现人生的努力；他的这两篇批评文章揭示了现代感悟批评的真谛就在于对艺术与人生进行同样深刻的感悟而又不过分偏向某一方。

---

〔1〕李健吾：《咀华集·咀华二集》，第20页。
〔2〕同上书，第3页。
〔3〕同上书，第20页。

在李健吾眼里,巴金只是一个热情的战士,而不是一个自觉的艺术家,他眼里自觉的艺术家是沈从文。在《咀华集》《咀华二集》中,除了《〈边城〉——沈从文先生作》专论沈从文外,李健吾还在论萧乾的《篱下集》及论芦焚的《里门拾记》两篇文章中兼论沈从文。李健吾认为巴尔扎克是天真的人的小说家,而福楼拜则是自觉的艺术的小说家,他将沈从文也当作自觉的艺术的小说家,因为"有些人的作品叫我们看,想,了解;然而沈从文先生一类的小说,是叫我们感觉,想,回味"。[1] 废名虽与沈从文相近,但二人还是不同的,李健吾认为废名如一个修士追求超脱的意境而不是美本身,沈从文则将具体的人生美化而比前者更吸引读者。李健吾不仅将沈从文同废名比较,更通过与外国名家比较,以证明沈从文是个自觉而又伟大的艺术家,他说:"司汤达是一个热情人,然而他的智慧(狡猾)知道撒诳,甚至于取笑自己。乔治桑是一个热情人,然而博爱为怀,不唯抒情,而且说教。沈从文先生是热情的,然而他不说教;是抒情的,然而更是诗的。"[2] 李健吾充满深情地说:

> 《边城》便是这样一部 idyllic 杰作。这里一切是谐和,光与影的适度配置,什么样人生活在什么样空气里,一件艺术品,正要叫人看不出是艺术的。一切准乎自然,而我们明白,在这种自然的气势之下,藏着一个艺术家的心力。细致,然而绝不琐碎;真实,然而绝不教训;风韵,然而绝不弄姿;美丽,然而绝不做作。这不是一个大东西,然而这是一颗千古不磨的珠玉。在现代大都市病了男女,我保险这是一付可口良药。[3]

---

〔1〕李健吾:《咀华集·咀华二集》,第 25 页。
〔2〕同上书,第 26 页。
〔3〕同上书,第 28 页。

这一段话被谈论《边城》的人们无数次地引用着,它几乎与《边城》一样成为了经典。在评萧乾的《篱下集》时李健吾说沈从文"颂扬人类的'美丽与智慧',人类的'幸福'即使是'幻影',对于他也是一种'德性',因而'努力'来抓住,用'各种形式'表现出来。这不仅是一种心向往之的理想,而是和'宗教情绪完全一样'的情绪。"[1]在李健吾看来,沈从文与福楼拜一样,都把艺术当作自己的宗教。宗教的目的之一在于让人的灵魂有一个寄托或归依,文学艺术的目的之一也是为灵魂寻找寓所;沈从文建起了"希腊小庙",李健吾则把我们的灵魂带进去休憩。

萧乾也被李健吾当作自觉的艺术家来看待。如果说沈从文笔下"湘西世界"边地人生是纯朴的,那么萧乾笔下"篱下世界"童年生活则是神圣的,二者都是艺术表现上的至境,因其与现实无沾著,无功用之相害,故是人生的理想之象征。然而"乡村不得和城市碰在一起,儿童不得和成人碰在一起,万一碰在一起,那良善的,强壮的,因为无辜而更引人同情的,不是城市,不是成人,却是质朴和无识:两颗可告无愧于天的赤怀。"[2]所以《边城》和《篱下集》都有悲哀的分量,忧郁的情绪。不过萧乾显然没有达到沈从文的精致与完美,李健吾认为萧乾有艺术的自觉,努力运用他的聪明去追求艺术的完美,但追求成功与否则另当别论,因为自觉的艺术追求是可贵的。而且《篱下集》表现了复杂的人生,虽然让"我们分外感到忧郁,因为忧郁正是潮水下去了裸露的人生的本质,良善的底里,我们正也无从逃避。生命的结局是徒然"[3]。李健吾是在谈论艺术吗?是的,但他更是在谈论人生,这是通过艺术作品而直观地感悟到了人生的本质与真谛。

---

〔1〕李健吾:《咀华集·咀华二集》,第37页。
〔2〕同上书,第42页。
〔3〕同上书,第46页。

《篱下集》在艺术上虽还未臻于完美,但在人生的表现上无疑是成功的。同样地,塞先艾的《城下集》也在人生的表现上达到了成功,李健吾认为这部小说集是贫苦生活的忠实的记录,所以自有动人的力量而让读者留恋。

艺术是性灵活动的结晶,因而李健吾并不注重"生料"或故事在作品中的地位,而强调艺术技巧的作用,强调作者的性情与作品的谐和。在谈《包法利夫人》时,李健吾就说:"其实故事并不重要,重要在作家的运用,在他别出心裁的安置。故事永久是故事,不会因为使用的次数过多而陈旧,而腐烂,而减色;对于艺术家,兴趣集中在推陈出新的技术上,如果他的工作有他深厚的天性做基础,这已然不容易和另一个艺术家的工作相同;他有他特殊的看法,他独具只眼的见地;如果他的手腕脆弱,了解肤浅,故事便是再好,再生动,再有趣,依样不生效果。"[1]这是李健吾感悟到的艺术经验,并在《咀华集》中多处强调这一点,如"一部文学作品之不同于另一部,不在故事,而在故事的运用;不在情节,而在情节的支配;不在辞藻,而在作者与作品一致"。又如"故事算不了什么,重要的在技巧,在解释,在孕育,在彼此观点的相异"[2]。坚持这样的艺术经验(或尺度),李健吾认为林徽因的《九十九度中》"富有现代性",因其有独特的看法,在艺术技巧上近乎出神入化:"作者把一天的形形色色披露在我们眼前,没有组织,却有组织;没有条理,却有条理;没有故事;却有故事,而且那样多的故事;没有技巧,却处处透露匠心。"[3]正是这种艺术表现上的匠心独运决定了《九十九度中》达到了相当高的造诣。而罗皑岚《苦果》的兴趣却在情节上,在艺术上并不成熟,但李健吾也指出其与茅盾的

〔1〕李健吾:《福楼拜评传》,第 44 页。

〔2〕李健吾:《咀华集·咀华二集》,第 34、42 页。

〔3〕同上书,第 35 页。

《蚀》一样具有历史的价值。对于《雷雨》，李健吾认为曹禺创造了一个真实的人物（性格）周蘩漪，但也把大半心力用在情节上，过犹不及，他认为，如果作者删除无用的枝叶并用人物来支配情节，也许更能让读者感到《雷雨》的伟大。

对于叙事类文学作品，李健吾不注重故事与情节，而强调艺术技巧，对于抒情类文学作品，他更是强调艺术技巧，但这种强调不是绝对的艺术至上，而是要求技巧与人生相符，作品与作者的性情一致。李健吾在评论卞之琳、李广田、何其芳等人的诗歌与散文时也是本着艺术与人生这两个尺度的。在批评《鱼目集》时，李健吾先回顾了新诗的发展，指出在"这粉饰太平的时代，夹在低级趣味的文化事业和枯索落寞的精神生涯之间，诗——那最高的灵性活动的征象——已然一文不值，冷落在一个无人过问的角隅。"[1]这是1930年代诗歌的发展状况，也是我们这个时代诗歌发展的形象写照。现代感悟批评因其是对艺术与人生真谛的感悟，所以往往超越时代的限制而与艺术和人生一样具有永久性；李健吾的这句话就是对很多时代诗歌发展乃至时代本身的一种本质描述。尽管如此，李健吾看到了一群青年在"潜心于感觉酝酿和制作"，"他们不求共同，回到各自的内在，谛听人生谐和的旋律。拙于辞令，耻于交际，他们藏在各自的字句，体会灵魂最后的挣扎。他们无所活动，杂在社会的色相，观感人性的无常。"[2]卞之琳的《鱼目集》就是这种转变的开始；李健吾准确地抓住了卞之琳在复杂而又"枯索落寞"的时代中的意义，而这种意义又是通过卞之琳在艺术上的造诣来实现的。卞之琳的诗承袭了传统，但他是现代人，他的诗也是现代的，"即使表现凭古吊今的萧索之感，他感觉的样式也是回环复杂，让我们徘徊在他联想的边缘，终于卷进

---

〔1〕李健吾：《咀华集·咀华二集》，第61～62页。
〔2〕同上书，第63页。

一种诗的喜悦,而又那样沉痛"。〔1〕 相对于传统,"现代"意味着创造,卞之琳正是一个潜心创造的诗人。

对于诗歌与散文,李健吾有精彩的论述:

> 散文缺乏诗的绝对性,唯其如此,可以容纳所有人世的潮汐,有沙也有金,或者犹如蜿蜒的溪流,经过田野村庄,也经过圉圉城邑,而宇宙一切现象,人生一切点染,全做成它的流连叹赏。诗的严肃大半来自它更高的期诣,用一个名词点定一个世界,用一个动词推动三位一体的时间,因而象征人类更高的可能,得到人类更高的推崇。散文没有那样野心:它要求内外一致,而这里的一致,不是人生精湛的提炼,乃是人生全部的赤裸。〔2〕

他强调了梵乐希(今译瓦雷里)的话:诗不能具有散文的可毁灭性;而李广田的诗集《行云集》正是如此。但李广田的《画廊集》却在散文上达到了相当高的艺术成就:纯朴的人生与素朴的诗的静美。何其芳的《画梦录》同样是散文中的精品,但二者是不同的。李广田素朴绚丽,何其芳深致隽美,然而李广田因其亲切之感更能抓住读者的心弦。在《咀华集》中,李健吾没有专门评论废名,却把这位独特的艺术家当作批评其他作家的参照,认为相对于周作人广大的趣味和俞平伯美丽的幻想,废名本可因自身具体的想象和平实的语言而比前两人更伟大,但他远离现实人生而只收获了绮丽的片断。李健吾将废名似的隐晦看作是少数人的星光,而何其芳就是这少数的自觉的艺术家之一。有了废名这一参照系,何其芳这位青年的意义就显现了出来:"废名先生先淡后浓,脱离形象而沉湎于抽象。他无形中牺牲

---

〔1〕李健吾:《咀华集·咀华二集》,第 69 页。
〔2〕同上书,第 79~80 页。

掉他高超的描绘的笔致。何其芳先生,正相反,先浓后淡,渐渐走上平康的大道。"〔1〕李健吾在何其芳的散文里感悟到了永在的真理与赤裸裸的人生和本质,而悲哀是所有这一切的泉源,何其芳"避免抽象的牢骚,也绝少把悲哀直然裸露。他用比喻见出他的才分,他用技巧或者看法烘焙一种奇异的情调,和故事进行同样自然,而这种情调,不浅不俗,恰巧完成悲哀的感觉。是过去和距离形成他的憧憬,是艺术的手腕调理他的观察和世界,让我们致敬这文章能手,让我们希望他扩展他的宇宙。"〔2〕虽然何其芳达到了相当的艺术造诣,但李健吾还是希望他能扩展他的宇宙,只有这样才能臻于完美。

从以上李健吾对十余位作家的批评来看,他始终坚持艺术与人生的批评尺度,而这在《福楼拜评传》中就已经确立。在《福楼拜评传》中,李健吾选择了已经逝去并得到公认的伟大作家和杰出作品来作为研究对象,而在《咀华集》中,他则是对刚刚发生和正在发生的文学作出了自己的赏鉴和品评。这十余位作家,除巴金和沈从文在当时已具有很大声望外,其余大多寂寂无闻,而李健吾凭着对艺术和人生的感悟,对他们作了公正的批评。当然,李健吾所选取的这十余位作家,除巴金外,大多是京派作家或与京派有渊缘的作家,虽然表明了他的艺术批评的趣旨,但对持"公正"态度的批评家来说,似乎有所偏颇,而这正是欧阳文辅反驳他的一个理由。《咀华二集》的出版,证明了欧阳文辅的反驳是无力的,而李健吾的确是一位公正的批评家。

---

〔1〕李健吾:《咀华集·咀华二集》,第88页。
〔2〕同上书,第92页。

第三节　《咀华二集》：公正与宽容的发现之旅

　　《咀华二集》1942 年初版，1947 年再版，均由文化生活出版社出版，[1]收有八篇批评文章，并有附录《关于现实》和《跋》。在《咀华集·跋》中李健吾提出了"公正"的批评态度，在《咀华二集·跋》中他则提出了"自由"的批评原则："一个批评者有他的自由。……他的自由是以尊重人之自由为自由。"[2]自由与公正是紧密结合在一起，自由必须做到公正，否则自由就是一种武断、狂妄自大和对自由本身的反动。同时，李健吾又意识到了批评家的限制，因而要求批评又必须慎重。自由而又公正、慎重，不因自身的限制而患得患失，只有这样，批评家才能"为全人类服役"。李健吾说："批评者注意大作家，假如他有不为人所了然者；他更注意无名，唯恐他们遭受社会埋没，永世不得翻身。他爱真理，真理如耶稣所云，在显地方也在隐地方存在。他是街头的测字先生，十九不灵验，但是，有一中焉，他就不算落空。他不计较别人的毁誉，他关切的是不言则已，言必有物。"[3]批评如沙里淘金，最后收获的不全是金子，但只要有金子，批评就算成功了，《咀华二集》就是这种沙里淘金的发现之旅，然而更关

------

　　〔1〕关于《咀华二集》的版本有不同的说法，如司马长风《中国新文学史》（下卷）第 339 页："《咀华二集》一九四二年出版，一部份战前的作品，一部份是战时写的，一部份是战后写的。"这个错误是非常明显的。复旦大学出版社 2005 年版《咀华集·咀华二集》在出版说明中说："本书所收文章以初版《咀华集》和《咀华二集》为准"，这不准确，因为《咀华二集》初版已佚失。对《咀华二集》的版本问题，魏东的《〈咀华二集〉版本考》（《山西文学》2005 年第 5 期）一文作了较为详细的考证，根据他的考证，论者所参考的复旦大学出版社 2005 年版中《咀华二集》实际依据的应是 1947 年的再版本。

　　〔2〕李健吾：《咀华集·咀华二集》，第 185 页。

　　〔3〕同上书，第 186 页。

注现实人生。

　　李健吾对去世的好友朱大枏的诗并不过分推崇,而是记住了他"抑郁而颓废的灵魂"。朱大枏"能够担负肉体的痛苦,但是他忍受不了精神的痛苦。他采取'泛泛'的态度,他希求精神的纯洁,这是向上的;然而他向了下,成为懒人。他懒到忘掉自己的存在。"[1]朱大枏把自己"精神上的疾病"、痛苦与悲观通过诗表现了出来,李健吾问谁能为他解除永生的苦恼呢? 谁又能解除我们永生的苦恼呢? 只有诗,只有艺术!《朱大枏的诗》一文不似批评,而是悼念,在悼念中让悲哀慢慢消散于诗中。然而悲哀是人生永远的组成部分,所以当沈从文的《湘行散记》和艾芜的《南行记》把乡野的博爱当作"一份厚礼"送来时,芦焚的《里门拾记》却带来了乡野的血、泪和痛苦,虽然两相背驰,但都是真实的人生。李健吾认为芦焚也是一位自觉的艺术家,诗意和讽刺是其两个特征。但李健吾指出了芦焚《里门拾记》在讽刺上是失败的:"芦焚先生的失败不在于他的热衷,而在于他的笨拙:他不能不叫我们觉出他的有意。一件艺术品,一件作者想要求得他的效果的作品,即使是着眼在内容的鲁迅,必须避免他的有意:因为这会破坏他所需要的力量。他必须跳出俗浅的比喻。"[2]当然,李健吾理解和宽容了这样的失败,因为"象牙之塔倒了,人人站在旷野受风袭着",不能过分强求;而且芦焚用他的同情修正了他的讽刺。

　　现实人生的体验与感悟,让李健吾对艺术上并不完美的作品采取了理解和宽容的态度,他比周作人更好地坚持了周作人的主张,这在《咀华二集》中对左翼作家作品的批评上体现得尤其明显。李健吾看到了萧军《八月的乡村》所受法捷耶夫《毁灭》的影响,后者是"艺术的杰作",前者是"光荣的记录"。李健吾认为《八月的乡村》不是一部

---

〔1〕李健吾:《咀华集·咀华二集》,第99页。
〔2〕同上书,第106页。

杰作,它失败的原因不在于受《毁灭》的影响,而是因为萧军的"情感火一般炽着。把每一句话都烧成火花一样飞跃着,呐喊着。他努力追求艺术的效果,然而在他不知不觉之中,热情添给句子一种难以胜任的力量。"[1]这与李健吾主张作品隐藏作者,用理智节制情感是相背的,而且萧军与当时许多作家一样,缺乏艺术的自觉,停留在人生的表层。但这无须责备,因为当时是神人共怒的时代,时代和政治不容艺术家冷静、从容地追求艺术;《八月的乡村》直面惨淡的现实人生而与"商女不知亡国恨"的骄奢淫逸形成鲜明的对照,它催人向上而具有重要的意义,因此,李健吾主张原谅作者在艺术上的粗疏。尽管《八月的乡村》在艺术上失败了,但"作者暗示我们,唯一的活路不是苟生,而是反抗。这种强烈的社会意识,到了作者的《第三代》,虽说如今才有两卷问世,我们已然感到它的力量和作用。阶级斗争,还有民族抗战,是萧军先生作品的两棵柱石。没有思想比二者更切合现代,更切合一个亡省的人的。"[2]艺术与人生是不可分的,人生决定艺术,艺术提升人生,在苦难与压迫的人生中,艺术要提升人生自然应该激起向上与反抗的意志。李健吾正是在现实人生的苦难体验中理解和宽容了萧军,但这种宽容是从人生的尺度而不是从艺术的尺度来讲(有时两种尺度可以分离,也应该分离),而且李健吾并没有对自己的批评艺术有所"宽容"或松懈,他仍然以完美的艺术形式来批评并不完美的艺术。

周作人是一个"隐士",永远做着"精神的贵族",难以看到现实人生的苦难以及这种苦难对艺术的要求,所以有些绝对地坚持着艺术的无功用性,决不"宽容"左翼文学。李健吾在现实中生活着,对现实人生的苦难有着深切的体验,所以能够在不放弃艺术尺度的前提下

---

〔1〕李健吾:《咀华集·咀华二集》,第113页。
〔2〕同上书,第121页。

理解和宽容了左翼文学,并能欣赏左翼文学的力之美。叶紫的小说虽然"勉强与夸张",情感有余而艺术不足,但他对苦难的描绘及面对苦难的向上的意志犹显悲壮。悲壮就是一种力之美,这是"赤裸裸的力,一种坚韧的生之力",是生命本质力量的体现,属于生命,因而也就在一定程度上是符合艺术的。李健吾认为叶紫"成全了历史。在我们青年活动的记录上,他将占去一页。我们从他的小说看到的不仅是农人苦人,也许全不是,只是他自己,一个在血泪中凝定的灵魂。"〔1〕这种"血泪凝定的灵魂"自然会感动我们,让我们的灵魂也随之驻息。李健吾给予了叶紫公允的评价。

同样,李健吾给予夏衍和茅盾的也是公允的评价和适度的宽容。李健吾认为夏衍的《上海屋檐下》在艺术上有着不少缺陷,却忠实于人生忠实于现实:

> 《上海屋檐下》的造诣就在它从人生里面打了一个滚出来。这是现实的,和广大的人群拉近;这是道德的,指出一条道路给大家行走;不属于纯粹的悲剧,没有死亡,没有形而上的哲学,没有超群轶众的特殊人物;不属于纯粹的喜剧,虽说作者命之曰喜剧,因为人物并不完全典型,愁惨并不完全屏除;这里不是自然主义的现实,我们明白作者在介绍芸芸众生的色相之下,同时提出一些严重的社会问题,一些人与人之间的纠纷,一些人与行为之间的关系;他不讽刺,他不谩骂,他也不要人落无益的眼泪,然而他同情他们的哀乐。〔2〕

李健吾坚持了人生的批评尺度,所以能看到《上海屋檐下》的意义与

〔1〕李健吾:《咀华集·咀华二集》,第134页。
〔2〕同上书,第146页。

价值;他指出了《上海屋檐下》与藤森成吉的《光明与黑暗》相似,但前者是对中国现实人生的映照,从这一角度来看,夏衍是成功的。尽管《上海屋檐下》不及曹禺戏剧的深刻与广阔,但它也有质朴的美德,所以不必苛求。李健吾的宽容是自然的,因为《上海屋檐下》(和《一年间》)"忠实于性格,忠实于环境,同时,语语恰切,属于生活,因而也就如出肺腑,属于我们寻常然而英勇的人性。"[1]茅盾的《清明前后》在艺术的缺陷就更为明显了,"但是,茅盾先生不比职业的剧作家,用他自己的比喻,他使惯了枪,一时兴起要耍刀,会耐着心,笑着他的会心的忧郁的微笑,把勇敢传染给每一个勤奋的后进。"[2]李健吾宽容茅盾剧作艺术上的不成熟,却欣赏他在艺术上探索与创造的执著精神,这正是一个艺术家应该具有的精神。

《三个中篇》一文介绍了三位"新作家"的作品,即路翎的《饥饿的郭素娥》、郁茹的《遥远的爱》和穗青的《脱缰的马》。李健吾认为路翎有一股冲劲儿,犹如左拉一样吸入热情,他的刻画机械化而刺目;同时,路翎有一股拙劲儿,两股力量合在一起而形成高大的气势,具有强烈的感染力。对于郁茹,李健吾认为她在艺术技巧及效果上不及路翎,但她的作品简易而自然、浅显而生动,自有其长处。李健吾对二人在艺术上的优长与不足都指了出来,但又没有明确的褒贬与裁决,以免"伤害"他们。而对于穗青,李健吾则将其《脱缰的马》当作沙里之金:"《脱缰的马》的成就是卓越的,作者在这个没有故事的故事里面追寻艺术的效果,绵密,经济,完全明白他的工作。"[3]临到文章结束,李健吾再次称穗青的《脱缰的马》是"一篇杰作",并希望作者创作更多优秀的作品,其赞美之情溢于言表。《陆蠡的散文》一文也充

〔1〕李健吾:《咀华集·咀华二集》,第152页。
〔2〕同上书,第166页。
〔3〕同上书,第173页。

满了对作者艺术成就的肯定与赞美：陆蠡以自己渺小、敦厚的心灵照亮了人性的深厚，他的"本质近于诗，但是他思维，他在新旧交替之际以他自然科学的爱好搜寻人性的繁复的隐秘"。[1] 在这两篇文章中，李健吾关注的是"无名"的作者，而且给予他们的主要是奖掖与肯定。虽然李健吾的沙里淘金并不一定抛弃的是沙子，淘出的是金子，但他的批评，应该是批评中的金子。

> 什么是散文的结构？有时候我想，节奏两个字可以代替。节奏又从什么地方来？我想大概是从生命里来的罢。生命真纯，节奏美好。陆蠡的成就得力于他的璞石一般的心灵。[2]

李健吾以这段话结束了他的"咀华"之旅、发现之旅。艺术与生命（或人生）是本质一致的，"真纯"，"美好"都是心灵的指向，都为灵魂寻求寓所。

从以上三部批评著作来看，李健吾的文学批评没有理论运用的痕迹，但这并不表明他对文学批评没有自己的主张，他的批评主张蕴含在他的批评实践之中，概括起来主要有两个方面。首先，文学批评是艺术。批评是创造，批评是艺术，这是李健吾为现代感悟批评织就的旗帜。坚持文学批评是艺术，使李健吾同周作人一样将文学批评与知识、学问及科学研究区分开来。他认为艺术是性灵活动的结晶，文艺批评也应该是性灵的，但许多批评并无性灵的体现，其原因就在于被知识羁绊，为功用所役。文学批评是艺术，应该有批评家性灵的体现，而不只是知识与理论的运用。对性灵的强调，对文学批评艺术化的追求，使李健吾的文学批评充满了对艺术与人生的直观感悟与体验，它有鲜活的性灵存在，而没有概念与推理的枯燥。坚持文学批

---

[1] 李健吾：《咀华集·咀华二集》，第182页。
[2] 同上书，第183页。

评是艺术,使李健吾坚决反对实用性的批评。实用性的文学批评,往往为了谋名谋利的目的而把文学批评变成工具或武器,这与李健吾的批评观念是背道而驰的,所以他极力反对这种批评。

其次,李健吾坚持文学批评的自由与独立。文学批评是自由的、独立的,就在于它不为一切外在实用的或科学的目的所左右,在于它始终关注的是人的精神与灵魂,因而必须有对艺术与人生的真切体验与感悟为基础。自由又与公正是紧密结合在一起的,自由必须做到公正,否则自由就是一种武断、狂妄自大和对自由本身的反动。同时,李健吾又意识到了批评家的限制,因而要求批评又必须慎重。自由、独立而又公正、慎重,不因自身的限制而患得患失,只有这样,批评家才能“为全人类服役”。

文学批评是自由的、独立的,但它又有各种各样的限制。在这样或那样的限制之中要达到批评的公正、客观、准确,作出令各方满意的解释和评价是极其困难的,然而,它的魅力也在困难中显现。李健吾的文学批评是沙里淘金的寻美之旅,虽然并不全是公正和客观的,然而是艺术的,是美的,同时也是关注现实人生的,更是关注灵魂的。李健吾文学批评追求艺术化,他采用随笔的文体形式,最能充分体现现代感悟批评的特征。

从《福楼拜评传》到《咀华集》再到《咀华二集》(如果再到《戏剧新天》),李健吾选择的批评对象从完美到自觉再到沙金混存(乃至后来有的如过眼云烟),似乎等而下之。然而他的批评是艺术的,他不求将对象抬进永恒的艺术宫殿,只求本着艺术与人生的尺度自由而公正地感悟艺术与人生。在这三部批评的杰作里面,没有多少概念与术语,却充满了艺术与人生的真谛;没有呆板的逻辑推理,却有更接近艺术与人生本原的感悟;没有法官式的裁判,却有公允而完美的鉴赏。这三部杰作体现了现代感悟批评的永久魅力,是现代感悟批评的典范。

第四章 其他现代感悟批评家

1930 年代至 1940 年代，现代感悟批评有了长足发展，达到了较为成熟的阶段。李健吾文学批评的成就与影响最大，堪称现代感悟批评的典范。除此之外，沈从文、李长之、朱光潜等人也是现代感悟批评的代表批评家。朱光潜在美学上为现代感悟批评奠定了理论基础；沈从文从自身创作经验出发并受京派同仁的影响而在文学批评中以审美感悟为主；李长之虽是学哲学出身长于逻辑思维，但他的一些文学批评也充满了情感与艺术性。

第一节 李长之：在理智与情感之间游动

李长之(1910~1978)，原名长植，一说长治，山东人，是 1930 和 1940 年代一位非常活跃也非常重要的批评家。李长之十一二岁时就开始发表散文和诗歌，表现出他在文学上的早慧才能。虽然李长之进入清华大学先攻读生物后又转攻哲学，但他的兴趣在文学上。在大学期间，他主持《清华周刊》的文艺栏目，参加《文学季刊》的编委会，经常在报刊上发表文章，并在大学未毕业时出版了《鲁迅批判》

（当时他只有二十五岁）。后来，李长之出版有《批评精神》《苦雾集》《中国画论体系及其批评》《梦雨集》《迎中国的文艺复兴》等文艺和文化批评著作，并写有大量的文艺批评文章。李长之的文学批评，虽然有许多从表面上看是概念与推理的，但其内在却是直观感悟的，而且他那些大量的书评式文学批评主要是直观感悟与印象审美的，也是现代感悟批评的代表。

一、《鲁迅批判》：分析与感悟互为表里

《鲁迅批判》于 1935 年由北新书局发行初版，这是第一部鲁迅研究专著，也是鲁迅生前唯一的一部，而且也是鲁迅自己读过的。在《鲁迅批判》的"序"中，李长之说他的文学批评用意在于写出其"自信的负责的观察，像科学上的研究似的，报告一个求真的结果"；在"后记"中他又说："我最早的批评文字，是印象式的，杂感式的，即兴式的，我有点厌弃，此后的一期，是像政治、经济论文似的，也太枯燥，我总觉得批评的文章也得是文章。"[1]一方面，李长之把文学批评当作一种科学来看待，厌弃印象式的批评，另一方面，他又觉得科学化的批评太枯燥，而倾向于追求批评的艺术性。这是矛盾的。李长之是学哲学出身而长于理性思考，但他在文艺鉴赏上又有独特的才能而对文学艺术有独到的感悟，这两种因素相互矛盾又相互作用，所以他的文学批评就在科学化与审美化之间摆动，但又以审美为主。这种情况与王国维挺相似的，王国维"欲为哲学家则感情苦多，而知力苦寡；欲为诗人，则又苦感情寡而理性多"。不过李长之的矛盾没有王国维那么明显，所以王国维以艺术为矛盾痛苦的解脱之道，而李长之则在理智与情感之间寻求平衡。这种寻求的结果就是李长之的文学

---

〔1〕李长之：《李长之文集》，第二卷，石家庄：河北教育出版社，2006 年版，第 5、109 页。

批评比李健吾的更多一些理智色彩和逻辑性,但李长之的文学批评实践在总体上来说是印象感悟与追求审美的。李健吾选取福楼拜为批评对象,李长之则选取了鲁迅,这决定了两人的感悟批评是不同的:福楼拜艺术至上的宗教也成为李健吾的宗教,所以他的文学批评是感悟批评的典范;而鲁迅的外冷内热则使李长之的文学批评在表面的理智与逻辑之下却内在地充满了情感,即对人生与艺术的感悟胜于科学化的追求。

李长之虽然常说文学批评应该是科学的,但他的批评观念主要是"感情的批评主义",他也实践着这样的观念,这使得李长之的文学批评在整体上是属于现代感悟批评的。李长之说:"批评的态度,喜欢说得冠冕堂皇的,总以为要客观。……我倒以为该提出似乎和客观相反然而实则相成的态度来,就是感情的好恶。我以为,不用感情,一定不能客观。因为不用感情,就不能见得亲切。……感情就是智慧,在批评一种文艺时,没有感情,是决不能够充实、详尽、捉住要害。我明目张胆的主张感情的批评主义。"[1]李长之认为文学批评必须要有批评家的爱憎感情,同时又应该把自己的情感除开,用跳入作者世界里为作者的甘苦所浇灌的客观化了的审美能力,只有这样,才能做到客观、公平和亲切。这与李健吾所说的艺术(和艺术批评)是性灵活动的结晶,要有作者的性情但又隐藏或删去作者自己是相近的。李长之认为"感情的批评主义"还要说出好作品的条件来,他将这一条件称为"感情的型",即没有对象而又可以溶入任何对象的感情(主要指失望和憧憬两种)。[2]李长之"感情的批评主义"关键之处在于感情的客观化,也可以说是以理智节制情感,因而在情感与理智之间游动并寻求平衡是李长之文学批评的主要特征。

---

〔1〕李长之:《李长之文集》,第三卷,石家庄:河北教育出版社,2006年版,第20页。
〔2〕同上书,第三卷,第21页。

李长之的文学批评，尤其是篇幅较长的文章，一般都有纲有目，条理清晰，逻辑性强，但又时时是印象的、感悟的，这在《鲁迅批判》中体现得非常明显。《鲁迅批判》共有五部分：第一部分是导言，第二部分是对鲁迅的生活及精神发展的考察，第三部分是对鲁迅作品之艺术的考察，第四部分是对鲁迅杂感文的批评，第五部分是总结，在每一部分中又有若干小节。从表面形式来看，《鲁迅批判》纲目完整、条理清晰、逻辑性强，符合学术论文的规范，但这并不表明它的重要，它的重要意义在于李长之的独特发现与评价，这又主要是由直观感悟得来的而不是通过概念与推理得来的。在《鲁迅批判》的导言中李长之写道：

> 进化论的，生物学的，人得要生存的人生观，在奚落和讽嘲的刺戟下的感情，加上坚持的简直有些执拗的反抗性，这是鲁迅之所以为鲁迅的地方，环境把他的性格和思想的轮廓给绘就了，然而他自己，在环境里却找到了他的出路了，负荷起了使命。无疑地他是中国文学史上划时代的期间的人物中最煊赫的一个代表者，他呼吸着时代的气息，他大踏着步向前走。他像高尔基一样，他的遭遇是完成了他的，前此的经历，几乎对他后来都留下一种颇可咀嚼的意义，这是多末奇异呢，然而我不能马上叫出名目。[1]

李长之在进行作家作品批评时，特别注重对作家生活环境、经历的考察，关注这些因素对作家性格及思想的影响以及这些影响如何体现在作家的创作之中。李长之在导言中把他对鲁迅的整体印象叙述出

---

[1] 李长之：《李长之文集》，第二卷，第10页。

来,并直觉地意识了到鲁迅的伟大意义,虽然他"不能马上叫出名目"。这正是感悟批评的一个特点,也就是重印象而不重理论或概念。李长之对鲁迅的印象感悟式的批评,在整个鲁迅研究的历史上都具有较为重要的地位。不依据理论和推理而靠感悟来进行批评是《鲁迅批判》与一般鲁迅研究的主要不同之处。李长之认为批评家在根据上没有一贯的体系,"伟大的批评家却是无不自圆其说,他的根据是整套的。"[1]这整套的根据就是艺术和人生,而不是或不仅仅是某种乃至几种具体的理论,它应该是对艺术和人生的真切体验与感悟,而不是概念与推理的。李长之的《鲁迅批判》表面是分析的,内在却是感悟的,而且其感悟性又与审美性紧密结合在一起。

在《鲁迅批判》的第二部分,李长之较为详细地考察了鲁迅的生活及其精神的发展。李长之认为鲁迅精神发展的第一个阶段(1881至1917年)对其创作具有重要的影响。鲁迅因为熟悉农村而后有许多乡土小说;因家道中落所受的奚落、侮蔑使他同情被迫害的弱者;因为父亲被庸医所误而痛恨中医及其所代表的封建文化;因为弱国子民的留日体验而欲改造国民性;因为辛亥革命后的寂寞和无聊而有驱除不净的哀感:这一切的生命体验在李长之看来都只是感受和储蓄,这一阶段只是鲁迅的成长和文学的准备时期。李长之对鲁迅生活及精神的考察虽然是传记批评,但印象感悟是占主要成份的,如他在考察鲁迅精神进展的第六个阶段(1931至1935年)时说:"这第六个阶段的精神进展,总令人很容易认为是他的休歇期,并且他的使命的结束,也好像将不在远。"[2]李长之从鲁迅的创作预感到了鲁迅的使命、写作乃至生命的行将结束,事实证明,他的预感是正确的。对艺术和人生的感悟,是最接近艺术和生命本身的,因而往往也就具

---

〔1〕李长之:《李长之文集》,第三卷,第24页。
〔2〕李长之:《李长之文集》,第二卷,第33页。

有一种"真理性"。李长之考察的结论是：环境限制人的事业，人的性格却选择他的环境，二者之间有着神秘的联系，鲁迅就是如此。环境与性格之间的"神秘"关联，被李长之"直觉地感悟"到了。

《鲁迅批判》的第三部分是"鲁迅作品之艺术的考察"。李长之认为："鲁迅在思想，不够一个思想家，他在思想上，只是一个战士，对旧制度旧文明施以猛烈的攻击的战士。然而在文艺上，却毫无问题的，他乃是一个诗人。""诗人是情绪的，而鲁迅是的；诗人是被动的，在不知不觉之中，反映了时代的呼声的，而鲁迅是的；诗人是感官的，印象的，把握具体事物的，而鲁迅更是的。"[1]这一印象式的评价，其根据就是文学艺术的非功用性。文学艺术的非功用性对于创作者来说就是要求有"余裕"和"从容"，他绝不因现实的刺激而创作，绝不为现实的某一功用目的而创作，应在刺激冷却之后以审美的态度去创作。李长之认为鲁迅在生活上的"余裕"太少，因而纯艺术的作品不多，或完整的艺术的作品不多。李长之坚持文学艺术的非功用性，但他不否认文学艺术的作用，因为文学艺术有无用之大用，当然，这种大用不是有意为之、主动追求的，而是被动的、间接的。所以李长之说鲁迅是被动的，在不知不觉中反映了时代。李长之认为"不用之用"是一切艺术的审美的性质和审美的价值所在，在这一点上，他与王国维、转向后的周作人、李健吾等人是一致的。

李健吾将自觉的艺术追求及艺术的完美当作文学批评的一个参照，李长之则将"余裕"与"完整"当作参照。李长之认为鲁迅的创作较为完整的是《呐喊》与《彷徨》两集中的二十五篇，其中《孔乙己》《风波》《故乡》《阿Q正传》《社戏》《祝福》《伤逝》和《离婚》是最完整的艺术。"这八篇东西里，透露了作者对于农村社会之深切的了解，对于

---

[1] 李长之：《李长之文集》，第二卷，第36页。

愚昧、执拗、冷酷、奴性的农民之极大的憎恶和同情,并且那诗意的、情绪的笔,以及那求生存的信念和思想,统统活活泼泼地渲染到纸上了。""在这八篇东西里,我们找不出任何缺陷,与不调和、不满足来,而且每一篇都触到人生的深处的一面,文字又那么从容、简洁、一无瑕疵,所以我认为这是鲁迅文艺创作中之最完整的艺术。"[1]在这样的印象感悟中,李长之实际上坚持了艺术与人生两个尺度,而且这两个尺度是密不可分的。李长之认为鲁迅乡土小说的题材是活生生的,是鲁迅最深刻、最真切的生命体验,生命与艺术的一致,才有真正的艺术,也才有"真正渗透了时代的意义的艺术"。事实上,现代感悟批评往往将艺术与人生两个批评尺度当作一个,感悟艺术也就是感悟人生。正因为如此,李长之在"新估"《阿Q正传》的艺术价值时认为小说有真的生命,鲁迅没有夹杂任何非艺术的动机和顾忌,没有受任何非艺术的限制而从容地完成创作,故小说具有永久的、纯艺术的价值。李长之指出:"在《阿Q正传》里那种热烈的同情,和从容、幽默的笔调,敢说它已保证了倘若十七年来的文学作品都次第被将来的时代所淘汰的话,则这部东西即非永存,也必是最后,最顽强,最能够抵抗淘汰的一个。美好的东西是要克服一切的,时间一长,自有一种真是非。"[2]伟大的艺术作品具有永恒的价值,《阿Q正传》正是如此。艺术有无用之(大)用,有永恒性,这都是现代感悟批评所坚持的原则与追求的目标。

坚持艺术与人生的批评尺度,李长之认为《呐喊》与《彷徨》中有四篇作品仅次于上述八篇,《狂人日记》内容太好而缺少结构,《长明灯》相当的巧却浅露一些,《明天》和《鸭的喜剧》技巧极到然而单薄。鲁迅的两部小说集中的其他作品在李长之看来是失败之作,有的因

---

〔1〕李长之:《李长之文集》,第二卷,第40、61页。
〔2〕同上书,第101页。

故事简单而空洞,有的因独白而单调。李长之认为,"故事简单,是材料的问题,独白而落于单调,是手法的问题。这都不是根本,根本是,鲁迅更宜于写农村生活,恰恰发挥了他那常觉得受奚落的哀感,寂寞和荒凉,不仅仅感染了他自己,也感染了所有的读者。同时,他自己的倔强、高傲,在愚蠢、卑怯的农民性之对照中,也无疑给人们以兴奋与鼓舞。"[1]艺术是最深刻、最真切的生命体验的表现,鲁迅早年的经历与体验决定了他最宜于创作乡土题材的小说。李长之认为鲁迅的性格因早年的经历与体验而定形了,所以后来尽管生活在都市中,鲁迅却没有写出令人满意的都市题材小说。李长之对鲁迅一些小说失败的原因分析是有道理的,其道理就在于艺术与人生的一致性。当然,我们现在也许不会同意李长之的看法,更多地是将鲁迅的绝大部分小说都当作杰作来看待。比如李长之认为是"独白"的《在酒楼上》,我们可以根据巴赫金的理论而将其看作是"对话"型的作品,并在其中看到知识分子那深刻而真切的矛盾痛苦的内心体验。但我们不必过分强求,任何批评都有其限制,不可能每次批评都是绝对正确的,正如李健吾将批评家比作街头的测字先生,十九不灵,有一中焉,则不能说是失败。现代感悟批评因为是感悟的、直觉的,其评判也可能是即时的,但更多的时候却能直达艺术和生命本身而具有一种永恒性。换一个角度来看,如果我们不过度地阐释鲁迅,那么,李长之对鲁迅小说在艺术审美上的感悟批评无疑具有合理性与永久性。因此,我们不能因为李长之的批评而否认鲁迅的伟大,同时也不能因为鲁迅的伟大而贬低李长之文学批评的杰出。

　　鲁迅的创作,精力用得最多的是杂感,《鲁迅批判》的第四部分就是对鲁迅杂感文的批评。李长之所论鲁迅的杂感文除一般所说的杂

---

〔1〕李长之:《李长之文集》,第二卷,第63页。

文外还包括《野草》和《朝花夕拾》。以李长之"余裕"和"完整"的要求来看,鲁迅的杂感文显然不是"艺术作品",因为鲁迅的杂感往往是因时因事而发,其功用性或针对性特别强,鲁迅在创作杂感时缺乏"余裕"与"从容",其在形式上也大多不"完整"。但鲁迅的杂感最能显现出他在文字技巧上的本领,也最能表现他的真实思想。李长之认为"鲁迅的杂感文有一种特殊的风格,他的文字,有他的一种特殊的方式。倘若说出来,就是他的笔常是扩张又收缩的,仿佛放风筝,线松开了,却又猛然一提,仿佛开水流,却又预先在下流来一个闸,一张一弛,使人的精神有一种快感。读者的思想,先是随着驰骋,却终于兜回原地,也即是鲁迅所指定之所。这是鲁迅的文章之引人的地方,却也是他占了胜利的地方。"这种快感就是一种审美快感,这种印象比喻的批评也能给读者带来审美快感。李长之还指出了鲁迅杂感文的幽默特色:"他的幽默,往往是用现成的观念和名词,在人冷不防的时候突然冒出来的,使人恢复一种潜意识里的同感。……还有一种幽默,乃是他在十分生气的时候,而故意不露出主观的字样,却在那里冷冷地刻画,这也往往令我们失笑。……不放松的'记忆',和故作冷静的'憎恶',是鲁迅幽默的根源。"从这两处引文[1]来看,李长之论鲁迅的杂感文,也主要是从艺术上去论,而不是从时代意义或功用角度去论。

在《鲁迅批判》的总结部分,李长之再次强调他对鲁迅的印象感悟式的评价:"倘若诗人的意义,是指在从事于文艺者之性格上偏于主观的,情绪的,而离庸常人所应付的实生活相远的话,则无疑地,鲁迅在文艺上乃是一个诗人;至于在思想上,他却止于是一个战士。"[2]李长之认为鲁迅是一个颇不能欣赏优美的人,而只注重和欣

---

〔1〕李长之:《李长之文集》,第二卷,第85、86～87页。
〔2〕同上书,第88页。

赏"力的表现"。"力"是一个战士所追求的,却不是一个思想家所主张的,在这个意义上,李长之不将鲁迅看作思想家而看作一个思想上的战士。另一方面,鲁迅又是情感的,印象的,被动的,所以李长之将他当作诗人。但李长之认为鲁迅在情感上是病态的,"在灵魂的深处"是"粗疏、枯燥、荒凉、黑暗、脆弱、多疑、善怒"的,然而鲁迅在人格上是全然无缺的,"他是一个永久的诗人,和一个时代的战士",因此,"撇开功利不谈,诗人的鲁迅,是有他的永久价值的,战士的鲁迅,也有他的时代的价值!"[1]李长之的这一评价,看似贬低了鲁迅的价值,因为我们都将鲁迅当作伟大的思想家和文学家。然而李长之的评价是公正的,而且也是对鲁迅的最高礼赞,因为只有在艺术上才能达到永恒与不朽,伟大的艺术都是时代意义与永恒意义的完美结合,或者说,是超越了时代而达到了永恒,诗人的鲁迅,正是如此。在李长之看来,从思想上说,鲁迅自身缺乏对思想的体系化追求,他往往是在对现实的"攻击"中闪现着思想的灵光,因此,就其"攻击"性来说,鲁迅只是一个思想上的战士。我们至今把鲁迅当作伟大的思想家来看,是因为鲁迅所时时攻击的现实仍然在我们的生活现实中存在着,所以,只要这种现实没有发生根本的转变,鲁迅就仍然是一个伟大的思想家。然而,鲁迅的伟大,不仅在于他对超越时代的"现实"的攻击,更在于他的作品具有永恒的艺术价值。因此,我们不敢保证鲁迅永远是一个伟大的思想家,但我们肯定能保证鲁迅永远是一个伟大的诗人。从这个意义上来说,李长之对鲁迅的评价是公正的,这是感悟艺术所"直达的真理"。

二、其他作家作品论

除鲁迅外,李长之的文学批评涉及到众多的同代作家作品,他为

---

[1] 李长之:《李长之文集》,第二卷,第 101、104 页。

中国现代文学的发展留下了许多宝贵而又真实的记录,这些都成为中国现代文学史叙述的原始材料。当然,李长之认为:"批评和文学史完全是两回事。批评追求一种永久价值,它的对象是绝缘的,是独立的,是绝对的。它所处理的对象,往往抗拒着文学史所加给的封条。"〔1〕这种"永久价值"就是艺术的价值而不是历史的价值,因为文学史的叙述并不仅仅从艺术出发,它也是一种历史,还得关注着艺术之外的东西。李长之的文学批评追求着这种"永久价值",没有离开艺术这一批评尺度。然而,他的理智、他的逻辑性往往掩盖了其文学批评的感悟色彩,并没有体现出现代感悟批评的自由特点,也就缺乏对艺术与人生之自由的执著追求,这在《鲁迅批判》中如此,在另外一些"长篇大论"式的作家作品论中也是如此:这是李长之与李健吾最大的不同。不过,李长之数量众多的书评因其短小、精练、不过多追求逻辑性而突出了印象感悟的特色。

《张资平恋爱小说的考察——〈最后的幸福〉之新评价》《论茅盾的三部曲》《许钦文论》等是李长之文学批评中类似《鲁迅批判》的"长篇大论"。我们以第一篇为例来看看李长之的文学批评中理智与逻辑掩盖感悟的情况。李长之主张"感情的批评主义",他的爱憎,他的礼赞与诅咒,在批评中都体现得较为鲜明;他的批评也是公正的,有宽容,更有自信。《张资平恋爱小说的考察——〈最后的幸福〉之新评价》就体现了他作为批评家的公正、宽容与自信。当张资平被"腰斩"时,李长之并不认为他该"枭首示众",反而为其说了许多公平话,即使他的小说有不足之处,但在内容上和技巧上也有许多优点。李长之将张资平当作自然主义派的作家,指出其取材大多是平凡人与平凡事,如《最后的幸福》便是写了平凡的女子之平凡的故事。李长之

---

〔1〕 李长之:《李长之文集》,第三卷,第212页。

说："我们并不能因为平凡而轻视,我们要知道最平凡的思想,才是
人类最根本最共同最有意味的思想,也就是最可悲哀的思想,我们只
要一想到那所以抱有运命论的缘故的事,便知道其中有着普遍的苦
味。平凡的现实,平凡的人物,平凡的故事,这正是自然主义派的特
色。从这平凡里,给人们一个反省:原来不过如此。这便是自然主
义派的任务。"[1]这既是对自然主义文学特点的概括,也是人生的体
验与感悟:永久性往往是由平凡所构成的。张资平的自然主义有过
多的性欲描写,但李长之认为这并无挑拨性,"他描写性欲满足后的
无聊,烦闷,痛苦,几乎是否定了性欲似的。只是认定那是自然的欲
求,仿佛是一种不可逃掉的压迫。然而张资平却没进一步写想打破
这束缚的意思,这正如他的作品中也没有别的什么正面的思想,他只
是写实,他只是报告病况,对病原他已经漠然,开药方更没有那么加
速,所以到底是自然主义派的作家呢。"[2]在张资平被群起攻之时,
李长之的这种评价无疑是一种"逆流",然而正是这样的"逆流",充分
体现了现代感悟批评的宽容原则。

　　李长之认为张资平小说的性欲描写是有价值的,因为它是为活
着的性欲而不是为性欲的活着。对有价值的性欲的肯定,就是对人
生的肯定,故李长之"可以大胆负责地说,作者自始至终,就是道出
'性'的欲求的痛苦,单就这一点,便可使反对张资平的人所加的误会
完全勾消"[3],这就是对张资平的宽容。当然,李长之的宽容之中有
不宽容,他的宽容在于艺术,他的不宽容也在于艺术:"就艺术看,张
资平的小说虽未完全成功,却已经达到一种令人可以称赞的阶段。
他成功的一部分,是他施展了自然主义派的艺术手腕一部分。他失

---

〔1〕李长之:《李长之文集》,第二卷,第 276 页。

〔2〕同上书,第 278 页。

〔3〕同上书,第 285 页。

败的一部分,是他放弃了自然主义派的艺术手腕的一部分。从艺术的见地,什么派,什么主义,都不成问题,只是写不好,便毫无价值可言。写不忠实,——此处忠实是艺术上的'真';便也绝不可恕了。"〔1〕所以,李长之对张资平小说的描写不集中、不忠实、画蛇添足等缺陷毫不留情面地进行批判,也对其技巧上的成功加以赞赏,认为张资平是一位有才华的作家,他的成功与失败都对其他作家具有启迪意义。张资平被"腰斩"与郁达夫遭道学家们攻击有点类似,虽然两者不能同日而语,但攻击张资平的人中肯定有些是怀着攻击郁达夫《沉沦》的人的那种假道学心理的,而李长之的宽容是他以纯审美的心态去感悟艺术并感悟到人生之痛苦的自然结果,他的不宽容则是要求艺术完整与完美的必然结果。

在《张资平恋爱小说的考察》中,李长之还谈到了张资平小说的时代意义与"中国现代青年的婚姻问题",在这两部分中,李长之的感悟色彩被理智所压制着,很像他所说的枯燥的政治、经济论文。就整篇文章来看,结构完整、条理清晰、逻辑严密;有"小引"、有论证,有"余论和结论",并有"内容(提要)",俨然就是一篇严谨的学术论文,而不像是艺术之感悟批评。但是,从以上所引用的内容来看,李长之对艺术与人生的感悟不时地突破理智与逻辑的压制而表露出来。

我们前面说过,李长之选择鲁迅作为批评对象从而使其批评在表面的理智下内在地充满了感情,这说明批评对象对批评者是有很大影响的。伟大的艺术家必然会丰富和提升他的批评者;然而,伟大的批评家绝不因为批评对象的平庸或低劣而降低自己。李长之就是这样的一位批评家。张资平向来是遭诟病的作家,其作品也的确有着负面的影响,所以一般的批评家除了攻击他外不会对其进行认真

---

〔1〕李长之:《李长之文集》,第二卷,第 279 页。

的审视。李长之做到了，并且没有因此而失却批评的意义与价值。李长之说："我们要谛视，要批评，要建起自信！"[1]他的张资平论充分体现了他作为一个批评家的自信。现代感悟批评有宽容，更有自信，宽容和自信都来自于对艺术与人生的感悟。

李长之文学批评的总体特征是在理智与情感之间游动，且往往是情感突破理智，感悟突破推理，即使寻求着二者间的平衡，也以后者为主。李长之"长篇大论"批评文章的感悟性有逻辑与推理的制约痕迹，但他那些短小的书评则少见这种痕迹，其感悟色彩更为突出。在李长之的书评中，我们选取他对徐訏和无名氏（卜宁）的评论为例来看看他文学批评的审美感悟色彩。徐訏和无名氏在过去很长时间内是被中国现代文学史和研究界所忽略的作家，而李长之在当时就对两人作出了印象式的然而"永久性"的评价。在《〈荒谬的英法海峡〉》一文的开篇，李长之就道出了自己对徐訏的印象："富有浪漫情调和幻想，是徐訏先生的作品的特色；聪明，流利，婉转，更特别巧于对话，是他的长处。然而有点太偏于享受，太偏于空幻，太偏于油滑（这个形容词有点过，可是苦无适词），仿佛许多民间疾苦都和他的小说世界不相干似的，所以我们不愿意多有人仿效他，也很担心有太多的人沉溺于其中，弄得胃口弱了，不是便不能消化硬东西了么？"在接下来的很短的篇幅内，李长之强化了他的这一印象，他说："书不能算不聪慧，文字一无沾滞，对话也衔接得特别巧，可是像大理石的像一样，太光滑了，我们却还需要像罗丹那样的再粗糙些的作品。甜菜固然有时可口，然而我们有时需要点辛味料！"[2]这样的批评是感悟的，在这种印象感悟中读者能领悟到《荒谬的英法海峡》的艺术上优

---

〔1〕李长之：《李长之文集》，第二卷，第274页。
〔2〕李长之：《李长之文集》，第四卷，石家庄：河北教育出版社，2006年版，第176、177页。

长与不足,也能感受到批评本身就是一种美的表现。这些印象感悟式的批评是从艺术上来谈的,李长之也从人生的尺度来指出了作品的不"真",因为书中的理想生活虽然是正义的,但也是过时的和天真的,人生还有血与泪。美的极致无不带有一点悲哀与忧愁,否则美即是无价值的,因为人生也是悲哀和忧愁的,美只有表现出这一点,才能慰藉人的精神而使灵魂能够栖居在美之中。沈从文的"湘西世界"是美的,也是悲哀的,所以感动人;徐訏的"海盗的岛"是美的,但没有悲哀与忧愁,故而有些不"真"。李长之虽然并没有明说这一点,但我们可以从他的"印象"中感悟到这一点,美的批评与美的艺术作品一样,都能为读者留下思考的空间。

对于无名氏,李长之总的印象式评价就是"为作者才华惜!"在读完《北极风情画》后,李长之说:"作者未尝不是有才华的,然而我们为这才华惜;书中也不能说没有思想,可是主要的地方是不健康的;读者的数量将是很大的吧,可是其中少数人将得到毒害,大多数则读时有些愉快,读完不会对它怀有很高的敬意。"[1]李长之认为《北极风情画》充满了审美的意趣,但其缺陷太超过其优长了。在李长之看来,无名氏的态度是"愤嫉和堕落"而不是无功用的审美态度,他有热情而无理想,有机智却滥用,因而其作品与整个的人生有着很大的距离。以艺术和人生两把尺度衡量,《北极风情画》无疑是失败的,而《塔里的女人》只是《北极风情画》的雷同之作,所以李长之一再"为作者才华惜"。在无名氏的《露西亚之恋》的六个短篇中,李长之也看到了"一线光明",虽然这六个短篇的写作在上述两部小说之前。李长之认为,这"一线光明"在于"作者在这里的态度还是基于同情和敬意,而面向着波兰和韩国这两个悲惨的民族的;还是有意(虽然表现

---

〔1〕李长之:《李长之文集》,第四卷,第245页。

不多)写那韩国革命者的;即在风格和句子之间,也还是有一种挣扎,坚实,严肃,以求达到一种企于至善的企图的。"〔1〕在我们看来,是否写革命者并不重要,重要的是作者能够"同情",能够"严肃"以求"至善",因为同情是人类之大爱,与至善、至美是一致的,艺术作品只有表现了人类的悲哀与痛苦并对之抱有同情的态度,才能达到至美,也就能达到至善。无名氏在《露西亚之恋》中有了这"一线光明",却在《北极风情画》与《塔里的女人》中将之抛弃了,所以李长之希望无名氏能够沿着《露西亚之恋》的道路重新出发。这是批评家对作家充满真诚感情的告诫与劝慰。文学批评的目的,也在于对作者和读者有帮助,所以告诫与劝慰作者,也是批评的任务之一;现代感悟批评没有忘记这一任务。

李长之是多产的批评家,我们不再一一列举。周海波认为:"李长之在现代文学批评史上,既不属于感悟印象批评一派,也不属于理性价值判断一派,而在理性与感悟印象两者之间寻求一种结合,他的理性使他能够在规范化的批评术语中从事批评,发现人们难以发现的内容;他的艺术感悟使他能够沉浸于艺术批评的快乐之中,捕捉到艺术创造中美的所在。"〔2〕我们认为,虽然李长之的文学批评实践带有较强的理智色彩和逻辑性,但感悟仍然是其主要特色之一,而且,李长之的《批评精神》及其对古代文学批评理论的阐释,也是现代感悟批评重要的理论构建,所以我们将其当作现代感悟批评的代表来看待。至于李长之的理论构建,我们留待后文再谈。

---

〔1〕李长之:《李长之文集》,第四卷,第 244 页。

〔2〕周海波:《中国现代文学批评史论》,上海:上海人民出版社,2002 年版,第 301 页。

第二节　沈从文：在趣味与人性中寻美

沈从文(1902～1988)，原名沈岳焕，湖南凤凰人。1930年代至1940年代，沈从文结集出版的文学批评主要有《沫沫集》(1934年上海大东书店)、《废邮存底》(1937年上海文化生活出版社)、《昆明冬景》(1939年上海文化生活出版社)与《云南看云集》(1943年重庆国民图书出版社)等，此外还有大量的其他批评文字。沈从文没有骄人的教育背景，却有传奇般的人生经历，他在地方部队当过兵，通过自学而成为一名文学大师，建国后放弃文学而又在文史研究上取得丰硕成果。以蒂博代的观点来看，沈从文的文学批评就是"大师的批评"，也是"寻美的批评"。"寻美"，即对美的鉴赏与评品是现代感悟批评的重要任务之一；沈从文比其他现代感悟批评家更为执著地坚持着文学批评的"寻美"，以至于有时把"寻美的批评"变成了"求疵的批评"。而这又是基于沈从文文学批评对趣味与人性的强调，或者说，是以对艺术和人生的真切体验与感悟为基础的。

沈从文是一位自觉的艺术家，他在文学批评中使用得较多的词语是"兴味"及"趣味"，这两个词语在多数情况下都具有相近的含义，即指审美情趣。沈从文的审美情趣概括来说就是把文学当作宗教来看待，反对一切为政治利益或商业利益的文学以及"玩票文学"或"白相文学"，批判文学上的庸俗、低级趣味。沈从文引起"京派"与"海派"之争，在争论中，虽然他的一些观点现在看来不一定正确，但他批判"海派"的"装模作样的名士才情"与"不正当的商业竞卖"的结合这在今天都具有意义，那就是文学艺术如果过分地或自觉地与功用目的相结合，必然有损文学自身的发展。沈从文将文学当作一种独立的职业,认为文学同其他职业一样对社会有贡献,但这种贡献不是物质性的,而是精神性的,因此,他强调文学的非功利性而将文学当作一种"宗教"来看待。沈从文在《新文人与新文学》一文中说:

> 中国目前新文人真不少了,最缺少的也最需要的,倒是能将文学当成一种宗教,自己存心作殉教者,不逃避当前社会作人的责任,把他的工作,搁在那个俗气荒唐对未来世界有所憧憬,不怕一切很顽固单纯努力下去的人。这种人才算得是有志于"文学",不是预备作"候补新文人"的。[1]

将文学当作宗教,就不能掺杂任何世俗目的,不管这些世俗目的是功利性的还是消遣性的,也就是说,必须以纯粹的审美态度来从事文学创作。沈从文自己的创作是这样的,他也对其他人提出了这样的希望与要求,并将之运用到自己的文学批评之中。沈从文文学批评中的"趣味"即审美情趣,属于现代感悟批评中的艺术尺度;他对"人性"的强调,则是坚持了现代感悟批评中的人生尺度。沈从文在《小说作者和读者》一文中说:

> 我以为一个作品的恰当与否,必需以"人性"作为准则。是用在时间和空间两方面都"共通处多差别处少"的共通人性作为准则。一个作家能了解它较多,且能好好运用文字来表现它,便可望得到成功,一个作家对于这一点缺少理解,文字又平常而少生命,必然失败。所以说到恰当问题求其所以恰当时,我们好像就必然要归纳成为两个条件:一是作者对于语言文字的性能,

---

〔1〕沈从文:《沈从文全集》,第十七卷,太原:北岳文艺出版社,2002 年版,第 87～88 页。

必需具敏锐的感受性,且有高强手腕来表现它,二是作者对于人的情感反应的同差性,必需有深切的理解力,且对人的特殊与类型能明白刻画。[1]

周作人认为人性是个性与共性的统一,沈从文则强调"共通处多差别处少"的共通人性,两人观点看似不同,实则相近,那就是文学艺术表现人性,必须是个性的,同时又是共性的,二者是辩证统一的。沈从文认为文学创作成功必须有两个条件,一是对人性的理解,也就是对人生的体验与感悟,二是有高强的艺术表现手腕。这两个条件概括起来说就是要对人生与艺术有真切的体验与感悟,与王国维的"境界"所要求的能感之、能写之、能赏之是相近的。"趣味"与"人性",或艺术与人生就是沈从文文学批评"寻美"的两个尺度。

沈从文在"寻美"的过程中,依据艺术与人生两个尺度叙述自己对作品的印象,找出作品的风格或趣味,对其进行审美鉴赏。在论汪静之的《蕙的风》时,沈从文说:"这样带着孩气的任性,作着对于恋爱的孩气的想象,一切与世故异途比拟,一切虚诞的设辞,作者的作品,却似乎比其他同时诸人更近于'赤子之心'的诗人的作品了。使诗回返自然,而诗人却应当在不失赤子之心的天真心情上的歌唱,是在当时各个作者的作品中皆有所道及的。……使这幼稚的心灵,同情欲意识,联结成一片,汪静之君把他的《蕙的风》写成了。"[2]汪静之给沈从文的印象就是纯真而没有任何功用目的(无论道德还是其他层面的功用目的)的歌唱;"孩气""赤子之心""幼稚的心灵"都是一种对待文学(诗歌)的态度乃至对待人生的态度,这种态度正是沈从文所提倡的审美态度。沈从文对《死水》集的印象是:"以清明的眼,

---

[1] 刘洪涛编:《沈从文批评文集》,珠海:珠海出版社,1998年版,第145页。
[2] 沈从文:《沈从文全集》,第十六卷,太原:北岳文艺出版社,2002年版,第92页。

对一切人生景物凝眸,不为爱欲所眩目,不为污秽所恶心,同时,也不为尘俗卑猥的一片生活厌烦而有所逃遁;永远是那么看,那么透明的看,细小处,幽僻处,在诗人的眼中,皆闪耀一种光明。作品上,以一个'老成懂事'的风度,为人所注意,是闻一多先生的《死水》。""读《死水》容易保留到的印象,是这诗集为一本理知的静观的诗。在作品中那种安详同世故处,是常常恼怒到年青人的。"〔1〕在这诗一般的印象描述中,沈从文抓住了闻一多《死水》的特色,然而,这些特色不是理论性的逻辑推演,而是他对艺术和人生的感悟,对此,读者也需要再加上自己的感悟,才能通过沈从文而进入到闻一多的诗歌世界。

再如论朱湘的诗歌时,沈从文同样以诗化的语言描述着他的印象感悟:"能以清明的无邪的眼,观察一切,无渣滓的心,领会一切——大千世界的光色,皆以悦耳的调子,为诗人所接受;各样的音籁,皆以悦耳的调子,为诗人所接受。作者的诗,代表了中国十年来诗歌一个方向,是自然诗人用农民感情从容歌咏而成的从容的方向。爱,流血,皆无冲突,皆在那名词下看到和谐同美,因此作者的诗,是以同这一时代要求取分离样子,独自存在的。"〔2〕在这里,沈从文依然强调了艺术的无功用性,"无邪的眼"与"无渣滓的心",既是诗歌创作的态度,也是文学批评的态度,只有以这样的态度,才能在艺术作品之中走向"和谐"与"美",才能摆脱世俗的烦恼与痛苦而让心灵获得一丝慰藉。沈从文自己经历过太多的人生苦难,看到过太多的生命的无常与毁灭,但他采用了不同的方式来为苦难的人生与无常的生命寻找灵魂的慰藉,那就是描绘"和谐"与"美"的理想人生,或在文学批评中"寻美"。这不是对苦难的逃避,而是对苦难的正视,因为正视苦难不一定就要描绘或突出苦难,而应为苦难的灵魂寻找出路与

---

〔1〕沈从文:《沈从文全集》,第十六卷,第109页。

〔2〕同上书,第130页。

归依,树立摆脱苦难的理想与信心。正是基于对艺术与人生的这种真切体验与感悟,沈从文赞赏上述三位诗人所体现出的对人生的审美观照。

沈从文在文学批评中的"寻美",不仅仅叙述出对主要对象的审美印象,还将其与其他作家作品进行印象比较,这与其他现代感悟批评家是相同的。但沈从文更注重对整体印象的把握,他常常将同一时代同一体裁的作品放在一起加以品评又突出对主要对象的论述,有时甚至将不同体裁的作品进行比较,找出它们相似的风格或趣味。如在《论徐志摩的诗》一文中,除徐志摩外,沈从文提到的新诗人还有胡适、刘复、俞平伯、康白情、朱自清、徐玉诺、冰心、焦菊隐、郭沫若、林如稷、闻一多、朱湘等,几乎囊括了当时有名的新诗人。沈从文先简要地介绍了新诗发展的概况,从历时标线指出了徐志摩的特殊风格,即散文的华丽与奢侈、诗歌的和谐与完整。在分析了徐志摩的几首诗之后,沈从文又把徐志摩放在诗会(新月诗)及《诗刊》的共时标线中去谈其独特之处,从而为徐志摩在新诗发展的历史中画了一个较为准确的坐标。又如在《论焦菊隐的〈夜哭〉》中,沈从文认为获得"多数"而成功的在诗歌上有焦菊隐,在小说上则有张资平和章衣萍,他将不同体裁的三人作品放在一起谈论,指出了他们的共同取向就是逢迎读者以获得"多数",但在艺术上并无多大价值。

注重对当时文学整体印象的把握,在沈从文的《论中国现代创作小说》《新诗的旧账——并介绍诗刊》《谈朗诵诗》等文章中表现得非常突出。《论中国现代创作小说》一文共有两万多字,论及的作家达四十多人,沈从文以评点的形式论述了"五四"高潮期、落潮期及大革命失败前后的中国小说创作。沈从文认为中国小说的创作在第一期内的成就不大,他的印象是:

　　　第一期的创作同诗歌一样,若不能说是"吓人的单纯",便应
　　当说那是"非常朴素"。在文字方面,与在一个篇章中表示的欲
　　望,所取的手段方面,都朴素简略,缺少修饰,显得匆促与草率。
　　每一个作品,都不缺少一种欲望,就是用近于言语的文字,写出
　　平凡的境界的悲剧或惨剧。用一个印象复述的方法,选一些自
　　己习惯的句子,写一个不甚坚实的观念——人力车夫的苦、军人
　　的横蛮、社会的脏污、农村的萧条,所要说到的问题太大,而所能
　　说到的却太小了。[1]

沈从文所把握到的整体印象是"单纯""朴素""匆促"与"草率",此时
的小说创作既缺乏对人性(人生)的深刻理解与真切感悟,又无高雅
的审美趣味与有力的艺术表现。在这样的整体印象中,沈从文非常
看重鲁迅的小说,认为:"鲁迅的作品,混和的有一点颓废,一点冷
嘲,一点幻想的美,同时又能应用较完全的文字,处置所有作品到一
个较好的篇章里去",因此《呐喊》是成功的,其原因就在于"恰恰给了
一些读者所能接受的东西,一种精神的粮食,按照年青人胃口所喜悦
而着手烹炒"。[2] 沈从文既从艺术与人生的尺度去评判鲁迅小说的
成就,又从读者审美接受的角度去分析其成功的原因,可见他的批评
并不仅仅是自己的印象感悟,也包括一般读者的鉴赏,这在当时并不
多见。沈从文虽然重视鲁迅的小说,但他不喜欢《阿Q正传》的"谐
谑"趣味,而称赞《呐喊》中的《故乡》与《彷徨》中的《示众》一类作品之
"纯粹",因为这类作品能"以准确鲜明的色,画出都市与农村的动
静",同时又带着作者的悲哀,这种悲哀,"是看清楚了一切,在病的衰
弱里,辱骂一切,嘲笑一切,却同时仍然为一切所困窘,陷到无从自拔

------

〔1〕沈从文:《沈从文全集》,第十六卷,第199页。
〔2〕同上书,第200页。

的沉闷里去了的。"[1]给读者以精神的粮食,美而悲哀,这就是沈从文对鲁迅的印象。沈从文与鲁迅的审美追求是不同的,鲁迅是在苦难与悲哀之中发掘"力"以救治病态的社会与人生,沈从文则在苦难与悲哀之中寻找和谐与美,以此来否定苦难与悲哀进而为苦难的灵魂寻求慰藉与栖居之所。因此,沈从文对鲁迅小说中的"谐谑"及悲哀中的沉闷是不赞同的。沈从文的这些印象式的评品,得到了后来文学史的支持,这表明沈从文的文学批评能在跟踪式的印象中准确把握对象。

《论中国现代创作小说》在论述后面两个阶段的小说创作时,大多是点到即止,往往只把论者的印象概括地叙述出来。在这些印象叙述中,沈从文称赞女作家中的凌叔华:"把创作在一个艺术的作品上去努力写作,忽略了世俗对女子作品所要求的标准,忽略了社会的趣味,以明慧的笔,去在自己所见及一个世界里,发现一切,温柔的也是诚恳的写到那各样人物姿态,叔华的作品,在女作家中别走出了一条新路。"[2]他以"朴素""静谧""缜密""明快""平静""淡淡的讽刺"与"悲悯的微笑"等词语去评价凌叔华的作品,这可以看出印象审美是沈从文的文学批评最主要的特色,也就是现代感悟批评最主要的特色。

现代感悟批评在印象审美的同时,又力求公正,所以沈从文并不以最初的印象去评判作品的艺术成就与价值,而是深入作品尽量获得更多的印象以便对其作出较为公正的评价。如在肯定了汪静之的《蕙的风》的长处的同时,沈从文又指出其不足:"因年龄关系,使作品建筑在'纯粹幼稚上',幼稚的心灵,与青年人对于爱欲朦胧的意识,联结成为一片,《蕙的风》的诗歌,如虹彩照耀于一短时期国内文

---

〔1〕沈从文:《沈从文全集》,第十六卷,第201页。
〔2〕同上书,第211页。

坛，又如流星的光明，即刻消灭于时代兴味旋转的轮下了。"[1]《蕙的风》保存了"童心"与"真心"，作者的年轻使他能敏锐地抓住时代青年的"兴味"，但正因为年轻及时代"兴味"的多变，作者及作品又显出幼稚而易于流逝。又如在指出朱湘诗歌的成就后，沈从文也指出了其失败之处："作者运用词藻与典故，作者的诗，成为'工稳美丽'的诗，……诗所完成的高点，却只在'形式的完整'，以及'文字的典则'两件事上了。"[2]朱湘的诗歌只在艺术形式上达到了相当的成就，却没有在人生上有更广阔的开掘，这使沈从文一方面从艺术形式上对其加以肯定，另一方面又以此作为其失败的根源，因为沈从文的批评虽然是"寻美的批评"，但他所持的尺度是两个，即艺术和人生。

　　坚持艺术与人生两个尺度"寻美"，有所赞赏又有所不赞同乃至批判，使沈从文的文学批评有的就变成了"求疵的批评"。沈从文执着的艺术追求与丰富而坎坷的人生经历使他在文学批评中注重以艺术和人生两个尺度来衡量作品的"真"与"美"；但另一方面，他时时以"乡下人"自居，虽然突出了他的独立性，却又表明了他具有门户之见以及一定程度上的缺乏宽容。沈从文对左翼文学及"海派"文学等非"京派"文学大多是采取批判态度的，即使是"京派"内部作家，他也时不时会找出"小疵"来。如在《论冯文炳》中，沈从文指出："八股式的反复，这样文体是作者的小疵，从这不庄重的文体，带来的趣味，使作者所给读者的影像是对于作品上的人物感到刻画缺少严肃的气氛。且暗示到对于作品上人物的嘲弄；这暗示，若不能从所描写的人格显出，却依赖到作者的文体，这成就就是失败的成就。"[3]沈从文在《论穆时英》中将冯文炳（废名）加以比较，在"求疵"中将二人的特点准确地

----

〔1〕沈从文：《沈从文全集》，第十六卷，第93页。

〔2〕同上书，第140页。

〔3〕同上书，第148页。

指了出来：

> 技巧必有所附丽，方成艺术；偏重技巧，难免空洞。技巧逾量，自然转入邪僻：骈体与八股文，近于空洞文字。废名后期作品，穆时英大部分作品，近于邪僻文字。虽一则属隐士风，极端吝啬文字，邻于玄虚；一则属都市趣味，无节制的浪费文字。两相比较，大有差别，若言邪僻，则二而一。……后者所长在创新句，新腔，新境、短处在做作，时时见出装模作样的做作。作品于人生隔一层。在凑巧中间或能发现一个短篇速写，味道很新，很美，多数作品却如博览会的临时牌楼，照相馆的布幕，冥器店的纸扎人马车船。一眼望去，也许觉得这些东西比真的还热闹，还华美，但过细检查一下，便知道原来全是假的，东西完全不结实，不牢靠。铺叙越广字数越多的作品，也更容易见出它的空洞，它的浮薄。[1]

坚持艺术与人生的尺度，沈从文追求的是"美"与"真"，而"美"与"真"的获得在于"恰当"与"和谐"。废名与穆时英在艺术技巧上过度，所以"近于邪僻"，后者又在人生上缺乏"真"，所以"空洞""浮薄"。平心而论，沈从文的持论是公允的，但在《论冯文炳》中，他将冯文炳与自己相比较，处处显示出自己比所论对象的优长与高明来（虽然事实上也是如此），则无疑也表明了他的自负。

将这种自负运用到论张资平时，沈从文则以充满揶揄的语气说道："所以张资平也仍然是成功了的：他懂'大众'，'把握大众'，且知道'大众要什么'，比提倡大众文艺的郁达夫似乎还高明，就按到那需

---

〔1〕沈从文：《沈从文全集》，第十六卷，第233～234页。

要,造了一个卑下的低级的趣味标准。"[1]对于张资平,我们现在仍然会赞同沈从文的评价,但是,当我们将其和李长之对张资平的评论放在一起来看时,就会感到沈从文和我们自己都缺乏艺术上的宽容和自信。如果我们再详细地看看沈从文对左翼文学和"海派"文学的攻击,他的门户之见与不宽容就更为明显了。当然,对于沈从文的"求疵"与不宽容,我们不应指谪,因为他的"求疵"与不宽容都是为了"寻美";沈从文的"寻美的批评"对现代感悟批评是有贡献的。

沈从文的文学批评体现了现代感悟批评的两个重要特色,即批评的独立与批评的艺术,但与李健吾和李长之相比较,他并没体现出现代感悟批评的另外两个重要特色,即批评的宽容与自信。尽管如此,沈从文仍然是审美的现代感悟批评的代表批评家。

第三节 朱光潜:不即不离创造的批评

朱光潜(1897~1986),字孟实,安徽桐城人。朱光潜 1925 年赴英国留学,后在法国获文学博士学位,1933 年回国任教。他的主要著作有《悲剧心理学》《文艺心理学》和《诗论》等。朱光潜的文学批评并不多,他对现代感悟批评发展的贡献在于他对克罗齐直觉主义的介绍与运用,对此,后文将有更多的涉及。在这里,我们简单谈谈他的"心理的距离"对现代感悟批评发展的促进。

作为一位在美学领域内卓有建树的理论大家,朱光潜的文艺批评坚持审美的独立性与创造性。坚持审美的独立性意味着在审美中排除一切功用目的,坚持审美的创造性则是将批评当作艺术来看待。

---

[1] 沈从文:《沈从文全集》,第十六卷,第 190 页。

朱光潜认为美感缘于形象的直觉,是不带任何功用目的的,但他并不把审美孤立起来,而是将美感经验看作人生的有机组成部分。在《文艺心理学·作者自白》中,朱光潜说道:

> 从前,我受从康德到克罗齐一线相传的形式派美学的束缚,以为美感经验纯粹地是形象的直觉,在聚精会神中我们观赏一个孤立绝缘的意象,不旁迁他涉,所以抽象的思考、联想、道德观念等等都是美感范围以外的事。现在,我觉察人生是有机体;科学、伦理的和美感的种种活动在理论上虽可分辨,在事实上却不可分割开来,使彼此互相绝缘。[1]

美是无功用的,美的创造、欣赏与文艺批评都不涉及功用目的,在这一方面,朱光潜秉承了王国维所开创的美学传统。同时,美不是孤立的,没有绝对的或纯粹的美;美的无功用性是指它无直接的社会作用或实用目的,它有无用之用,即它关注人的精神与灵魂,让其在美之中获得解脱与慰藉,王国维将之归结到"理想伦理",朱光潜则将之看作人生的有机组成。

美是独立的,却不是孤立的,如何理解呢? 朱光潜运用英国心理学家布洛的"心理的距离"来说明这个问题,即在审美时必须与实际生活保持适当的距离。朱光潜认为"距离"有两个方面,"就消极的方面说,它抛开实际的目的和需要;就积极的方面说,它着重形象的欣赏。它把我和物的关系由实用的变为欣赏的。就我说,距离是'超脱';就物说,距离是'孤立'。"[2]他认为"形为物役""凝滞于物"与

---

〔1〕朱光潜:《朱光潜全集》,第一卷,合肥:安徽教育出版社,1987年版,第197~198页。

〔2〕同上书,第218页。

"名缰利锁"等都是缺乏距离的表现。朱光潜也指出了其中的矛盾：即"在美感经验中，我们一方面要从实际生活中跳出来，一方面又不能脱尽实际生活；一方面要忘我，一方面要拿我的经验来印证作品"，[1] 距离太近就带有功用性，距离太远就不易了解。因此，朱光潜认为"不即不离"的距离是艺术的一个最好的理想，并将"距离说"当作文艺批评的一个很适用的标准。在论周作人《雨天的书》时，朱光潜就运用了"距离说"的原则来谈该书的"清淡"之美。他说："在读过装模做样的新诗或形容词堆砌成的小说（应该说'创作'）以后，让我们同周先生坐在一块，一口一口的啜着清茗，看着院子里花条虾蟆戏水，听他谈'故乡的野菜'，'北京的茶食'，二十年前的江南水师学堂，和清波门外的杨三姑一类的故事，却是一大解脱。"[2] 这种"解脱"就需要保持审美距离而不能带有功用目的，这既是从作家创作而言的，也是从读者欣赏而言的。朱光潜并不对该书进行是非评论，但肯定了其"清淡"容易引起兴味。

朱光潜提倡"创造的批评"并坚持批评的创造性，这使得他的文学批评实践充满了印象感悟的色彩。在评《望舒诗稿》时，朱光潜先用较大的篇幅串引戴望舒的诗句，以美的印象累叠把读者带进了诗人的世界，然后在这些印象的基础上说："这个世界是单纯的，甚至于可以说是平常的，狭小的，但是因为是作者的亲切的经验，却仍很清新爽目。"朱光潜认为诗人表现出了"他的美点和他的弱点，他的活泼天真和他的徬徨憧憬。他的诗在华贵之中仍保持一种可爱的质朴自然的风味。像云雀的歌唱，他的声音是触兴即发，不假着意安排的。"[3] 戴望舒的诗歌虽然单纯自然、文字优美、清新爽目，但其表现

〔1〕朱光潜：《朱光潜全集》，第一卷，第 221 页。
〔2〕朱光潜：《朱光潜全集》，第八卷，合肥：安徽教育出版社，1993 年版，第 191 页。
〔3〕同上书，第 526 页。

的世界却比较狭小。朱光潜就从戴望舒的诗歌谈到新诗的发展,他认为"新诗的视野似乎还太狭窄,诗人们的感觉似乎还太偏",因而主张"做诗还是从生活入手"。[1] 这表明朱光潜的批评在印象审美中坚持着艺术与人生两个尺度。他以这两个尺度去较为公正地品评作品,既分析优点,又指出缺陷,但不攻击或裁决,因为他相信寻找和攻讦别人的过错永远不能成就自己的伟大[2],所以他在批评结束时强调的是戴望舒诗歌的文字的清新与风格的特殊。

　　注重印象审美使朱光潜在文学批评实践中喜欢复述作品的内容或线索,并在印象复述的基础上来品评作品,论《望舒诗稿》如此,论废名的《桥》也如此。朱光潜虽然认为《桥》中没有故事,但他仍然将其故事发展的线索复述了一遍,这样做是为了照顾读者的阅读习惯。然而他又说这对作品的理解并不十分重要,因为《桥》是"以内在价值压倒陈规而获永恒的生命"的真正的艺术作品,"它丢开一切浮面的事态与粗浅的逻辑而直没入心灵深处","它的体裁和风格都不愧为废名先生的特创"。[3] 朱光潜认为《桥》充满了诗境、画境与禅趣,并将废名与普鲁斯特、吴尔夫夫人、梅特林克及李义山相比较,从而见出废名的独特与创新。《桥》是美丽的,然而是悲观的,"我们看见它的美丽而喜悦,容易忘记它后面的悲观色彩。也许正因为作者内心悲观,需要这种美丽来掩饰,或者说,来表现。"[4]美的极致无不带有一丝悲哀和忧愁,但它不是增加悲哀和忧愁,而是让人忘却现实生活中的悲哀和忧愁而获得心灵的慰藉,朱光潜在废名的《桥》中看到了这一点。当然,朱光潜同样公正地指出了废名的《桥》也是单调的。

---

〔1〕朱光潜:《朱光潜全集》,第八卷,第527页。
〔2〕同上书,第545页。
〔3〕同上书,第552页。
〔4〕同上书,第554页。

读废名的《桥》不是一件易事，读芦焚的《谷》和《落日光》也不是一件轻快的事。芦焚给朱光潜的印象是这样的："他骨子里是一位极认真的人，认真到倔强和笨拙的地步。他的理想敌不住冷酷无情的事实，于是他的同情转为忿恨与讽刺。他并不是一位善于讽刺者，他离不开那股乡下人的老实本分。"[1]所以朱光潜认为《谷》和《落日光》虽有生气，但也有不调和的地方。朱光潜将芦焚与萧军加以比较："这两位新作家都以揭露边疆生活著称，对于受压迫者都有极丰富的同情，对于压迫者都有极强烈的反抗意识，同时，对于自然与人生，在愤慨之中仍都有几分诗人的把甘苦摆在一块咀嚼的超脱胸襟。但是他们在风格上有一个重要的异点：萧军在沉着之中能轻快，而芦焚却始终是沉着。"[2]这种比较是印象式的，而且朱光潜在印象比较中暗示出了两人的高下："萧军的好处马上就可以吸引读者的注意，芦焚的好处是要读者费一番挣扎才能察觉的。"[3]好的作品总能经受住咀嚼，而咀嚼也就是一种挣扎，心灵的挣扎，挣扎的结果就是在对作品的审美中达到某种解脱或慰藉。

朱光潜主要从事理论建设，他不像沈从文那样非常熟悉当时文坛的状况，所以他的印象比较并不广阔，但他同样写有如沈从文《论中国现代创作小说》那样在现代文学批评史上应占有重要位置的批评文章，那就是《现代中国文学》（1948 年）。在这篇文章中，朱光潜先简述了五十年里的几件大事，回顾了新文学的历程，然后评点了诗歌、小说、戏剧和翻译的发展。在点到即止地列举了胡适、刘复、卞之琳、穆旦、冯至和臧克家之后，朱光潜认为新诗的成就不高，而小说要好一些，主要表现为："鲁迅树了短篇讽刺的规模，沈从文、芦焚、沙

---

〔1〕朱光潜：《朱光潜全集》，第八卷，第 559 页。
〔2〕同上书，第 561～562 页。
〔3〕同上书，第 562 页。

汀诸人都从事于地方色彩的渲染,茅盾揭开都市工商业生活的病态,巴金发掘青年男女的理想和热情。"[1]这同样是印象式的评点。对于戏剧,朱光潜推崇丁西林的独幕剧《一只马蜂》、洪深与李健吾改编剧《少奶奶的扇子》和《阿史那》以及曹禺的创作剧本,但他认为整体上戏剧离理想还很远。朱光潜的这些印象评点在相当大的程度上与文学历史是相符的。更为重要的是,朱光潜在这篇文章中强调了新文学受西方文学的影响,因此他把翻译纳入了自己的论述之中,并在论述中谈到了新文学发展中西方与传统的关系问题,而这一问题至今还具有重要的意义。

总的来看,朱光潜的文学批评实践虽然不多,但较为充分地体现出了现代感悟批评的特点,那就是审美的、印象的、感悟的与创造的;这与他的理论贡献都促进了现代感悟批评的发展。

现代感悟批评在 1930 年代至 1940 年代的李健吾、李长之、沈从文等人那里已经臻于成熟,在一定程度上对左翼文学批评是一个有效的纠正,一些新起的批评家受他们的影响,也尝试着感悟批评。源于"京派"的李广田及"九叶"诗派的唐湜就是跟随李健吾他们较为突出的两个人。

李广田(1906~1968),原名王锡爵,现代著名散文家和诗人。1940 年代,李广田在文学批评上取得了很大的成绩,有批评论著《诗的艺术》《文学枝叶》《创作论》《文艺书简》等,其中《诗的艺术》与现代感悟批评最为接近。李长之认为《诗的艺术》是一本上乘的批评集,"其中没有煽动,没有刺激,也没有讽刺,以及辛辣,或过于明快等,然而它是可读的。作者自己说:'我相信我永以谦虚的态度读书,并以谦虚的态度立论,现在也以更谦虚的态度贡献这本小书。'这话我们承认,可是谦虚并不见得就没力量!""有这样的书摆在我们的眼前,

---

〔1〕朱光潜:《朱光潜全集》,第九卷,合肥:安徽教育出版社,1993 年版,第 328 页。

不唯让我们写诗时不敢率易,就是读诗的也不敢苟且了!"〔1〕虽然《诗的艺术》带有现代感悟批评的余韵,但李广田在1940年代成功地从"京派"批评家转向了革命民主主义批评家,他没有在现代感悟批评的道路上走下去,而汇入了当时的批评主流。

唐湜(1920~2005),原名唐扬和,"九叶"诗人之一。唐湜在李健吾的鼓励下开始从事文学批评,并在1950年出版了他的文学批评著作《意度集》。唐湜说:"我那时觉得艺术是生活的批评,批评也该是一种能表现青春生命力或成熟的对生活的沉思的艺术。一篇批评文章本身就应该是一幅好画,一篇好散文,或一篇有蓬勃的力量的搏斗的心理戏剧。只要它是真挚的,切实的,也就总是一致的,完整的,独自兀立着的,恰如一座山(它的崇高),一片水(它的渊深),或一片阳光(它的闪烁的浑朴)。……我把阅读与批评当作一种感情的旅行,一种沉思的试验,一种生活的'操练',觉得文学批评如果远离了生活中'人'的意义,只作些烦琐的解释,当然不能不流于机械论与公式主义主。……我想作一种跳跃式的欣赏的解说,作一些能动的思想的展开与感情生活的再现,一种在作者的精神风格里的沉潜,总之,一种再创造。"〔2〕唐湜的这段话,就如同是现代感悟批评的批评观念的另一种说法。

唐湜也正是这样的观念支配下进行文学批评的。我们以他的《路翎与他的〈求爱〉》为例来看其现代感悟批评的特色。在这篇文章中,唐湜先谈了一些自己对文学艺术的看法,又引用了陈敬容的一首诗,才提到路翎,说路翎是当时"最有才华的,想像力最丰富而又全心

---

〔1〕李长之:《李长之文集》,第四卷,第242页。

〔2〕唐湜:《新意度集》,北京:生活·读书·新知三联书店,1990年版,《前记》,第1~2页。

充满着火焰似的热情的小说家之一。"[1]接着唐湜提到了巴金与张
天翼、沈从文与许杰,认为路翎可以与骆宾基形成对比。在对比中,
唐湜又拉进了 D. H. 劳伦斯进行比较,而且还引用了吴尔芙夫人及
W. 勃莱克的话。之后唐湜才回到路翎的《求爱》上来,但马上又将其
与托尔斯泰的《大风雪》及尼克拉索夫的诗相比较。然后唐湜才逐渐
地把他对《求爱》集的印象一点点叙出,其间依然夹杂着联想类比。
唐湜的行文方式完全是李健吾式的,同时,唐湜的批评又与李长之
"批评的感情主义"相契合。在这篇文章结束时唐湜写道:

> 作者告诉我们,在他写作的那时间里,他所接触的东西大半
> 非常沉闷,带着黯淡的性质。"巨大的思想内容被浓烟遮盖
> 着而窒息了,旋转在我底四周的却是一个花样繁复的世界。在
> 我逐渐地认识这个世界的时候,我底精神常常地被迫着后退,但
> 我也偶尔地抓住了汹涌的波涛中的碎船底一片,从它们来继续
> 我底道路。"是的,我们可以感觉到一种阴郁的类于呻吟的感情;
> 但这感情同时是一股强大的激荡,恰如破船之下的海洋的激荡。
> 不错,这时代的诗正应该以更凝炼更透明的光采来表现的,现代
> 的文学正是自觉的文学,自觉的思想的透明与澄澈是一个强大
> 的力量,放弃这个力量,如作者的说法,不以自己的精神来说明
> 客观世界,只沾沾自喜或随波逐流是一个损失,一种过错。而且
> 只以自己的精神来"说明客观世界"还是不够的,主观的自觉思
> 想与从无意识的宝藏里来的巨大的生命的冲击力应该在作品的
> 客观性的形象里凝集起来,发展成完整的一个小宇宙的觉识,主
> 观与客体还应该天衣无缝地浑然凝合起来。[2]

---

[1] 同上书,第 68 页。
[2] 唐湜:《新意度集》,第 77~78 页。

在这里,我们看到了两个灵魂的激荡与碰撞,看到了两个经验世界的融合。唐湜的《意度集》是沿着现代感悟批评的道路发展的,颇得李健吾文学批评的"真传",然而却成为现代感悟批评在建国之初无声的谢幕。

建国后,李健吾主要从事法国文学研究,他的文学观及批评观被迫主流化;李长之则长时期地为他的《鲁迅批判》进行自我批判;沈从文则改行从事文物研究:现代感悟批评真正衰微下去了。尽管现代感悟批评的发展是曲折的,并且最终衰微了,但它在中国现代文学批评史上有着重要的意义。现代感悟批评在国家动荡、民族受辱的苦难岁月中坚持文学批评的审美化,从而使文学和文学批评在一定程度上保持着独立性,使文学批评既不附着在文学创作上,更不附着在政治、经济或任何直接实用目的上,这是文学批评本身应该具有的品格。但这并不意味着现代感悟批评漠视苦难,它始终关注着苦难中的灵魂,虽然无力为解救民族于水深火热之中发挥直接的作用,却始终在为苦难中的灵魂寻求慰藉,它追求文学批评的无用之大用。现代感悟批评以开放的、宽容的胸怀来看待各种类型或流派的文学,它既没有社会—政治批评的直接功用性和附着性,也在一定程度上没有宗派主义与门户之见。现代感悟批评在发展过程中体现出了开放性、包容性与多元性的特点,开放性、包容性就是指它对各种类型或流派的文学都以艺术和人生两个尺度去衡量,坚持宽容、公正、客观的批评原则;多元性是指它本身并不形成固定的模式或教条,而是在坚持审美以及批评是艺术的前提下根据批评家各自的情况自由地发挥。这对实用化并且日益科学化的社会—政治批评是一种有力的纠偏,使得这一时期的文学批评能够呈现出多姿多彩的面貌。当然,开放性、包容性与多元性并不是现代感悟批评所独具的,它有着自身的独特性,亦即它的基本特征,这些基本特征是我们下一章论述的主要内容。

第五章　直观感悟的审美批评

通过考察与分析，我们发现王国维、周作人、李健吾、李长之、沈从文、朱光潜等人的文学批评各不相同，即使是同一位批评家，也存在着前后不同的情况。然而，他们都有着相同的倾向，那就是坚持批评的审美性，并多以直觉感悟的方式去欣赏、理解和评价作品，正是因为这一基本倾向的相同，我们称他们为现代感悟批评家。前文曾指出，感悟批评也可能是功用性，如鲁迅的文学批评；我们则主要探讨审美性的感悟批评。王国维、李健吾等人相同的倾向构成了现代感悟批评的基本特征。

第一节　现代感悟批评的批评观念

一个文学批评家应该有他的批评意识与批评精神，或者说，他应该有自己的批评观念，对文学批评是什么这一问题有着清醒的认识，并在批评中实践自己的观念与主张，充分体现出一个批评家的主体意识与主体精神，只有这样，他才能被看作是真正的批评家。古代文学批评，无论中国还是西方，批评意识与批评精神大多比较缺乏，所以文学批评往往处于依附的地位,不是依附于文学作品,便是依附于哲学、美学、伦理学或者政治、经济、历史等其他部门,批评家大多并未在批评实践中体现出文学批评的主体性,他们也往往不以文学批评来立身扬名。当然,批评家可以而且应该有多重身份,因为每一个人都必须扮演多种角色,他可以是哲学家、历史学家、道德家甚至政治家或商人,但当他进行文学批评时,他必须作为一个有批评意识与批评精神的批评家而存在,不能将其他身份的角色意识带进文学批评之中。文学批评在近现代的发展,便是批评意识与批评精神得到不断的凸显的过程,所以,文学批评才得以作为一门科学或一种艺术而存在。文学批评在现代的发展也就大致沿着艺术与科学两条途径并肩前行。

把文学批评当作艺术,这是现代感悟批评的核心观念。王国维的《〈红楼梦〉评论》开创了中国现代文学批评的科学化道路,而他的《人间词话》则开创了中国文学批评的艺术化道路。感悟批评在王国维那里从古代向现代转型之际就包含着批评是艺术的观念。周作人受法朗士的影响而认为"批评是印象的鉴赏,不是法理的判决,是诗人的而非学者的批评","真的文艺批评,本身便应是一篇文艺,写出著者对于某一作品的印象与鉴赏,决不是偏于理智的论断"。[1] 周作人在 1920 年代初对印象主义批评观的介绍确立了现代感悟批评的核心观念,即,批评是艺术。在现代感悟批评家中,李健吾最为执著地坚持着这一观念。李健吾认为,"一个批评家是学者和艺术家的化合,有颗创造的心灵运用死的知识。……创作家根据生料和他的存在,提炼出来他的艺术;批评家根据前者的艺术和自我的存在,不仅说出见解,进而企图完成批评的使命,因为它本身也正是一种艺

---

〔1〕钟叔河编:《周作人文类编·本色》,第 68、575 页。

术。"[1]批评以作品为依据，但不是附属于作品的，它也与艺术作品一样是一种独立的艺术。李健吾坚持批评即是艺术，其根据是人性，所以他说："批评之所以成功一种独立的艺术，不在自己具有术语水准一类的零碎，而在具有一个富丽的人性的存在。"[2]批评同艺术一样，是人性的表现，是批评家自己性灵的表现，也就是批评家自己主体意识与主体精神的一种表现。李长之是现代感悟批评家中对批评本身探讨得最多的，他曾著有《批评精神》一书。李长之认为"文艺批评有艺术性，也有学术性"，"只就表现而论，批评家无殊于一个创作家"，他采取的是一种折中的态度，虽然没有李健吾那样执著地坚持批评是艺术的观念，但总体上是信仰这一观念的，所以他才提出"为艺术而艺术，为批评而批评"。[3] 朱光潜作为一位美学理论家，也追求文学批评的审美性。沈从文没有明确地宣称批评是艺术，但他的文学批评实践无疑也是这一观念的体现。

　　文学批评是艺术，这包含着对已有一些批评观念的否定。首先是对批评是指导的否定。将批评当作指导的批评家，往往依据既有的文学理论、美学原理、哲学观念、社会思想与伦理学说等去分析作品的得失，以告诉作家应该如何如何进行创作。指导的批评，往往会变成求疵的批评，因为它对作家说话，以作家的指导者自居。如高乃依在戏剧创作中违反了"三一律"，批评家就出来告诫和指导他必须遵守"三一律"，于是他只好遵守既有的规定，这可能是指导批评最有成效的一例，但带来的不是文学的繁荣与发展，恰恰相反。"五四"新文学运动时期文学理论的建设与文学批评大都带有指导性，胡适、陈独秀，乃至周作人等人的理论建设都在为新文学的发展制定原则、纪

---

〔1〕李健吾：《咀华集・咀华二集》，第93页。
〔2〕同上书，第1页。
〔3〕李长之：《李长之文集》，第三卷，第34、28页。

律,以指导作家的创作。胡适等人赖以指导创作的理论大多从西方贩运过来,这对新文学的发展的确起到了重要的作用。然而,必须明确的是,理论往往只是对既有文学创作的总结,并不能对正在发生的或未来的文学起到多少指导作用,作家在创作时也大多不去理会理论家或批评家的指导意见。中国新文学的发生发展离不开外来文学的影响,但这种影响更大程度体现在作家对外来翻译文学作品的借鉴,外来理论对文学创作的影响相对要小一些,这从现代文学第一代作家大多受"林(纾)译小说"的影响可以看出。因为理论和批评实践总是滞后于创作的,所以它对创作进行指导的意愿往往会落空。将批评当作指导的批评家,大多以居高临下的姿态去对作家说话,有时甚至盛气凌人,充满着教训的口吻,这往往容易遭到作家的反唇相讥,造成批评家与作家之间水火难相容的局面。而这样的局面在当前似乎尤为突出,文学批评与文学创作各行其是,很难见到相得益彰的情形。现代感悟批评摒弃了指导式的批评,它以理解的姿态进入作品,接近作家,并以公正、宽容的原则对待作家作品。李健吾说:"一个批评者与其说是指导的,裁判的,倒不如说是鉴赏的,不仅礼貌有加,也是理之当然。"[1]坚持批评是艺术,批评家就与艺术家是平等的,他们之间不再是水火关系,而是相互影响、相互促进的友好关系。

当然,现代感悟批评家的批评,也会遭到作家的反驳,如巴金、卞之琳驳难李健吾。但这种批评与驳难及对驳难的答复是批评家与作家之间的平等对话,而不是文人相轻的相互攻击,至少在李健吾身上的体现是这样的。在《答巴金先生的自白》中,李健吾说道:

---

〔1〕李健吾:《咀华集·咀华二集》,第2页。

作者的自白(以及类似自白的文件)重在叙创作的过程,是一种经验;批评者的探讨,根据作者的经验的结果(书),另成一种经验。最理想的时节,便是这两种不同经验虽二犹一。但是,通常不是作者不及(不及自己的经验,不及批评者的经验),便是批评者不及(不及作者的经验,不及任何读者的经验),结局是作者的经验和书(表现)已然形成一种龃龉,而批评者的经验和体会又自成一种龃龉,二者相间,进而做成一种不可挽救的参差,只得各人自是其是,自是其非,谁也不能强谁屈就。

这是批评的难处,也正是它美丽的地方。[1]

"各人自是其是,自是其非,谁也不能强谁屈就",这是平等的态度。成功的批评往往不在于其与作者的一致或与读者的一致,而在于体现了批评家的主体意识与创造精神;成功的批评也往往会引起反驳或争论,但这是关于创作与批评的争论,也就是关于艺术本身的争论,而真正对于艺术本身的争论应该是平等的对话,没有人身攻击,也没有门户之见,更不含政治权利或商业利益之明争暗斗。现代文学的发展历史充满了各种各样的争论,然而往往由某一艺术问题出发而论及其他,艺术本身只起引起话题的作用,争论的过程中艺术问题是无足轻重的,这是现代感悟批评所极力避免的。当前的批评,尤其是职业批评或学院式的批评,难以引起批评家与作家之间的争论或对话,两者并非处于不平等的地位,然而却有点毫不相干。当文学批评只有理论兴趣或局限于某个圈子之内时,这无疑对批评本身是有害的。对于现代感悟批评家,人们往往指责他们只限于对"京派"作家的批评和认可,但通过我们前面的引述,这种指责是不符合实

---

〔1〕李健吾:《咀华集·咀华二集》,第16~17页。

际的。

　　批评是艺术也否定了判断的批评。判断的批评也就是那种法官式的批评,它像法庭的审判一样对作家作品进行美丑、好坏及优劣的评判与裁决。"一位这样的批评家首先是一位评判者,他置于高椅之上,发表讲话,宣读声明,做出结论,颁布命令,奖励优异,并自得其乐。"〔1〕然而,作家作品的成就、价值、地位等往往不是由批评家裁决的,而是由大众、由历史的选择而确定,而且这种确定也只是相对的。钟嵘的《诗品》是印象感悟式的审美批评,但当他把一百二十四位诗人分作上、中、下三品时,即由感悟批评转向了判断批评,虽然他的判断总体上来说具有合法性,然而将陶潜列为中品,将曹操列为下品等则被历史的选择所推翻。钟嵘的做法显然是受当时封建等级制度的影响,不必太苛求。文学作品千差万别、良莠不齐,批评家应该分辨出美丑与好坏,但不能带着等级观念去作出判断,不能带着法律条文去"量刑定罪",尤其是对同时代作家作品的批评更应在判断上小心谨慎。现代文学史中的左翼或右翼文学批评,大多都是判断式的批评,而现代感悟批评则另外开辟了一片新的天地。周作人认为批评绝不是"偏于理智的评判",而是印象的鉴赏。李健吾说:"我不大相信批评是一种判断。一个批评家,与其说是法庭的审判,不如说是一个科学的分析者。科学的,我是说公正的。分析者,我是说要独具只眼,一直剔爬到作者和作品的灵魂的深处。一个作者不是一个罪人,而他的作品更不是一片罪状。把对手看作罪人,即使无辜,尊严的审判也必须收回他的同情,因为同情和法律是不相容的。"〔2〕在李健吾看来,批评作为一种艺术,它不是判断的,而是理解与同情的。理解意味着公正与公允,但这种公正不是法律的公正。法律的公正只具

　　〔1〕[法]蒂博代:《六说文学批评》,第146页。

　　〔2〕李健吾:《咀华集·咀华二集》,第24页。

有法律意义，它与人性、人情是对立的；而艺术是属于人生的，充满人性与人情，对艺术的公正理解，实际上是真正地对人生的公正，它没有等级观念，只有平等的民主思想。同情则意味着宽容，对作家作品的宽容，实际上就是宽容自己、宽容人生，但这种宽容不是无度的宽容，而是对人生、对生命的积极肯定，是丰富和提升人生意义的宽容。批评不是判断，而是艺术，它不分类，不分等级，它的目的在于使艺术宫殿的大门为每一个人敞开。

判断必然有标准，而标准也必然带有一定的偏见性，世上没有不偏不倚和绝对公正的价值评判标准。判断的批评，往往拘泥于固定的、带有偏见性的标准去衡量作家和作品，它貌似公正，实则往往有失于公正。判断的批评很容易忽略艺术与人生的同构性，忽略"富丽的人性"的存在，往往就像法律条文一样死板与不近人情。蒂博代说："一个带有明显的偏见，或者站在古人一边或者站在今人一边做出判决的批评家，在我看来，不如一个理解诉讼的必要性和永恒性，理解它的一张一弛犹如文学心脏的节奏运动的人那样聪明，后者才是真正和纯粹的批评家。"〔1〕真正的批评家就是以对待人生与生命的理解与同情态度去理解与同情艺术作品的人，因而文学批评绝不是像法庭审理一样的判断。

既然文学批评没有价值判断、没有标准，那么又依据什么去鉴赏作品呢？现代感悟批评依据的是艺术与人生两个尺度。这是两个宽泛的尺度，不是具体的标准，虽然王国维言"境界"，李长之提"感情的型"，李健吾称"人性"，周作人与沈从文倡"趣味"，但这些都不是具体的批评标准，而是一种审美情趣。蒂博代认为："在文学问题上，判断本身并不能建造任何东西。判断是理性的一种决定，估价文学著

---

〔1〕［法］蒂博代：《六说文学批评》，第150页。

作的并不是理性,而是一种称之为趣味的敏感的特殊状态。"〔1〕现代
感悟批评家们表述各不相同的审美情趣就是这种"敏感的特殊状
态",它是对艺术、对人生的敏锐感悟能力。批评不是判断,而是印象
的鉴赏,它靠的是审美感悟能力,依据的是审美趣味。

　　然而,"趣味"同样不是内涵具体明确的批评标准或批评术语,它
只是一种倾向,一种趋势。每一个人的审美趣味是不同的,但特定的
民族在审美上总是有一种共同的倾向或趋势,正是这些决定了文学
作品的"估价"。蒂博代指出:"毫无疑问,美学生活并非处在人人各
行其是的状态,它包含着趣味的共同趋势,这种趋势可以把相隔很远
的前人与后人联系在一起,其中最为完整的形式就是人们所说的趣
味大干线和总局,即西方的传统链条,从荷马开始,到法朗士结束。
但这些趋势是各种各样的,它们被种族、语言和时代所截断,所谓全
人类共有审美趣味的想法是一种不切实际的想法。西方趣味与东方
趣味、法国趣味和英国趣味、古典主义趣味和浪漫主义趣味,组成了
人性的许多不可克服的对立以及批评永远无法解决的美学矛
盾。"〔2〕蒂博代所说的大干线和总局显然是不符合中国的实际,他也
无意考察中国的情况,然而他的这一观点却符合对中国审美趣味趋
势的解释。从"味"论到"滋味"到"韵味"到"神韵"到"兴趣"到"性灵"
到"境界"到"趣味",大致构成了中国的传统链条,即中国的审美趣味
的大干线之一。现代感悟批评的审美情趣正是这一链条上的一环。
趣味代表着文学的良心,实际上也就是人的良心之一种。现代感悟
批评坚持以人生的尺度去理解、鉴赏文学作品,比任何具体的、僵死
的标准或教条都更加符合文学的鲜活存在,也更加符合人生的丰富
多彩。当然,在审美趣味里面存在着许多矛盾,现代感悟批评并不能

---

〔1〕［法］蒂博代:《六说文学批评》,第153页。
〔2〕同上,第154页。

解决,因为矛盾是永恒的,文学与文学批评对矛盾(实则是人生永恒的矛盾)的理解、同情与正视,比对矛盾的判断更有意义。正是人生矛盾的永恒性及对永恒矛盾坚持不懈的调解,决定了艺术的永恒性,文学批评的难度也因种种矛盾而起,但文学批评的"美丽"也在于此。总之,在现代感悟批评那里,批评是理解与同情,而不是判断。

批评是艺术,这一观念否定了说教式的批评。指导的批评与说教的批评都好为人师,指导的批评是对作者说话,试图教训作者,说教式的批评则是对读者说话,试图教育公众。说教式的批评通过对作品内涵的解剖,意义的阐释及作者性格的分析,以引导读者正确地理解作家作品。这种批评已经暗设了一个前提,那就是批评家比读者聪明,甚至在道德上高人一筹,他的解释是合法的、权威的,因而他有权力面向读者说教传道,读者应该接受他的解释,并按他所指定的方向去实践、去生活等等。古代文学批评中的道德批评就是这种说教式的批评。现代文学的发生与思想启蒙运动是紧密联系在一起,初期的现代文学批评也就在一定程度上带有启蒙的色彩,故而有些批评自然会采用"我启你蒙"的方式,自觉不自觉地陷入了说教的批评之中。尔后的现代文学批评也不乏说教色彩,当然这种说教不是道德说教便是政治说教,尤其是在文学高度一体化的时代中,文学批评完全就是政治说教的传声筒。当前的文学批评,同样有说教式的批评,不过这种说教已不是道德说教或政治说教了,而是理论说教,它充分显示了批评者在拥有理论和运用理论上的优越地位。但是,在现代感悟批评家看来,批评是艺术,艺术是鲜活的人生,是富丽的人性,是充满热情的创造,不是道德说教或理论说教。艺术以平等的态度对待芸芸众生,批评家不比作家高贵,也不比读者聪明,他们都是平等的。李长之曾说:"伟大的批评家,是作家的一面镜子,使太重视自己作品的作家来一个清醒,又使太失掉自信的作家重建起自信,同时那些流俗的足以动摇视听的褒贬,以及会影响作家的高兴或扫兴的舆论,批评家也负着扫荡廓清的职责,总之,任务在使作品的真面目真价值大白于天下,不但为读者,也为了作家。"[1]李长之的说法好像是批评具有指导与教育的意味,但他真正的用意在于强调批评家与作家、读者之间的平等;批评家是"为读者,也为了作家",他们之间的关系是平等的。批评不指导作家,不教育读者,而是批评家参与作家的创造并吸引读者也参与进来,从而共同完成艺术作品的创造。

现代感悟批评坚持批评是艺术的观念,它与指导的批评、判断的批评和说教的批评采取了不同的批评态度,同时又追求批评的独立、自由与创造。批评即艺术是现代感悟批评的核心观念;独立、自由与创造,则是这一核心观念的题中应有之义,也是现代感悟批评最为重要的特征。

第一,文学批评是独立的。我们常听到这样的言论:《红楼梦》养活了多少多少人,鲁迅养活了多少多少人。这些言论的要点即文学批评是依附的,没有独立性。事实上,文学批评直到近代才获得它的独立性,在此之前它是依附性的。中国古代文学批评在整体上是依附性的,它依附于哲学、伦理学、文学等。先秦诸子学说及《周易》都包含着文学批评,但它们不是文学批评著作,文学批评只是依附在其哲学与伦理学之中。汉代著名的"毛诗序"是附在《诗经》之中的。魏晋南北朝是文学的自觉时代,文学批评获得了相当大的独立性,曹丕的《典论·论文》、刘勰的《文心雕龙》等都表明了文学批评的自觉与独立,但不是完全的独立,如曹丕论文学是附在《典论》之中,《文心雕龙》也并不只论文学,而统论各体文章,这两者都难以称得上是独

---

〔1〕李长之:《李长之文集》,第三卷,第37页。

立的文学批评。此后中国文学批评虽然有大量的诗话、词话等批评著作产生,但都缺乏系统性,且往往与伦理学嫁接,并没有建立起真正独立的批评科学或批评艺术。至于那些序跋及小说、戏曲的评点,也都依附在文学作品之中。在西方,文学批评作为一门独立的科学或独立的艺术始于法国的圣·伯夫。

虽然文学批评在近代获得了独立性,然而,将其当作依附之物的观念始终存在。这主要有两种情况。一是将文学批评看作是文学作品的依附物,批评家是作家的寄生虫或应声虫;二是将文学批评看作是文学理论或文艺学的依附物,文学批评只是理论的应用与实践,是文艺学的一个分支,而不是独立的艺术。针对第一种情况,李健吾一再强调批评是独立的艺术,是艺术的一个独立门类,它有富丽的人性存在,它有自身的尊严。对于第二种情况,李长之认为四种人不能称为批评家,即文学理论家、学者、只为一时代文艺思潮而著书立说的人和只偶尔进行文学批评的创作家。李长之认为文学批评的独立,主要在于批评家要有独立的批评精神,他说:"批评家的批评精神,在有所摧毁,有所探索,有所肯定,他抗战着,也建立着。"〔1〕李长之还强调,伟大的批评精神是反奴性的。反奴性,反依附性,追求的就是独立性。

现代感悟批评坚持批评的独立性,是因为它将批评当作艺术,而艺术则是绝对独立的。艺术不从属于哲学、伦理学、科学或政治等其他任何东西,艺术就是艺术,其独立性是不可撼动的。克罗齐说:"那些坚持艺术特有本性概念的人们或许会宣称,尽管艺术保持了它的特性,然而其地位却在另一种具有更高尊严的活动之下(正象过去常说的),艺术,对于伦理学是女仆;对于政治,是部长夫人;对于科

---

〔1〕李长之:《李长之文集》,第三卷,第23页。

学,是女翻译;但这只能证明有这样的人,他们是些什么也不想证明的轻率的家伙:他们习惯于自我矛盾,习惯于思想中存在不一致。"〔1〕艺术不是伦理学的女仆,不是政治的部长夫人,不是科学的女翻译,艺术有自己的独立性。文学批评不是文学作品的食客或情人,也不是文学理论的下人或小妾,它同样有着自己不可撼动的独立性。从现代感悟批评的实践来看,批评家们都坚持着批评的独立性,他们有着反奴性、不苟同、不盲从的独立意识,有着探索与创造的批评精神。

第二,文学批评是自由的。文学批评与文学艺术都是精神活动,精神活动的最大束缚是物质,或者说外在物质化的实用性与功利性束缚着精神活动。对束缚的摆脱,追求精神的自由自在是人的本质表现,艺术则是这种追求的最高体现。现代感悟批评家们所持的艺术观念是非功用性的,自由自在的,这一点,我们在前面对现代感悟批评的考察中已经多次涉及,故不再赘言。不仅如此,现代感悟批评也坚持非功用的批评观,追求批评的自由自在与无拘无束。

文学批评的功用化就是通过批评来谋利谋名。1920年代末期,创造社、太阳社成员对鲁迅、茅盾等人的批评,表面上来看,是文学批评,是文学新生力量对既有势力的挑战,但它实际上含有一种巧妙的策略,那就是通过批判成名的作家及其成名作品以使自己成名,从而在热闹而有利可图的文坛上争取自己的一席之地。成名的捷径之一就是对名人的批判,这不仅在其他领域中存在,也在文学批评中存在。现代感悟批评家是极力反对通过文学批评来谋名谋利的。李健吾说:"批评不像我们通常想象的那样简单,更不是老板出钱收买的

---

〔1〕[意大利]克罗齐:《美学原理·美学纲要》,朱光潜等译,北京:外国文学出版社,1983年版,第253页。

那类书评。"[1]文学批评与商业结合,便失去了它的自由,它得按雇主的意愿对作家作品进行吹捧或贬责,为雇主带来最大的利润,从而批评家自己也分得一羹一汁。文学批评与政治结合,同样会失去它的自由,因为它必须站在某一党派的政治立场上对作家作品进行是非功过的批评,以表明自己的"政见",在某一政治集团中保持批评家的政治地位与政治名声。在极"左"年代里,批评家更是不得不在批评中表明自己的政治立场,以达到明哲保身的目的,这样的批评已经不是真正的文学批评了。对于文学批评的谋名谋利现象,沈从文有一段话很能代表现代感悟批评家的态度:

> 照目前情形说来,身居内地的青年朋友,买书标准是照广告和批评定下的。这一来自然太便宜一些在作品以外兼营批评业务的人物,便宜了些善于掠取阿誉的人物,便宜了些有书店的人物;同时也就委屈了不知其数无所依傍的作者和他的作品。这是文学成为商品之一,新闻纸同一切广告又控制了商业的社会一个自然现象。企图"清除积弊加以补救",我们除了把批评看轻一点以外,仍然得对批评家留下一点希望。一切作品都需要批评的,一切好作品坏作品都应当有种公正的批评。纵或目前大多数批评家还不能把他们的批评同"政见""友谊""商业"分开,纵卖膏药的批评家也还俨然道貌的在批评上保留一种说教传道者的模样,然而我们应当希望,过一时批评家中会有几个人,忘了自己是"导师",却愿意作读者的"朋友",能用一种缜密、诚实,而又谦虚的态度,先求了解作品,认识作品,再把自己读过某一书某一作品以后的印象或感想,来同读者谈谈的。[2]

---

[1] 李健吾:《咀华集·咀华二集》,第15页。
[2] 沈从文:《**沈从文全集**》,第十七卷,第398页。

文学批评必须同"政见""商业"等谋利谋名的行为分开,必须摆脱功用目的,才能达到自由的状态,才能坚持公正与宽容的原则,才能使文学批评不是指导的和说教的。关于文学与商业的结合,文学批评与商业的结合,我们现在似乎不能再说三道四了,因为在普遍商业化的社会中,文学与文学批评必须商品化,才会"有出路",作家和批评家也才"有饭吃",这是理所当然、天经地义的。于是,在当今社会中,"书托"应运而生,批评家与作家及书商强强联手,打造了一个又一个的"文学精品",出现了一篇又一篇"发现杰作"的书评或文学批评,在文学事业不景气的年代里制造了一次又一次文学书籍畅销的繁荣局面,其商业营销的效果比单纯的广告要好得多。当年李健吾、沈从文批判那些被老板出钱收买的书评比起如今主动出卖的书评要差得远了。然而,当批评家沦为"书托"之时,他的独立、自由的批评精神已经完全丧失了,其批评也不再是真正的文学批评了。福楼拜曾说,作家如果没有房产,活该他被饿死。如今,批评家不做"书托",真的可能被"饿死"。现代感悟批评家们所坚持文学批评的独立与自由,在今天看来有些可笑,然而更为可爱与可贵,它对真正的文学批评有着重要的启示意义。

文学批评的自由,还在于它摆脱了理论的束缚。在现代感悟批评的批评实践之中,我们很难看出批评家运用了什么理论,他们有真正的自由,他们能做到"不涉理路,不落言筌",能做到"羚羊挂角,无迹可求"。文学批评是艺术,而艺术是直观的,不是理智的,理性知识往往会对艺术造成伤害。如今的文学批评,以科学化为主要倾向,其特点就是有理论依据、有整套的批评概念与术语,有严密的逻辑推理,但这些往往掩盖了批评者的审美能力与创造能力,它是循规蹈矩的,也就必然缺少自由。摆脱理论的束缚并非没有理论作基础,现代感悟批评家其实是非常重视理论知识的。李长之认为批评家需要有三种知识，一是基本知识，一是专门知识，一是辅助知识。基本知识包括语言学和文艺史学，专门知识主要是指文艺美学或诗学，辅助知识则包括生物学、心理学、历史学、哲学及政治经济学（社会科学）等。[1] 李健吾也强调："一个批评家应当有理论（他合起学问与人生而思维的结果）。但是理论，是一种强有力的佐证，而不是唯一无二的标准；一个批评家应当从中衡的人性追求高深，却不应当凭空架高，把一个不相干的同类硬扯上去。普通却是，最坏而且相反的例子，把一个作者由较高的地方揪下来，揪到批评者自己的淤泥坑里。他不奢求，也不妄许。"[2] 现代感悟批评注重理论的化用，而不是搬用，化用是灵活的、自由的，搬用是生硬的、死板的。如今的文学批评，化用理论的少，搬用理论的多，因而自由的文学批评是缺乏的。

关于文学批评的自由性，李健吾说：

> 一个批评者有他的自由。他不是一个清客，伺候东家的脸色；他的政治信仰加强他的认识与理解，因为真正的政治信仰并非一面哈哈镜，歪扭当前的现象。他的主子是一切，并非某党某派，并非若干抽象原则，然而一切影响他的批评。他接受一切，一切渗透心灵，然后扬簸糠秕，汲取精英，提供一己与人类两相参考。他的自由是以尊重人之自由为自由。他明白人与社会的关联，他尊重人的社会背景；他知道个性是文学的独特所在，他尊重个性。他不诽谤，他不攻讦；他不应征。属于社会，然而独立。没有是非可以说服他，摧毁他，除非他承认人类的幸福有所赖于改进。[3]

---

〔1〕李长之：《李长之文集》，第三卷，第35～36页。
〔2〕李健吾：《咀华集·咀华二集》，第25页。
〔3〕同上书，第185页。

文学批评是自由的,就在于它可以摆脱任何功用性的束缚与理论的束缚,但现代感悟批评家们也承认文学批评也是有限制的。文学批评最大的限制是文学作品,文学批评不能离开文学作品而漫无节制地追求自由。批评家自身的生活、学识等也限制了文学批评的自由。限制文学批评的是艺术,是人生,而这也成为现代感悟批评的两个尺度。文学批评的自由,就是限制之中的自由,正如人的自由也是限制之中的自由一样。所以李健吾说:"假如有一天我是一个批评家,我会告诉自己:第一,我要学着生活和读书;第二,我要学着在不懂之中领会;第三,我要学着在限制之中自由。"[1]李健吾在限制之中追求批评的自由,李长之则把"从心所欲,不逾矩"当作批评自由的至高境界。

第三,文学批评是创造的。从事文学批评的人,通常被认为是在文学创作上失败的人。勒孔特·德利尔说:"批评,少数例外者除外,通常是由智慧枯竭的人组成的,他们还没到时候就从艺术和文学的枝条上掉了下来。这种批评充满徒劳无益的遗憾、无法满足的欲望和难以解脱的仇恨,把它根本不懂的东西传达给冷漠而懒惰的公众。"[2]这实际上否定了批评的创造性。对批评家的类似指责很多:"本·琼生把批评家说做补锅的,弄出来的毛病比补的还要多;玻特勒说做处决才智的法官和没有权利陪审的屠户;斯提耳说做最蠢的生物;司威夫特说做狗,鼠,黄蜂,最好也不过是学术界的雄蜂;沈司通说做驴,自己咬够了葡萄,便教人来修剪;彭斯说做名誉之路的打劫的强盗;司考特幽默地反映着一般的情绪,说做毛毛虫。"[3]这些对批评的偏见和误解,造成了一般人对文学批评的偏见和误解,认为

---

〔1〕李健吾:《李健吾文学评论选·序二》,银川:宁夏人民出版社,1983 年版。

〔2〕转引自[法]蒂博代:《六说文学批评》,第 118 页。

〔3〕李健吾:《李健吾文学评论选·序二》,1983 年版。

文学批评只是寄生在文学作品之上,缺乏独立性与创造性。自印象主义、唯美主义与直觉主义将批评家看作艺术家以来,文学批评的创造性也得到了一定程度的认可。现代感悟批评家们则继承了这一传统,将批评的创造性作为自己的追求目标之一。

现代感悟批评将批评当作艺术,它不仅欣赏美,也在欣赏中创造美。创造性应该是文学批评固有的属性,因为文学批评面对的是艺术的创造物,对它的理解与欣赏离不开艺术的创造力。李长之说:"批评家是创造的,不作八股。"[1]李健吾认为批评家"是一个学者。他更是一个创造者,甚至于为了达到理想的完美,他可以牺牲他学究的存在。"[2]现代感悟批评家们在批评中处处表现出了创造性,《人间词话》《自己的园地》《咀华集》《鲁迅批判》《沫沫集》等,既是批评著作,又是艺术的创造,因为它们有批评家情感的流露、性灵的表现、个性的张扬、人性的存在及灵魂的自由,而这些正是艺术创造的特征。现代感悟批评让读者既能进入作品的世界作家的灵魂,又能进入批评家的灵魂,它带来的是双重的审美感受。克罗齐将批评的创造称作再造,也就是批评家重新经历作家的创造过程,但真正批评的创造决不是简单的再造或对作家的模仿,而是批评家自己的独特创新,它有原文学作品世界的影子,然而更多地是一个新的艺术世界。蒂博代说:"批评家的创造是与任何相像不相容的。艺术家模仿自然,模仿者模仿艺术家;批评家所竭力模仿的不是创造了人及万物的自然(像艺术家那样),也不是重新创造自然的艺术家(像模仿者那样),而是创造了艺术家的自然,即在某一特定时刻和某一特定活动中的自然。"[3]现代感悟批评的创造,正是这样的创造。

---

〔1〕李长之:《李长之文集》,第三卷,第31页。
〔2〕李健吾:《咀华集·咀华二集》,第16页。
〔3〕[法]蒂博代:《六说文学批评》,第212页。

　　批评的创造需要天才。就现代感悟批评家自身来看，他们都有文学创作的经历且取得显著的成绩，沈从文更是以创作闻名于世并被当作大师看待，这表明他们是有创造力的天才。那么，只能由他们来进行真正的文学批评吗？现代感悟批评家们的回答是否定的。王国维提出"古雅之美"，认为"中智以下之人"，都可以通过习得而具有古雅之创造力；文学批评的创造力并不必然是先天的，经过后天的努力也可以获得。李健吾说："我们尊重天才，因为天才是一种权利。但是，我们自来的错误，在把天才看做诗人的专利。行行有状元，有的给我们留下一句诗，有的给我们留下一个观念，有的给我们留下一件实用的器皿。从前我们把天才看做一种神意，如今我们予以修正，说天才等于忍耐。"〔1〕李健吾引用王尔德的话，认为创造的天才不是本能，每一个人在某种意义上都可以是一个批评家。这似乎为大多数都能成为批评家找到了一个很好的理由，然而，文学批评仍然应该是创造性的，不管有没有天分，都必须学习和训练，以提高审美能力和创造能力。李长之说："精神的生活的创造的一刹那，是艺术家和批评家所同等享受的。审美能力，也就是美学的享受的训练，是唯一的批评家的升堂入室之门。"〔2〕这对如今的文学批评无疑具有重要的启迪意义。

　　如今的文学批评总体上是缺乏创造力的。刘纳先生说："20 世纪 90 年代后期以来，文学研究各学科兴旺到了畸形膨胀的程度，每年生产出数以千计的专著和数以万计的论文，形成了名符其实的大生产运动。""高校体制的职称制度、课题制度、评奖制度支撑着大生产，标准化、程序化、量化的学术评价体系鼓励着在生产，高校教师成为半职业化的论文生产者。"在这种论文大生产运动中，刘纳先生想

〔1〕李健吾：《李健吾文学评论选·序二》，1983 年版。
〔2〕李长之：《李长之文集》，第三卷，第 50 页。

起了李健吾,称李健吾的文学批评更有价值,依然魅力四射。[1] 李健吾的文学批评,或者说现代感悟批评更有价值,依然魅力四射,就在于它是创造的批评。如今的文学批评或学术研究是"大生产运动",生产即制造,而不是创造,它虽然有严格精密的工艺流程和可以依循的标准与规范,但得到的只是批量的复制产品,不是独立的精神创造。我们在"学术论文大生产运动"中无疑也制造了很多"文化垃圾",而要避免更多"文化垃圾"的出现,我们就应该从现代感悟批评家们那里吸取营养。

文学批评即艺术,这是现代感悟批评的批评观念。在这一观念的支配下,现代感悟批评不指导、不判断、不说教,而是在印象鉴赏与审美感悟之中体现出批评的独立、自由与创造的基本特征。现代感悟批评在思维方式、方法运用和批评文体上也有自身的特征。

第二节　现代感悟批评的批评方法

文学批评采用什么样的思维方法、运用哪些具体的批评方法,以及使用何种文体,往往是由批评观念决定的。在科学化批评观念的支配下,文学批评大多采用抽象的思维方法,以概念认知的方式去理解和评价作家作品,具有理论性、逻辑性、规范性和可操作性等特点。而在艺术化批评观念的支配下,文学批评多采用形象的思维方法,以直觉感知的方式去理解和评价作家作品,具有形象性、感悟性、自由性和不易操作性等特点。现代感悟批评坚持批评是艺术,它在批评方法上的特点可以概括为思维方法的直观感悟、具体方法的综合运

[1] 刘纳:《在学术论文的大生产运动中想起李健吾》,《首都师范大学学报(社会科学版)》,2005 年第 3 期。

用及批评文体的自由采用。

一、直观感悟的思维

现代感悟批评注重印象鉴赏与审美感悟，它以直觉的形象的思维方式去理解作品，而不是通过概念与推理的逻辑思维方式去理解作品。朱光潜认为，美感（审美）就是形象的直觉。他说："直觉除形象之外别无所见，形象除直觉之外也别无其他心理活动可见出。有形象必有直觉，有直觉也必有形象。直觉是突然间心里见到一个形象或意象，其实就是创造，形象便是创造成的艺术。因此，我们说美感经验是形象的直觉，就无异于说它是艺术的创造。"〔1〕美感是形象的直觉，没有其他心理活动，只是直觉的形象的感知；艺术的创造是形象的直觉，艺术的批评同样是形象的直觉。

直觉不是经过理性分析与逻辑推理而是通过感性直观直接认识对象的本相。这种认识或理解何以可能呢？朱光潜指出："依心理学的分析，人类心思的运用大约取两种方式：一是推证的，分析的，循逻辑的方式，由事实归纳成原理，或是由原理演绎成个别结论，如剥茧抽丝，如堆砖架屋，层次线索，井井有条；一是直悟的，对于人生世相涵咏已深，不劳推理而一旦豁然有所彻悟，如灵光一现，如伏泉暴涌，虽不必有逻辑的层次线索，而厘然有当于人心，使人不能否认为真理。"〔2〕人类的思维大致有两种，一种是逻辑分析的，一种是直观感悟，二者都可以达到对象的本相或本质。

胡塞尔认为本质可以被直观地意识到，因为世界对认知主体而言是"现有的"，认知主体本身也是世界的成员。"这个世界对我不仅仅是作为实事世界，而且在相同的直接性中作为价值世界，财产世

〔1〕朱光潜：《朱光潜全集》，第一卷，第215页。
〔2〕朱光潜：《朱光潜全集》，第九卷，第396页。

界,实践世界而在此存在。我直截了当地发现我面前的事物,它们具备实事状态,同样也具备价值特征,它们或者是美的,或者是丑的;或者是令人愉快的,或者是令人厌恶的;或者是舒适的,或者是不舒适的,如此等等。"〔1〕直截了当地发现面前的事物,并意识到其本质属性,这在胡塞尔那里被当作本质直观或观念直观。胡塞尔所谓的直观与认知主体自身的经验或体验密切相关。"体验的存在方式在于,直观感知的目光可以完全直接地朝向每个现实的、作为本原当下而活生生的体验。这种朝向是以'反思'的形式进行的,这个反思具有奇特的特征,即在这个反思中合乎知觉地被把握之物原则上可以被描述为这样一种东西,它不仅现在存在并且在知觉的目光中持续,而且,这在这个目光转向它之前,它就已经存在着了。"〔2〕这种体验是意向性体验,而意向性体验又依赖于本原性。胡塞尔将哲学认识中的本原被给予称为明见性,明见性的特征就是直观,故他断定本质可以被直观地意识到。胡塞尔是在广义上运用直观这个表述:

这个广义无非是指自身经验,具有自己看见的事物并且在这个自身的看的基础上注意到相似性,尔后进行那种精神上的递推,在这种递推的过程中,共同之物、红、形状等等"自身地"表现出来,就是说,被直观地把握到。这里涉及的当然不是一种感性的看。人们无法像看一个个体的、个别的红那样看到一般的红;但这里无可避免地要把看的说法扩展一下,因为这种说法在日常用语中非常普遍。这个说法表明,任意多的、个别地被看到的事例所具有的共同之物、一般之物可以直接地作为其本身而

---

〔1〕[德]埃德蒙德·胡塞尔:《现象学的方法》,倪梁康译,上海:上海译文出版社,2005年版,第120～121页。

〔2〕同上书,第160页。

为我们所拥有,就像一个个体的个别之物在感性知觉中为我们所拥有一样,但显然,前者只能在对主动比较着的全等递推的复杂直观中为我们所拥有。任何对共同性和一般性的直观把握都是如此……[1]

在对象上注意到与自身经验或体验的相似性,并在此基础上进行精神上的递推,就能够直观地认知对象并达到对象的本质。这种递推不是逻辑的递推、分析或推理,而是想象、联想和类比。在哲学上或心理学上,逻辑分析与直观感悟都能认知事物并达到事物的本质,但直观感悟仍然缺乏明析性。

在文学艺术上,直观感悟地认知文学艺术,也就是认知生命本身。威尔海姆·狄尔泰说:"对陌生的生命表现和他人的理解建立在对自己的体验和理解之上,建立在此二者的相互作用之中。"他认为在日常生活的实际利益争斗中,每一种表达都可能是欺骗,而在伟大的作品中则没有欺骗,因为"作品自身是真实的、稳定的、可见的和持续的,所以,对它的艺术上有效的和确定的理解将成为可能。于是,在知识和行为的边缘处,产生了这样一个领域:在这个领域中,生命似乎在一个观察、反省和理念所无法进入的深处袒露自身。"[2]直观思维对作品的理解是可能的,因为它是一个生命在自身的体验之上对另一个陌生生命的体验,它是生命对生命本身的体验与感悟,这种生命的体验与感悟是不需要概念、术语及推理的。在此,我们就可以理解现代感悟批评何以会始终坚持人生这一批评尺度了。

直观的体验与感悟有一个重要的前提,那就是不带任何成见、偏

---

[1] [德]埃德蒙德·胡塞尔:《现象学的方法》,第241页。

[2] 洪汉鼎主编:《理解与解释——诠释学经典文选》,北京:东方出版社,2001年版,第93、95页。

见,自觉地脱离自身意识而进入作品的世界,当然,需要自身既往经验、体验和感悟为基础。李长之说:"批评家在作批评时,他必须跳入作者的世界,他不但把自己的个人的偏见、偏好除去,就是他当时的一般人的偏见、偏好,他也要涤除净尽。"[1]批评家必须排除任何功利目的、成见、偏见和自身的一切欲念,以"忘我"的状态进入作品,才能直观地感悟艺术和生命。这类似于老子所谓的"涤除玄鉴",老子说:"致虚极,守静笃。万物并作,吾以观复。"(《老子》第十六章)老子认为,人只有保持虚静的状态,才能观照万物的变化及其本原。批评家对文学作品的理解就应达到这样的虚静状态,以便进入作品实现理解。李长之所谓"跳入作者的世界",威尔海姆·狄尔泰称之为"移入"和"转换",也就是自我向另一生命的移入与转换,这是理解的最高方式。"在这种方式中,精神生命的整体参与到理解之中。这种方式就是模仿或重新体验。理解本身是一个与作用过程本身相反的活动。完全的共同生活要求理解沿事件本身的路线前进。理解永远与生命进程本身一起前进。这样,自我移入和转换的过程就扩展了。重新体验是沿着事件的路线的创造。这样,我们就与时间的历史并行,与一个发生在遥远国度的事件并行,或与我们周围的一个人的心灵中发生的事情并行。当事件被诗人、艺术家和历史学家的意识所经历,从而固定在一部作品中并永远摆在我们面前时,重新体验就算完成了。"[2]在脱离自我意识基础上对作品的理解就是老子所说的"并作"、威尔海姆·狄尔泰所说的"并行",也就是批评家重新体验作家的创造,并与作家共同完成艺术的创造。而这种创造是直观的体验与感悟,它不是理性的,也不是概念与逻辑的。

威尔海姆·狄尔泰说:"不应把理解简单地了解为一个思想活

---

〔1〕李长之:《李长之文集》,第三卷,第13页。
〔2〕洪汉鼎主编:《理解与解释——诠释学经典文选》,第103页。

动。转移、模仿、重新体验这些事实都指向这一过程中起作用的精神
生活之整体。在理解过程中，理解与体验本身发生关系，而体验恰恰
又只是对某种情况中的整个精神事实的觉察。因此，在一切理解中
都有一种非理性的东西，如同生命本身就是这样一个非理性的东西
一样。理解不能通过任何逻辑活动的公式表达出来。在这种重新体
验中，有一种最终的、虽然完全是主观的确定性，这种确定性是任何
对可以表述理解过程的推理的认识价值的检验所不能取代的。这就
是理解的本质为理解的逻辑处理所设立的界限。"[1]理解是非理性
的，是对精神事实的整体觉察，因此，文学批评就应该是对艺术与生
命的整体性观照与感悟，不能拘泥于细枝末节。"跳入作者的世界"
在加达默尔那里被称作"自身置入"，他说："如果我们把自己置身于
某个他人的处境中，那么我们就会理解他，这也就是说，通过我们把
自己置入他的处境中，他人的质性、亦即他人的不可消解的个性才被
意识到。""这样一种自身置入，既不是一个个性移入另一个个性中，
也不是使另一个人受制于我们自己的标准，而总是意味着向一个更
高的普遍性的提升，这种普遍性不仅克服了我们自己的个别性，而且
也克服了那个他人的个别性。"[2]加达默尔认为"自身置入"才能实
现理解，理解不是理解者的个性与被理解者的个性之间的相互吞噬，
而是两者共同被克服，以提升到更高的普遍性。批评家只有忘却自
我、全身心地"跳入作者的世界"，才能达到对艺术与人生的整体性理
解与感悟，才能在个性之中看到普遍性，在瞬间印象的直观中体验到
永恒。

　　文学批评的理解的前提是脱离自身意识而进入作品，或者说是

〔1〕洪汉鼎主编：《理解与解释——诠释学经典文选》，第107～108页。
〔2〕［德］汉斯-格奥尔格·加达默尔：《真理与方法》，洪汉鼎译，上海：上海译文出版
社，1999年版，第391页。

批评家要"跳入作者的世界",这是一种虚静的忘我状态。理解的基础则是批评家自身的生命体验与感悟,如果没有自身的生命体验与感悟,批评家也不可能"跳入作者的世界",即使"跳入"进去,也难以理解另一生命体验。也就是说,文学批评的理解,存在着两个经验,一是作者的经验,一是批评家的经验,这是两个不同的经验。批评家虽然要达到忘我的虚静状态以进入作者的世界,但他对作者经验的理解又时时以自身的经验为基础,为参照,在理解之中又时时"有我"。王国维论境界时说有"有我之境"与"无我之境",这也可以看作是理解中的直观感悟的表现,理解就是无我与有我的相互作用。李健吾说:"作者的自白(以及类似自白的文件)重叙创作的过程,是一种经验;批评者的探讨,根据作者经验的结果(书),另成一种经验。最理想的时节,便是这两种不同的经验虽二犹一。但是,通常不是作者不及(不及自己的经验,不及批评者的经验),便是批评者不及(不及作者的经验,不及任何读者的经验),结局是作者的经验和书(表现)已然形成一种龃龉,而批评者的经验和体会又自成一种龃龉,二者相间,进而做成一种不可挽救的参差,只得各人自是其是,自是其非,谁也不能强谁屈就。"[1]前面我们已经引用过这段话,意在说明批评家与作家之间的平等对话关系,这段话也能说明文学批评的理解是两种经验相互作用的结果。在李健吾看来,两种经验相互作用的结果之理想状态是虽二犹一,但更多的结果可能是"龃龉"与"参差"。

李健吾所说的"经验",类似于加达默尔所称作的"视域"。"视域就是看视的区域,这个区域囊括和包容了从某个立足点出发所能看到的一切。"加达默尔认为,"一个根本没有视域的人,就是一个不能

_____

〔1〕李健吾:《咀华集·咀华二集》,第17页。

充分登高远望的人,从而就是过高估价近在咫尺的东西的人。反之,'具有视域',就意味着,不局限于近在眼前的东西,而能够超出这种东西向外去观看。谁具有视域,谁就知道按照近和远、大和小去正确评价这个视域内的一切东西的意义。"〔1〕"根本没有视域"的人,与没有自身生命体验和感悟的人一样,都不能达到对他人的理解。生命体验与感悟,是非理性的,与概念及推理无关,因而那些缺乏体验与感悟却靠操持某种理论进行文学批评的人,对作品的理解必然会有种种偏差,即使他的批评头头是道,他也看不到常青的生命之树,也无法掩盖其理论的灰色。"具有视域"或有生命体验与感悟,就能正确理解和评价,理解和评价总是整体性的,它要在一个更大的范围内才能实现。加达默尔说:"获得一个视域,这总是意味着,我们学会了超出近在咫尺的东西去观看,但这不是为了避而不见这种东西,而是为了在一个更大的整体中按照一个更正确的尺度去更好地观看这种东西。"〔2〕因此,对文学作品的理解,批评家既要能够以虚静的忘我状态"跳入作者的世界",又要能够以有我的状态体验作者的世界,更要能够跳出作者的世界与自身的世界,站在一个更大的范围之上和一个更为适当的地点之上来观照作者的世界与自身的世界。这就是王国维所谓"须入乎其内,又须出乎其外",也就是朱光潜所谓的"审美距离"。

　　至此,我们可以看到,批评家对文学作品的理解,不仅存在着作者的世界(经验)和批评家的世界(经验),而且在这两者之外还有更为广阔的世界(经验)存在着,我们暂且以人生或人类的世界(经验)称之。对文学作品的理解,就是这些不同的世界(经验)相互作用的过程,加达默尔称之为融合过程:"理解其实总是这样一些被误认为

---

〔1〕［德］汉斯-格奥尔格·加达默尔:《真理与方法》,第388页。

〔2〕同上书,第392页。

是独自存在的视域的融合过程。"[1]但李健吾所说的"龃龉"与"参差"又当作何解释呢？融合并不意味着完全一致，它是克服个性上升到普遍性的过程，但只是克服而不是消除，个性与普遍性是辩证统一的，只有丰富独特的个性存在，才可能提升出普遍性，普遍性包容着个性而不是消除了个性。因而，"龃龉"与"参差"并不表明理解的未实现或无效，正是"龃龉"与"参差"的存在，理解才能够由个性提升到普遍性，由瞬间达到永恒，艺术与人生的真谛才由此显现，文学批评的美丽也由此显现。

直观是印象的、感性的，它排除了理性、概念与推理，直接进入到作品之中完成了对作品的理解和认识。在这一过程中，对生命的体验与感悟始终占据着主导地位，如果没有这一点，理解将无法进行，批评也就可能失去意义与效果。因此，文学批评，不仅仅是对文学作品的理解与评价，它更是对生命的体验与感悟，其目的之一就在于丰富和提升生命的意义，为精神寻求慰藉，为灵魂寻找寓所。加达默尔说："理解不属于主体的行为方式，而是此在本身的存在方式。"[2]我们也可以说，文学批评不只是批评行为，更是批评家的存在方式。在这个意义上，现代感悟批评是更接近文学与生命本身的文学批评，因为它在整个批评活动中都主要以直观感悟的思维方式去体验与感悟艺术和人生，是生命对生命的体验与感悟，是生命的一种存在方式。

直观感悟是现代感悟批评的主要思维方式，杨义则将感悟提升到诗性哲学的高度：

> 感悟是在中国具有丰厚的文化资源的土地上，借助印度佛教内传而与中国化的行程中滋生出来的一种诗性哲学。它融合

---

[1] [德]汉斯-格奥尔格·加达默尔：《真理与方法》，第393页。
[2] 同上书，第2版序言，第6页。

老庄之道、儒学心性论，尤其是禅宗以及理学的终极理念，形成了宇宙万象与心之本原互照互观、浑融超越而有得于道的本体参证的智慧生成过程。并且由哲学、宗教而日常生活化、审美化，骋怀于山川人境，迂回于书画琴棋，从而展开了自己复杂的结构、层次、脉络和功能，在与顽固的诗教相抗衡、相搏斗、相并存、相融合中，进入中国诗学的精髓部分。这种进入改写了中国诗教的价值观念和思维方式，澄心妙觉，破滞通神，贮兴而发，默契本真，引起了思想文化领域长达六七百年的称赏和质疑，却不可抗拒地使感悟思维对各个诗学层面进行染色，渗透于意义、意象、境界以及诗格、诗风、诗味、诗法的广泛领域。甚至达到了离悟不足以言诗，离悟难以把握中国诗学的精髓的地步。感悟思维已成了中国诗学中几乎无所不在的思维方式，成了中国诗学的关键词中的关键词。[1]

现代感悟批评是中国感悟诗学的继承和发展，感悟既是其思维方式，也是其文化属性，在此意义上，现代感悟批评是最具中国特色的批评形态。

二、方法的综合运用

直观感悟不仅是现代感悟批评的感知与理解方式，也是它的表达方法，或者说，现代感悟批评既是直观感之的，又是直观表之的。李健吾说："批评者应当是一匹识途的老马，披开字句的荆棘，导往平坦的人生故国。他的工作（即是他快乐）是灵魂企图与灵魂接触，然而不自私，把这种快乐留给人世。他不会颓废，因为时刻提防自己

---

〔1〕杨义：《感悟通论》，第93页。

滑出人性的核心。在他寻索之际,他的方法(假如他有方法)应该不是名词的游戏,然而也不是情感的褒贬。客观和主观全在他的度外,因为这里不是形而上的推论,而是肉眼肉脑的分析。"[1]李健吾的这段话,实际上道出了现代感悟批评的一个重要特色,那就是"肉眼肉脑的分析",即直观表之,而不是"名词的游戏"与"形而上的推论"。直观表之,使现代感悟批评家们主要采用形象比喻的方式来表述他们的印象感悟。

我们在考察现代感悟批评的发展与代表批评家时,已经涉及到了一些形象比喻的批评方法,在此我们再举两三个例子来说明这一特征。沈从文在谈张资平小说创作的模式化、雷同化时说:"似乎文人的笔,也应当如母亲的身,对于所生产的一切全得赋予一个相类的外表,相通的灵魂。张资平在他作品方面实在是常常孪生。"[2]这一比喻形象生动,准确地指出了张资平小说创作的缺陷,能给读者留下深刻的印象。李长之是偏于理智型的现代感悟批评家,但他也在批评中时时采用比喻的方法,如他将冰心的《关于女人》比作小菜,而读者却希望饱餐。又如在论吴组缃的《鸭嘴涝》时,李长之说:"我们觉得这小说像片锦断帛一样,每一段都光彩照人,可是缺乏一种有起伏、有高峰的故事;又像一个角色颇齐全的剧团,但还不曾排演出满足观众期待的戏。"[3]这个比喻非常贴切,既形象地说明了这部小说的优点,又明确地指出了它的不足。比喻的大量使用,既能生动而准确地把握作家作品的特点,又能使批评文字充满艺术性,从而给读者带来双重的审美享受。

现代感悟批评家们在批评中经常采用比较的方法,他们将同类、

---

〔1〕李健吾:《咀华集·咀华二集》,第122～123页。
〔2〕沈从文:《沈从文全集》,第十六卷,第189页。
〔3〕李长之:《李长之文集》,第四卷,第201页。

同时代的作家作品进行比较,还将不同时代的作家作品进行比较,也将中国的作家作品同外国的作家作品比较。在比较中,既能见出优劣高低,更能突出所论对象的独特之处。现代感悟批评家们在批评中不作价值评判,但通过比较,所论对象的价值已经明了。我们在前文已经多次谈到了现代感悟批评的这一方法特征,因而不再举例。

M. H. 艾布拉姆斯在《镜与灯》中认为构成文学的要素有四个,即:作品、艺术家、世界和欣赏者。文学批评对四个要素的不同侧重也就形成了不同的批评方法。现代感悟批评是以作品及作家为主要批评对象的,然而由于现代感悟批评家们的印象感悟是整体性的,这就使他们在批评方法的采用上不拘一格而呈现出综合的特色。

现代感悟批评受印象主义与唯美主义的影响,在批评中注重对印象的复述。但印象是稍纵即逝的,怎样才能由瞬间印象的捕捉而完成对作品的鉴赏与分析呢?李健吾接受了古尔蒙的建议:"一个忠实的人,用全付力量,把他独有的印象形成条例。"李健吾认为从"独有的印象"到"形成条例"是一切艺术产生的经过,[1]文学批评也是这样的。从印象到条例,最重要的途径就是积累与比较,通过比较,瞬间的、独有的印象才能"定格"。李健吾说:"有时提到这个作家,这部作品,或者这个时代和地域,我们不由想到另一作家,另一作品,或者另一时代和地域。有时,一个同样平常的事实是,相反出来做成接近。值得我们注目的是不由。不由或许就是很快。然而这里的迅速,虽说切近直觉,却不就是冲动,乃是历来吸收的积累,好像记忆的库存,有日成为想象的粮食。"[2]印象的比较必须有印象的积累,这种积累是对艺术与人生的体验与感悟的积累。李健吾的这些话表明了"功夫在诗外"。印象的捕捉是非理性的直觉,印象的积累

---

〔1〕李健吾:《咀华集·咀华二集》,第15页。

〔2〕同上书,第83页。

已经是理性的思维活动了,经过理性的提炼,印象才能形成条例,再将印象表述出来,虽然又呈现出非理性或者感性特色,但已不是简单的印象复述了,而是经历了一个从直觉到理性再直觉的双重否定的辩证上升过程。在此,现代感悟批评已经离开了印象主义而迈向更广阔的天地。

印象主义批评只复述印象,现代感悟批评不仅复述印象,而且还要对印象进行求证,以使对艺术和人生的感悟更加符合艺术与人生。因此,现代感悟批评家在对作品的印象感悟基础之上又注重对作家和社会(世界)的考察,这些都是"诗外功夫"。现代感悟批评家要考察作家的生平经历、教育背景、性格思想、生活环境、创作心理等,还要考察某个时代、某一地域的一般社会状况。这些考察,既包括传记批评的方法,又包括社会历史的批评方法与心理学的方法等。

王国维《人间词话》第十六则云:"生于深宫之中,长于妇人之手,是后主为人君所短处,亦即为词人所长处。"这是通过生活环境的考察来看李煜的性格及其对创作的影响,既可以说是传记批评方法,又可以说是社会历史批评方法。李健吾的《福楼拜评传》、李长之的《鲁迅批判》都包括有传记批评方法与社会历史批评方法。沈从文同样注重作家与社会的考察,如在《论落华生》中,他写道:"作者似乎为台湾人,长于福建,后受基督教之高等教育,肄业北京之燕京大学了。再后过牛津,学宗教考古学,识梵文及其他文字。作者环境与教育,更雄辩的也更朗然的解释了作者作品的自然倾向了。生于僧侣的国度(?),育于神学宗教学熏染中,始终用东方的头脑,接受一切用诗本质为基础的各种思想学问,这人散文在另一意义上,则将永远成为奢侈的,贵族的,情绪的滋补药品,不会像另一散文长才冯文炳君那么把文字融解到农村生活的骨里髓里去,也是很自然的事情了。"[1]这也可以看作是传记批评的方法。

现代感悟批评家注重对作家创作心理的考察,也采用心理学的方法进行文学批评。周作人受蔼斯理《性心理学》的影响较大,他在文学批评中也经常采用心理学的方法。李长之的《鲁迅批判》中对鲁迅创作心理的深刻分析也是心理学的方法。李长之主张"批评的情感主义",他不仅注重作家的创作心理,也注重对作品中的心理描写的分析。如在《论曹禺及其新作〈北京人〉》中,李长之就分析了剧作的"心灵的透视",然后在结论中说:"作者对人生所观察之细,其所获印象之深,运用国语之熟,剖析心灵之锐,又复有理想,有热情(像袁教授是一个人类学者,不会笑话我们人类的弱点一样),兼之巧于构思,富于诗意,就本剧说,缺点即使是有的,但就作者本人说,都仍然表现了作者之优异的天才,证明仍是出之像《日出》那样杰作之同一手笔的。"[2]当然,就整体来说,心理学批评方法在这篇文章中并不是最主要的方法。

在现代感悟批评家中,沈从文还比较注重考察读者这一文学构成要素。在《论中国创作小说》中,沈从文说:"当时'人生文学'能拘束作者的方向,却无从概括读者的兴味。作者许可有一个高尚尊严的企图,而读者却需要一个诙谐美丽的故事。一些作者都只注意自己'作品',乃忘却了'读者'。鲁迅一来,写了《故乡》、《社戏》,给年青人展览一幅乡村的风景画在眼前。使各人皆从自己回想中去印证。又从《阿 Q 正传》上,显示出一个大家熟习的中国人的姿式,用一种不庄重的谐趣,用一种稍稍离开艺术范围不节制的刻画,写成了这个作品。作者在这个工作上,恰恰给了一些读者所能接受的东西,一种精神的粮食,按照年青人胃口所喜悦而着手烹炒,鲁迅因此意外的成

---

〔1〕沈从文:《沈从文全集》,第十六卷,第 162 页。
〔2〕李长之:《李长之文集》,第三卷,第 222 页。

功了。"[1]这是从读者接受的角度来批评作家作品,可以说是接受美学的方法。然而,读者的接受情况也是千差万别各不相同的,鲁迅以他的"趣味"获得了读者,张资平也以另一种"趣味"获得了读者;在沈从文看来,鲁迅的"趣味"是好的、健康的,而张资平的"趣味"却是坏的、庸俗的。因此,即使张资平获得了读者,获得了"成功",沈从文依旧要极力地批判与攻击他。

我们可以从现代感悟批评中找到印象主义批评方法、传记批评方法、社会历史批评方法、心理学方法、接受美学方法乃至其他批评方法的痕迹。但我们很难将现代感悟批评的方法归结为其中的任何一种,因为它的方法是综合性的。综合性的方法与现代感悟批评对艺术与人生的整体性感悟是相应的,它的根本之处在于对艺术作品与人生要有真切与深挚的体验与感悟,除此之外别无他法。任何理论与批评方法都可以运用到具体的文学批评实践之中,但前提是必须对艺术与人生要有体验与感悟,只有在这个基础上,理论与方法才能为我所运用,而不是被我所搬运。在这一方面,现代感悟批评同样对如今的文学批评具有启示意义。

三、文体的自由采用

文学批评的文体主要有论著体、随笔体、对话体、书信体、序跋体等。现代感悟批评在文体上表现出灵活自由的特征,有论著体、序跋体、书信体和随笔体等各种文体形式。王国维的《人间词话》采用的古代"词话"的批评文体,表面看来它与古代的词话差别不大,但是,它是在西方哲学与美学思想的影响下形成的,有着内在的逻辑性和体系性,因而是感悟批评从古代向现代的转型。周作人的文学批评,

---

〔1〕沈从文:《沈从文全集》,第十六卷,第200~201页。

文体多种多样，有论文、有序、有跋、有小品、有书评等。李健吾、李长之、沈从文、朱光潜等人的批评文体也是多种多样的，其中沈从文的《废邮存底》主要是书信体的文学批评。

在这些文体中，书评是现代感悟批评家们运用得最多的一种文体形式。书评对一部书的评论，在形式上灵活自由，在篇幅上短小精炼、在内容上不拘一格，适宜于书评者抒写自己的印象，所以现代感悟批评家们都青睐这一文体形式。朱光潜对书评的看法颇具有代表性。在《文学杂志》的《编辑后记（二）》中，朱光潜说："书评成为艺术时，就是没有读过所评的书，还可以把评当作一篇好文章读。书评成为文学批评时，所评的作品在它同类作品中的地位被确定，而同时这类作品所有的风格技巧种种问题也得到一种看法。刘西渭先生的《读里门拾记》庶几近之。"[1]这是好的书评应具有的两个基本品性，即艺术性与批评性。在《谈书评》中，朱光潜更是将书评的地位抬得很高："真正的批评对象永远是作品，真正的好的批评家永远是书评家，真正的批评的成就永远是对于作品的兴趣和热情的养成。"[2]朱光潜认为不能将书评当作职业，因为它应该是公平、自由、新鲜和超脱的，但常见的书评不是宣传就是反宣传，这显然于书评有害，于文艺也不利，因而一个批评家应该不畏艰辛险阻在众多的书籍中发现好书，并作出公平的评价。朱光潜说："欣赏一首诗就是要再造一首诗；欣赏一部书，如果那部书有文艺的价值，也应该是在心里再造一部书。一篇好的书评也理应是这种'再造'的结果。"[3]他认为书评是诚实地记录主观印象，应该有个性，有特见，甚至于有偏见。朱光潜谈书评，实际上谈的就是文学批评，书评作为一种形式，并不是最

---

〔1〕朱光潜：《朱光潜全集》，第八卷，第549页。

〔2〕同上书，第423页。

〔3〕同上书，第426页。

重要的,最重要的是批评要公平、自由、新鲜、超脱,有创造性。因此,文学批评不管采用哪一种文体形式,都应该做到这些。

现代感悟批评采用自由的批评文体,其总体特征就是结构松散自如,没有固定的格式,语言平易流畅,态度亲切自然,富有艺术性。这样的文体特征主要是受蒙田随笔的影响。现代感悟批评的代表李健吾就经常提到蒙田,学术界对李健吾文学批评的研究已经揭示了蒙田随笔的重要影响。如温儒敏先生认为李健吾用得最多的散漫抒情的随笔文体是从蒙田那里学来的,"从文体结构看,李健吾的批评都松散自如,没有严整的规划,也没有固定的格式,如同是给亲朋的书信,或与友人的闲聊,这就很随意亲切"〔1〕。我们认为这不仅是李健吾批评文体的特征,也可以代表整个现代感悟批评的文体特征。

蒙田被誉为西方现代文学批评的"始祖"。他的《随笔集》共三卷一百零七章,谈到了日常生活、传统习俗、文学艺术、人生哲理等很多方面。蒙田以博学著称,他的随笔常常旁征博引,涉笔成趣,语言平易通畅,不假雕饰,形象亲切生动,富于生活情趣。我们认为,蒙田随笔对现代感悟批评的影响,不仅表现在文体特征方面,更表现在精神方面,或者说,没有一种精神或思想,就很难达到蒙田那般潇洒自如。在《致读者》中,蒙田说:"读者,这是一本真诚的书。……我宁愿以一种朴实、自然和平平常常的姿态出现在读者面前,而不作任何人为的努力,因为我描绘的是我自己。我的缺点,我幼稚的文笔,将以不冒犯公众为原则,活生生地展现在书中。假如我处在据说仍生活在大自然原始法则的国度里,自由自在,无拘无束,那我向你保证,我会

---

〔1〕温儒敏:《批评作为渡河之筏捕鱼之筌——论李健吾的随笔性批评文体》,《天津社会科学》,1994年第4期。

很乐意把自己完整地、赤裸裸地描绘出来的。"[1]追求自由,真诚地描绘真实的自我,就是蒙田全部随笔的精神所在。在蒙田的随笔中,我们能看到他永无止境地怀疑和不断地探索自我与探索人生,充满了强烈的自我意识和对人生的体验与感悟。正是这样一种追求自由、探索自我与人生的精神深深影响了现代感悟批评家。

李健吾在《自我与风格》一文中说:"蒙田指示我们,我们对于人世就不会具有正确的知识,一切全在变易,事物和智慧,心灵和对象,全在永恒的变动之中进行。被研究的对象一改变,研究它的心灵一改变,心灵所依据的观点一改变,我们的批评就随时有了不同。一个批评家应当记住蒙田的警告:'我知道什么?'唯其所知道的东西有限,他才不得不放弃布雷地耶式的野心,他才不得不客客气气走回自己的巢穴,检点一下自己究竟得到了多少,和其他作家一样,他往批评里放进自己,放进他的气质,他的人生观。"[2]一切全在变易,一个人所知道的东西又非常有限,因而要不懈地探索与追求。正因为所知有限,文学批评才不能随意作出判断,也不能自居导师指导他人,文学批评就是批评家在谈论自己,必须在批评中放进自己的性格、气质和对人生的体验与感悟。只有这样,批评家才能进入一个自由的状态,从而自由地采用各种适宜于表现自己的文体形式。

由此可以看出,现代感悟批评在批评文体上的自由选择与采用,与它的批评观——批评是自由、独立和创造的艺术——相适应的。在这里,我们仍然要强调的是,文学批评必须对艺术与人生有真切和深挚的体验与感悟,这是最为根本的,而批评方法与批评文体的采用只是外在的,体验与感悟真切与深挚了,才能综合运用各种批评方法

---

〔1〕[法]蒙田:《蒙田随笔全集》,上卷,潘丽珍等译,南京:译林出版社,1996年版,第31页。

〔2〕李健吾:《李健吾文学评论选》,第214～215页。

而达到"羚羊挂角，无迹可寻"的自然状态，才能随意采用各种文体形式而达到"不涉理路，不落言筌"的自由境界。

现代感悟批评将文学批评当作艺术，坚持文学批评的独立、自由与创造，它能通过直观达到对艺术与人生的体验与感悟，并综合地运用各种具体的批评方法，自由地采用各种文体形式将这些体验与感悟表达出来。现代感悟批评是直观的，印象的、感悟的，也是创造的、美的、自由的，它是对艺术与生命本身的体验与感悟，并在体验与感悟中丰富和提升生命的意义，为精神寻求慰藉，为灵魂寻找寓所。这就是现代感悟批评的魅力所在。

第六章　现代感悟批评的渊源

从上文对现代感悟批评发展概况的叙述及对其基本特征的分析可以看出，它既受中国古代文学批评的影响，又受西方文学批评的影响。然而，现代感悟批评并不是简单地承受古代文学批评和西方文学批评的影响，而是主动的、创造性的进行融合，从而在中西文学批评之间形成了自身的独特性。现代感悟批评对古代文学批评的创造性继承与转化及其对西方文学批评的活用与化用，对当前的文学批评有着重要的启迪意义。

在绪论中，我们已经指出，中国古代文学批评在整体上是片断的、零星的、印象的、感性的，缺乏系统性和逻辑性，而具有直观性或"悟"性。直观感悟的思维方式是古代文学批评的一个重要特点，这对现代感悟批评有着重要的影响。虽然古代文学批评缺乏系统性和逻辑性，但它在两千多年的发展过程中所确立的一些基本原则是对文学批评规律的揭示，这些基本原则也为现代感悟批评所遵循。古代文学批评对现代感悟批评的影响更突出地表现在它的一些基本范畴对后者的影响。

第一节　古代文学批评经典著作的影响

钟嵘的《诗品》与刘勰的《文心雕龙》这两部著作在中国文学批评史上有着重要地位,我们选取这两部著作来看古代文学批评对现代感悟批评的影响。严羽的《沧浪诗话》是"最负盛名的宋代诗学著作,是可与刘勰《文心雕龙》、钟嵘《诗品》相提并论的理论巨著,同时又是宋代诗歌创作与诗学理论的总结,是中国诗学史上的一座丰碑。"[1]而且严羽的"妙悟说"也是感悟批评的一个突出的表现,所以我们也通过《沧浪诗话》来看古代文学批评对现代感悟批评的影响。

一、《文心雕龙》:批评原则对现代感悟批评的影响

"体大而虑周"的《文心雕龙》是中国古代文学批评中最具体系性与逻辑性的批评巨著。郭绍虞在论南朝的文学批评时指出:"当时人所需要于批评者,不外二种作用:一是文学作品的指导者;又一是文学批评的指导者。文学作品日多,则需要批评以指导,才可使览无遗功。文学批评日淆,则也需要更健全的批评以主持,才可使准的有依。所以前者是为文学的批评,后者是文学批评的批评。前者较偏于赏鉴的批评,后者常倾向于归纳的和推理的批评。而《诗品》与《文心雕龙》,恰恰可以代表这两方面。"[2]相对于其他古代文学批评著作,《文心雕龙》是"归纳的和推理的批评",较为完整的体系性与逻辑性是其重要特点。就这一点来看,我们很难说它与感悟批评之间有着密切的关系。而且,刘勰的文学批评并非独立的审美批评,他在

---

〔1〕袁行霈等:《中国诗学通论》,第587～588页。
〔2〕郭绍虞:《中国文学批评史》,上卷,天津:百花文艺出版社,1999年版,第103页。

《文心雕龙·序志》中就说：

> 唯文章之用，实经典枝条；五礼资之以成，六典因之致用，君臣所以炳焕，军国所以昭明，详其本源，莫非经典。而去对久远，文体解散，辞人爱奇，言贵浮诡，饰羽尚画，文绣鞶帨，离本弥甚，将遂讹滥。盖《周书》论辞，贵乎体要；尼父陈训，恶乎异端；辞训之异，宜体于要，于是搦笔和墨，乃始论文。[1]

刘勰认为文章（包括文学作品）是经典的枝条，其作用在于帮助完成礼制、法典的制作与宣扬政绩、记载军国大事，他从事批评就是为了挽救日益浮靡的文风。这是典型的实用文学观与实用批评，而不是审美的感悟批评。但是，《文心雕龙》之所以能"笼罩群言"，是因为它是对此前文学理论与批评实践的总结与集大成，它所探寻出的一些原则和规律也可以运用到感悟批评之中。《文心雕龙》对现代感悟批评的影响就体现在后者遵循了它所阐发的某些原则和规律，当然，这种影响不是直接的，而是间接的，或者说是潜移默化的影响。

《文心雕龙·原道》开篇即云：

> 文之为德也大矣，与天地并生者何哉？夫玄黄色杂，方圆体分；日月叠璧，以垂丽天之象；山川焕绮，以铺理地之形：此盖道之文也。仰观吐曜，俯察含章，高卑定位，故两仪既生矣。惟人参之，性灵所钟，是谓三才。为五行之秀，实天地之心。心生而言立，言立而文明，自然之道也。[2]

---

〔1〕刘勰著，范文澜注：《文心雕龙注》，北京：人民文学出版社，1962年版，第726页。
〔2〕同上书，第1页。

刘勰认为"文"与天地并生,是"道"之体现,人为三才之一,是万物之灵天地之心,"人文"也是"道"之体现。刘勰所原之"道"一是自然之道,一是圣人之道,所以他说"道沿圣以垂文,圣因文而明"。刘勰推崇《易经》,受儒释道三家思想的影响都较深,而这三家都追求"天人合一"的理想,故而刘勰论"文"与"道"之关系也体现了这一观念。如果抛开刘勰"原道"为封建政权服务不论,他实际上也发现了"文"之本质,那就是"文"与天地并生,与"道"同构。由"天人合一"观念推而论之,"道"既是自然之"道",也是人生之"道",那么"文"也是与人生同构的。艺术与人生同构,是现代感悟批评所坚持的一个隐形观念,也就是说,现代感悟批评始终以艺术和人生作为批评的两个尺度并常常将其合而为一,这是传统观念的体现,可以在《文心雕龙》里找到渊源。当然,现代感悟批评并不"因文明道",它将艺术与人生同等看待并合而为一,追求的是精神寄托与心灵慰藉,并不包含直接的实用目的。刘勰的文学理论与批评实践虽然带有强烈的实用性,但《文心雕龙》的最末两句,即"文果载心,余心所寄",表明了他也想超脱实用性而追求永恒。

从"原道"来谈《文心雕龙》对现代感悟批评的影响似乎有些牵强附会,但现代感悟批评将艺术与人生视为同构,这无疑在某种程度上是对古代文学批评观念的承继。《文心雕龙》对现代感悟批评潜移默化的影响主要体现在论鉴赏或批评的第四十八篇"知音"之中。刘勰在"知音"中首先感叹到知音难逢:"知音其难哉!音实难知,知实难逢,逢其知音,千载其一乎!"[1]鉴赏与批评首先要理解作品,批评家要做艺术家的知音,但实际上知音难逢,因为批评家们往往难以有与艺术家创作时相似的感悟经历。现代感悟批评的批评家们虽然没有

---

〔1〕刘勰著,范文澜注:《文心雕龙注》,第713页。

都成为被论对象的知音，但他们对作品的理解与鉴赏也是朝着这一方向前进的。沈从文曾说过，他的作品只有音乐家马思聪和批评家刘西渭最理解，就是将二人看作他的知音；而李健吾（刘西渭）也的确是沈从文的知音，他的《〈边城〉》一文是对沈从文作品最好的批评。刘勰在"知音"中接着说：

> 夫古来知音，多贱同而思古，所谓"日进前而不御，遥闻声而相思"也。昔《储说》始出，《子虚》初成，秦皇汉武，恨不同时；既同时矣，则韩囚而马轻，岂不明鉴同时之贱哉！至于班固傅毅，文在伯仲，而固嗤毅云："下笔不能自休。"及陈思论才，亦深排孔璋，敬礼请润色，叹以为美谈，季绪好诋诃，方之于田巴；意亦见矣。故魏文称"文人相轻"，非虚谈也。至如君卿唇舌，而谬欲论文，乃称"史迁著书，谘东方朔"，于是桓谭之徒，相顾嗤笑。彼实博徒，轻言负诮，况乎文士，可妄谈哉！故鉴照洞明，而贵古贱今者，二主是也；才实鸿懿，而崇己抑人者，班曹是也；学不逮文，而信伪迷真者，楼护是也。酱瓿之议，岂多叹哉！[1]

在这段话里，刘勰指出了文学批评中的三种缺点：一是贵古贱今，二是崇己抑人、文人相轻，三是信伪迷真。现代感悟批评的批评家们似乎也有些类似的缺点，如王国维有贵古贱今之嫌，周作人、沈从文有崇己抑人、文人相轻之嫌。刘勰认为文学批评之所以会出现这些缺点，主是因为批评者有私心和偏见。他说："夫篇章杂沓，质文交加，知多偏好，人莫圆该。慷慨者逆声而击节，酝藉者见密而高蹈；浮慧者观绮而跃心，爱奇者闻诡而惊听。会己则嗟讽，异我则沮弃，各执

---

〔1〕刘勰著，范文澜注：《文心雕龙注》，第713～714页。

一隅之解,欲拟万端之变,所谓东向而望,不见西墙也。"[1]私心和偏见都不是批评的正确态度,批评的正确态度应该是宽容和公正。现代感悟批评所坚持的宽容与公正的原则(这在李健吾、李长之的批评中体现得最为突出),正是对刘勰所指出的批评的缺点的极力避免。王国维将批评对象确定为《红楼梦》与古典诗词,并不是因为崇古贱今,他的批评是对杰作的批评,也是批评的杰作,而他同时代的确没有产生什么杰作;周作人、沈从文对左翼文学的批判也并非崇己抑人、文人相轻,而是他们对艺术独立性的坚持。

刘勰认为,要避免批评的这三种缺点,必须做到博观:"凡操千曲而后晓声,观千剑而后识器;故圆照之象,务先博观。阅乔岳以形培塿,酌沧波以喻畎浍。无私于轻重,不偏于憎爱,然后能平理若衡,照辞如镜矣。"[2]只有经过"博观",才能见出作品的优劣高下,才能戒除私心、排除偏见而做到公正与宽容。现代感悟批评家很好地遵循了刘勰的"博观"原则,《人间词话》《咀华集》《沫沫集》等都是"博观"的结果。王国维的"博观"是古典诗词,沈从文的"博观"是时人的创作,而李健吾的"博观"则是古今中外的作品。"博观"不是对理论的深究,而主要是对作品的广泛涉猎与鉴赏,同时又有深切的人生体验与感悟。遵循"博观"的原则,使现代感悟批评多采用印象比较的方法来进行批评,而且具有自由随意的特色,但能在自由随意的印象比较中实现公正与宽容的审美批评,从而踏上通往艺术与人生真谛之途。在文学批评实践中,有一种违背"博观"原则的现象,即批评者可能没有仔细读过某部作品,没有对作品的真正理解与深切感悟,更没有"博观"其他作品,却能操持某种理论对作品评头论足并显得头头是道和"广闻博识",这样的批评必然离真正的批评相去甚远,且可

---

〔1〕刘勰著,范文澜注:《文心雕龙注》,第714页。
〔2〕同上书,第714~715页。

能陷入"信伪迷真"的误区。朱光潜曾经说过,批评的对象永远是作品,这是文学批评必须铭记的缄言。朱光潜对批评家的告诫,颇为类似刘勰在《知音》中对"知音君子"的告诫:

> 夫缀文者情动而辞发,观文者披文以入情,沿波讨源,虽幽必显。世远莫见其面,觇文辄见其心。岂成篇之足深?患识照之自浅耳。夫志在山水,琴表其情,况形之笔端,理将焉匿?故心之照理,譬目之照形,目瞭则形无不分,心敏则理无不达。……夫唯深识鉴奥,必欢然内怿,譬春台之熙众人,乐饵之止过客。盖闻兰为国香,服媚弥芬;书亦国华,玩绎方美;知音君子,其垂意焉。[1]

"书亦国华,玩绎方美",刘勰要求"知音君子"深入作品,反复体味,只有这样才能看到作品的深奥之处,才能感受到文章之美。现代感悟批评虽然往往是印象评点式的感悟,但有"博观"为基础,能做到"目瞭则形无不分,心敏则理无不达",所以实际上对作品有着真正的理解与深切的感悟。刘勰在此还指出了创作与批评的不同思维方向,创作是"情动而辞发",批评是"披文以入情",方向不同,但方式相同,即以"情"为主,进行形象思维或直观思维。现代感悟批评视批评与创作相同,其思维方式也主要以形象思维或直观思维为主。

在提出"博观"的原则之后,刘勰又提出了"六观"的方法:"是以将阅文情,先标六观:一观位体,二观置辞,三观通变,四观奇正,五观事义,六观宫商。斯术既形,则优劣见矣。"[2]事实上,刘勰在《知音》中主要是论鉴赏批评(与感悟批评相近),然而当他提出这"六观"

---

〔1〕刘勰著,范文澜注:《文心雕龙注》,第715页。
〔2〕同上。

之时,就由鉴赏批评转入了判断批评。诚然,这"六观"是文学批评所应注意的方面,但并非要在进入对作品的理解与鉴赏之前就先确定这六个方面。也就是说,不能带着成见或条条框框去理解与鉴赏作品,而应首先从整体上去感悟作品以获得直观印象,然后在这些印象的基础上以艺术和人生为依据去批评作品。在这一点上,现代感悟批评并不以刘勰所确立的原则为准,可见其有所承有所变。"知音"篇末"赞曰:洪锺万钧,夔旷所定。良书盈箧,妙鉴乃订。流郑淫人,无或失听。独有此律,不谬蹊径。"[1]遵循鉴赏批评的规律,才能评定杰作。现代感悟批评的批评家们所批评的作品,并非都是杰作,但他们的批评为评定杰作奠定了基础。而那些实用性的批评,尤其是在文学高度一体化时代中的许多批评,"评定"了无数"杰作",结局却是批评与其对象大都迅速地被辗在时代的车轮之下。《文心雕龙》所探寻出的批评原则与规律,对现代感悟批评有着间接的或潜移默化的影响,《文心雕龙》横亘千古,感悟批评也应是批评共和国里永久的居民。

二、《诗品》：批评方法对现代感悟批评的影响

如果说刘勰的《文心雕龙》对现代感悟批评的影响是间接的、隐形的,那么钟嵘的《诗品》对现代感悟批评的影响则更直接些、明显些。《文心雕龙》的主旨在于理论的总结与归纳,《诗品》则重在批评实践,故而对现代感悟批评的影响,前者主要体现在批评的原则与规律上,后者主要体现在批评的方法与风格上。钟嵘《诗品》被后人誉为"百代诗话之祖",清代章学诚也称其为"诗话之源"。《诗品》之所以有如此美誉,就在于它开启了中国文学批评的诗化传统,其后的历

---

〔1〕刘勰著,范文澜注:《文心雕龙注》,第715页。

代诗话、词话也大都呈诗化特色,现代感悟批评的审美性、创造性与艺术性也受这一诗化传统的影响。

钟嵘在《诗品》中对汉代以降的一百二十四位五言诗人进行了批评,他虽然没有像刘勰那样进行宏伟的理论建构,但他在《诗品》中也较为详细地阐发了自己的文学观念与审美情趣。《诗品》总论云:"气之动物,物之感人,故摇荡性情,行诸舞咏。照烛三才,晖丽万有,灵祇待之以致飨,幽微藉之以昭告,动天地,感鬼神,莫近于诗。"〔1〕钟嵘持"心物感应说"的诗歌发生论,认为诗歌的产生是由"气"引起外物之动,外物之动又引起人心感应,在感应之中,人的"性情"需要抒发与表现,便"行诸舞咏"而产生诗歌。因此,自然萌动,四季感荡,都是诗歌所表现的内容:"若乃春风春鸟,秋月秋蝉,夏云暑雨,冬月祁寒,斯四候之感诸诗者也。"〔2〕钟嵘强调物我一致,主客结合,这也是传统的"天人合一"观念的一种体现,但他没有重复儒家"诗言志"的说法,只取其"吟咏性情"之义,因此少了说教成分而多了诗人之"气"与诗人之"情",表现出了新的文学观念与审美情趣。

然而"心物感应说"并非钟嵘所独有,其时人如陆机、刘勰、萧统等大都持此论,钟嵘的独特贡献在于他"比较完整系统地提出'人际感荡',强调社会生活是诗歌创作的又一大根源"。〔3〕在论自然萌动、四季感荡之后,钟嵘说:

> 嘉会寄诗以亲,离群托诗以怨。至于楚臣去境,汉妾辞宫;或骨横朔野,或魂逐飞蓬;或负戈外戍,杀气雄边;塞客衣单,孀

---

〔1〕钟嵘著,陈延杰注:《诗品注》,北京:人民文学出版社,1980年版,第1页。

〔2〕同上书,第2页。

〔3〕归青、曹旭:《中国诗学·魏晋南北朝卷》,厦门:鹭江出版社,2002年版,第223页。

闺泪尽；或士有解佩出朝，一去忘返；女有扬蛾入宠，再盼倾国。凡斯种种，感荡心灵，非陈诗何以展其义；非长歌何以骋其情？故曰："《诗》可以群，可以怨。"使穷贱易安，幽居靡闷，莫尚于诗矣。[1]

上述种种遭际，无论聚与离、荣与辱、穷与达、顺与逆，都是人的生命体验；诗歌（文学）就是对生命体验的熔铸。从自然感荡到人际感荡，钟嵘都强调了诗是人的心灵感应，是人的生命体验。诗人或作家进行创作必须有真切的生命体验，读者和批评家也必须通过作品获得相似的生命体验才能进行欣赏与批评。现代感悟批评强调对艺术的感悟与对人生的体验，与钟嵘的文学观念和审美情趣是比较接近的。

在《诗品》中，钟嵘论诗注重渊源师承，多采用比喻与比较的方法；现代感悟批评也有类似之处。我们先看其重渊源师承。钟嵘为五言诗所确定的渊源有三：其一为《诗经·国风》，其二为《诗经·小雅》，其三为《楚辞》。如古诗"其体源出于《国风》。陆机所拟十四首，文温以丽，意悲而远，惊心动魄，可谓几乎一字千金"；李陵"其源出于《楚辞》。文多凄怆，怨者之流"，班姬又"源出于李陵"；阮籍"其源出于《小雅》。无雕虫之功。而《咏怀》之作，可以陶性灵，发幽思。言在耳目之内，情寄八荒之表。洋洋乎会于《风》、《雅》，使人忘其鄙近，自致无大，颇多感慨之词。厥旨渊放，归趣难求"[2]。重渊源师承的文学批评方法，其好处在于能够探本溯源，见出发展轨迹，指出因与变，并比较得失，分出高下。但是，其不足之处在于难免牵强附会。现代感悟批评中重渊源师承最明显的要算沈从文，如他在《论施蛰存与罗黑芷》中就有这样一段：

〔1〕钟嵘著，陈延杰注：《诗品注》，第2～3页。
〔2〕同上书，第17～23页。

以被都市物质文明毁灭的中国中部城镇乡村人物作模范，用略带嘲弄的悲悯的画笔，涂上鲜明正确的颜色，调子美丽悦目，而显出的人物姿态又不免有时使人发笑，是鲁迅先生的作品独造处。分得了这一部分长处，是王鲁彦，许钦文，同黎锦明。王鲁彦把诙谐嘲弄拿去，许钦文则在其作品中，显现了无数鲁迅所描写过的人物行动言语的轮廓，黎锦明，在他的粗中不失其为细致的笔下，又把鲁迅的讽刺与鲁彦平分了。另外一点，就是因年龄体质这些理由，使鲁迅笔下忧郁的气氛，在鲁彦作品虽略略见到，却没有文章风格异趣的罗黑芷那么同鲁迅相似。另外，于江南风物，农村静穆和平，作抒情的幻想，写了如《故乡》、《社戏》诸篇表现的亲切，许钦文等没有做到，施蛰存君，却也用与鲁迅风格各异的文章，补充了鲁迅的说明。[1]

鲁迅开创了现代小说中乡土一派，王鲁彦、许钦文、黎锦明、罗黑芷、施蛰存等大多师承鲁迅或与鲁迅相近，但各有特色。沈从文的批评指出了他们之间的师承关系，比较了他们的不同与得失，然而沈从文并不明确地对其评定高下优劣。而钟嵘的《诗品》将所论一百二十四位诗人分为上、中、下三品，虽符合他自己的批评标准与审美情趣，但也易失公允，如他将陶潜列为中品，曹操列为下品，就为后人所责。现代感悟批评一般不轻易裁决作品的地位，往往只对作品进行印象品评（品味而不是品第）与感悟审美，而将作家作品地位的评定与价值判断的工作留给了史家，这样就避免了评判的武断。

钟嵘《诗品》论诗主要运用了比喻与比较的方法。如论魏陈思王植：

---

〔1〕沈从文：《沈从文全集》，第十六卷，第171～172页。

> 其源出于《国风》。骨气奇高,词采华茂,情兼雅怨,体被文
> 质,粲溢今古,卓尔不群。嗟乎!陈思之于文章也,譬人伦之有
> 周、孔,鳞羽之有龙凤,音乐之有琴笙,女工之有黼黻。俾尔怀铅
> 吮墨者,抱篇章而景慕,映余晖以自烛。故孔氏之门如用诗,则
> 公干升堂,思王入室,景阳、潘、陆,自可坐于廊庑之间矣。[1]

钟嵘先指出曹植诗歌之渊源师承,再以比喻说明其"卓尔不群",后又将曹植与其他诗人相比以证其诗歌为上品。在这里,钟嵘用的是类比。钟嵘也用具体的物象来比喻诗人及其诗的风格特征,形象具体,鲜明可感。这种"感"是诗化之感受与感悟,不是理论之推理证明,批评家的批评如诗歌作品本身一样,还需读者对其进行再感受与再创造,而不能被动接受其既有评论。现代感悟批评运用比喻与比较的方法很多,这在前文叙述现代感悟批评的发展中已有例证,且后文还将谈到,故在此不再举例。总之,钟嵘的《诗品》从文学观念到批评方法及批评风格都对现代感悟批评有着较为明显的影响,它是现代感悟批评的传统渊源之代表。

三、《沧浪诗话》:思维方式对现代感悟批评的影响

严羽的《沧浪诗话》是宋代诗话和文学批评的一个总结。《沧浪诗话》共有五部分,即《诗辨》《诗体》《诗法》《诗评》和《考证》,其中《诗辨》是全书的理论纲领,《诗体》是对古代诗歌的体制及其发展演变的探讨,《诗法》谈诗之创作,《诗评》是批评实践,《考证》是对作品的选本、字句真伪的考证。

作为一部总结性的诗学著作,《沧浪诗话》具有一定的系统性与

---

〔1〕钟嵘著,陈延杰注:《诗品注》,第20页。

较强的理论性,当然其《诗评》的批评实践也具有印象感悟色彩。如"李杜数公,如金鸡擘海,香象渡河。下视郊岛辈,直虫吟草间耳"[1],暂不谈此论公允与否,其以意象比喻说明了李杜与郊岛的不同风格并评定了高下优劣。然而,《诗评》之批评实践往往给人不知所云之感,如"大历以前,分明别是一副言语;晚唐,分明别是一副言语;本朝诸公,分明别是一副言语。如此见,方许具一只眼"。又如"五言绝句:众唐人是一样,少陵是一样,韩退之是一样,王荆公是一样,本朝诸公是一样。"[2]诚然,这样的批评强调了不同诗人及其诗歌的不同之处,然而,如何不同,严羽虽在其后有所说明,也语焉不详之处多。如与钟嵘《诗品》相较,显然后者在批评实践上与现代感悟批评更相近些。但是严羽《沧浪诗话》也是现代感悟批评的一个渊源,其对后者的影响主要体现为"妙悟"之思维方式。

中国古代文学批评在整体上采用的是直观思维方式,这一方式在严羽的"妙悟说"中表现得非常突出。在《沧浪诗话·诗辨》中,严羽说:

> 禅家者流,乘有小大,宗有南北,道有邪正,学者须从最上乘,具正法眼,悟第一义。若小乘禅,声闻辟支果,皆非正也。论诗如论禅:汉魏晋与盛唐之诗,则第一义也。大历以还之诗,则小乘禅也,已落第二义矣。晚唐之诗,则声闻辟支果也。学汉魏晋与盛唐诗者,临济下也。学大历以还之诗者,曹洞下也。大抵禅道在妙悟,诗道亦在妙悟。且孟襄阳学力下韩退之远甚,而其

---

〔1〕严羽著,郭绍虞校释:《沧浪诗话校释》,北京:人民文学出版社,2006 年版,第177 页。

〔2〕同上书,第 139、141 页。

诗独出退之之上者，一味妙悟而已。惟悟乃为当行，乃为
本色。[1]

"论诗如论禅""诗道在妙悟"，这就是严羽的"妙悟说"。何谓"妙悟"？
叶朗认为："所谓'妙悟'，是指审美感兴，也就是指在外物直接感发
下产生审美情趣的心理过程。""'妙悟'是一种感性的、直觉的触
兴。"[2]袁行霈等人认为："沧浪所谓'悟'，既是评诗的标准，也是作
诗的标准。'悟'指读诗、作诗时的一种敏锐的艺术感受力，'妙悟'即
指那种妙手偶得的特别颖慧的悟觉与悟性。"[3]我们认为，"妙悟"是
直观审美思维方式的一种突出表现，它所强调的是在感性直观的审
美过程中"悟"的偶得。现代感悟批评在思维方式上的直观性与"妙
悟说"是相近的，两者都注重直观感觉与印象，而与知识、理论及逻辑
推理等无关。直观之悟是审美思维的本质，故严羽说"惟悟乃为当
行，乃为本色"，现代感悟批评遵循直观审美的思维方式，较之科学化
的批评更近于文学本身，所以我们也可说其是批评之中的"当行""本
色"。

虽然"妙悟"或"悟"与知识、理论及逻辑推理等无关，但严羽却在
《沧浪诗话·诗辨》中就提出：

夫学诗者以识为主：入门须正，立志须高；以汉魏晋盛唐为
师，不作开元天宝以下人物。若自退屈，即有下劣诗魔入其肺腑
之间；由立志之不高也。行有未至，可加工力；路头一差，愈骛愈
远；由入门之不正也。故曰，学其上，仅得其中，学其中，斯为下

---

[1] 严羽著，郭绍虞校释：《沧浪诗话校释》，第11～12页。
[2] 叶朗：《中国美学史大纲》，上海：上海人民出版社，1985年版，第316页。
[3] 袁行霈等：《中国诗学通论》，第596页。

矣。又曰,见过于师,仅堪传授;见与师齐,减师半德也。工夫须
从上做下,不可从下做上。先须熟读楚词,朝夕讽咏以为之本;
及读古诗十九首,乐府四篇,李陵苏武汉魏五言皆须熟读,即以
李杜一集枕藉观之,如今人之治经,然后博取盛唐名家,酝酿胸
中,久之自然悟入。虽学之不至,亦不失正路。此乃是从顶颌上
做来,谓之向上一路,谓之直截根源,谓之顿门,谓之单刀直
入也。[1]

严羽认为"论诗如论禅""诗道在妙悟",要得"妙悟"须有基础,这个基
础就是"识"。严羽的"识"与刘勰的"博观"所论之理相近,只有多识、
博观才能学会做诗和论诗。现代感悟批评家们的批评表面看来大多
只是瞬间印象与感悟,实际上是有着多识与博观为基础的,这在前文
已有所论。严羽与刘勰不同之处在于他认为只有博识、真识才能"悟
入",因此他说"入门须正,立志须高",因为"学其上,仅得其中,学其
中,斯为下矣",故应"从顶颌上做来"。学诗如此,论诗也是如此。我
们前面已说过,伟大的艺术家必然会对批评家产生积极的影响,李健
吾、李长之两位批评家,就因研究对象福楼拜与鲁迅而奠定了他们成
为现代感悟批评典范的基础,其理也与此相同。

以"识"为基础,以"妙悟"论诗,又如何"悟"呢? 严羽提出了"熟
参"的方法:

试取汉魏之诗而熟参之,次取晋宋之诗而熟参之……又取
本朝苏黄以下诸家之诗而熟参之,其真是非自有不能隐者。倘
犹于此而无见焉,则是野狐外道,蒙蔽其真识,不可救药,终不

---

〔1〕严羽著,郭绍虞校释:《沧浪诗话校释》,第1页。

悟也。[1]

只有"熟参"才能"悟",若"熟参"还不能"悟",就"不可救药"。严羽的"熟参"之途应是正途,但他在此之前已确定了应"悟"之诗:

> 然悟有浅深,有分限,有透彻之悟,有但得一知半解之悟。汉魏尚矣,不假悟也。谢灵运至盛唐诸公,透彻之悟也;他虽有悟者,皆非第一义也。吾评之非僭也,辩之非妄也。天下有可废之人,无可废之言。诗道如是也。若以为不然,则是见诗之不广,参诗之不熟耳。[2]

严羽所谓"悟第一义"指汉魏晋与盛唐之诗,这是他心目中最高的诗歌境界,因此,"悟"诗当"熟参"汉魏晋与盛唐之诗。"悟"虽然应以"识"为本,但"悟"本身与"识"无关,严羽却将"识"作为前提,结果"悟"就变成了对"识"之悟,这对学诗有效,对论诗却有害,因为论诗之"悟"不能带有成见。

严羽的这一观念显然是受禅宗的影响与启发的。黄宝华、文师华说:"禅之悟是对传统的读经坐禅之类的修持方式的革命,它强调自证自悟,所谓'如入饮水,冷暖自知',其根本特点在于通过反观自心的直觉体认,在非理性的心理活动中获得对佛性的冥合。它在发挥主体的能动性上确实比传统的禅法大进了一步,但它毕竟仍只是一种宗教修持,主体之悟只是对一个早已设定的'佛性'的认同,而不

---

[1] 严羽著,郭绍虞校释:《沧浪诗话校释》,第12页。
[2] 同上书,第12页。

是创造性的思维。"〔1〕他们认为严羽所谓"悟"与此同,所以也是"埋没性灵"的。他们所持之论同钱振锽《谪星说诗》,皆对严羽之说不满。其是非恩怨我们不论,然严羽"妙悟说"所倡论诗之思维方法,对现代感悟批评的直观感悟是有积极影响的。

从严羽的"妙悟"说来看,古代文学批评的直观感悟思维是与概念及推理无关的,这对现代感悟批评的直观感悟思维是有影响的。但严羽的"妙悟"说受禅宗的影响而带有一种神秘性,是排斥理性思维的,这也代表了古代文学批评直观思维的特点。现代感悟批评虽然以直观感悟为主要思维方式,但它不排斥理性思维,其感悟有着理性的指导与制约,是经过了直观到理性再到直观的辩证过程,因而它比古代文学批评具有更多的理性而没有后者的神秘性。此外严羽的"妙悟"说有先入之见,这与古代文学批评一般以圣贤之道为前提或使批评符合圣贤之道是相近的。现代感悟批评没有先入之见与任何既定的目标,而是本着对艺术的直观审美去感悟艺术感悟人生。这两个方面说明现代感悟批评既受古代文学批评的直观感悟思维方式的影响,又表现出与古代文学批评不同的风貌,因此,现代感悟批评的继承不是被动的,而是主动的、创造的。

严羽《沧浪诗话》提倡"兴趣说",这也对现代感悟批评产生过积极的影响,对此,下文再论。中国古代文学批评的经典著作《文心雕龙》《诗品》和《沧浪诗话》都对现代感悟批评产生了或直接或间接的影响,《文心雕龙》所确立的批评原则与规律,《诗品》所运用的批评方法,《沧浪诗话》所倡批评的思维方式,都在现代感悟批评中有所体现。因此,现代感悟批评是源于中国古代文学批评的。

---

〔1〕黄宝华、文师华:《中国诗学史·宋金元卷》,厦门:鹭江出版社,2002年版,第286页。

第二节　古代文学批评重要范畴的影响

中国古代文学批评的基本范畴主要有"气""神""韵""境""味"以及文气说、滋味说、神韵说、兴趣说、意境说、性灵说等等。古代文学批评范畴对现代感悟批评中的一些审美范畴也产生了影响。

在第一章里，我们谈到了王国维"境界"的佛教渊源，在此我们简略地补述一下与"境界"相关的"意境说"。意境是中国古代文学批评中非常重要的一个审美范畴，"意境说"产生于唐代，其理论代表是王昌龄与皎然，前者著有《诗格》，后者著有《诗式》。王昌龄在《诗格》中认为诗有三境：

> 物境一。欲为山水诗，则张泉石云峰之境，极丽极秀者，神之于心，处身于境，视境于心，莹然掌中，然后用思，了然境象，故得形似。情境二。娱乐愁怨，皆张于意而处于身，然后用思，深得其情。意境三。亦张之于意而思之于心，则得其真矣。[1]

王昌龄所说的"物境"是自然之境，"情境"是人生喜怒哀乐之境，"意境"是指人的精神世界，"情境"与"意境"的区别并不是很大。这"三境"的形成都须"用思"，强调"心"在意境中的重要作用。王昌龄在《诗格》中又说诗有三思：

> 生思一。久用精思，未契意象，力疲智竭，放安神思，心偶照

---

〔1〕张伯伟编著：《全唐五代诗格汇考》，南京：江苏古籍出版社，2002 年版，第 172～173 页。

境,率然而生。感思二。寻味前言,吟讽古制,感而生思。取思
三。搜求于象,心入于境,神会于物,因心而得。[1]

生思、感思、取思,经过这三个阶段,诗歌意境就产生了。而在意境的
产生过程中,王昌龄始终强调的是"心"与"境"的契合。如他在《诗
格》中还说:

> 夫置意作诗,即须凝心,目击其物,便以心击之,深穿其境。
> 如登高山绝顶,下临万象,如在掌中。以此见象,心中了见,当此
> 即用。如无有不似,仍以律调之定,然后书之于纸。会其题目,
> 山林、日月、风景为真,以歌咏之。犹如水中见日月,文章是景,
> 物色是本,照之须了见其象也。[2]

作诗先要"目击其物",才能"以心击之,深穿其境",(也就是直觉的审
美观照)最终才能在"心中了见"其"象"(完成审美创造)。王昌龄的
这几段话论述了"意境"创造中的心物关系及其思维活动,其重点在
于"心"与"境"的契合。这些方面在王国维的"境界"之中都有体现。
　　皎然在《诗式》中也较为详尽地论述了"意境",我们只引其对"取
境"的强调:

> 夫诗人之思初发,取境偏高,则一首举体便高;取境偏逸,则
> 一首举体便逸。才性等字亦然。体有所长,故各功归一字。偏
> 高偏逸之例,直于诗体篇目风貌,不妨一字之下。风律外彰,体

---

[1] 张伯伟编著:《全唐五代诗格汇考》,第173页。
[2] 同上,第162页。

德内蕴,如车之有毂,众辐归焉。[1]

皎然认为,"取境"决定了一首诗的思想风貌与艺术风格,境高体便高,境逸体则逸。王国维在《人间词话》第一则云:"有境界则自成高格,自有名句",他认为"境界"的有无决定了一首词的高下。皎然强调"体有所长,故各功归一字",意境的产生往往由一字一词所决定。《人间词话》第七则云:"'红杏枝头春意闹',著一'闹'字,而境界全出。'云破月来花弄影',著一'弄'字,而境界全出矣。"[2]两相比较,我们不难看出王国维论"境界"与皎然论"意境"的相似,他们论诗论词也如出一辙。

叶朗在论意境说的诞生时谈到了司空图的《二十四诗品》的地位"主要也不在于它区分了诗歌意境的不同类型,而在于它论述了诗歌意境共同的美学本质",他认为这种本质就是:"'意境'不是表现孤立的物象,而是表现虚实结合的'境',也就是表现造化自然的气韵生动的图景,表现作为宇宙的本体和生命的道(气)。"[3]这种美学本质也是王国维的"境界"所具有的。据此,叶朗在论王国维的"境界"时,也往往将"境界"与"意境"并提,由此可以看出王国维的"境界"受到了"意境说"的影响或者说与"意境说"是密切相关的。一些人与叶朗持相同观点,认为"境界"就是"意境",我们认为,两者有联系,但不能等同,其区别是细微的,也是复杂的。其中有一点是肯定的,那就是虽然两者都具有表现宇宙本体和生命的美学本质,然而"境界"在这种表现之中还含有一种提升,对艺术的提升与对人生的提升,这种品格是一般的"意境"所不具备的。正因为如此,"境界"在文学批评中

---

〔1〕张伯伟编著:《全唐五代诗格汇考》,第241~242页。
〔2〕姚淦铭、王燕编:《王国维文集》,第一卷,第143页。
〔3〕叶朗:《中国美学史大纲》,第273、276页。

反而成了一个"孤绝"的范畴,所以后人在进行文学批评时往往使用"意境"而很少使用"境界"。

李长之将"境界"作为自己"感情的型"之依据,并认为王国维在《人间词话》中所说的三种境界"说明文艺中可以有感情的型的存在,而且也说明了感情的型和最佳的作品的相关了"〔1〕。"感情的型"是李长之在其《批评精神》中提出来的,他认为批评态度之客观必须要有感情的好恶,否则就不能客观。李长之说:"感情就是智慧,在批评一种文艺时,没有感情,是决不能够充实、详尽、捉住要害。我明目张胆的主张感情的批评主义。"对此,李长之要求注意两点:"一是在一篇作品中爱憎要各别","二是把带有自己个性的情感除开,所用的乃是跳入作者世界里为作者的甘苦所浇灌的客观化的审美能力"〔2〕。李长之认为还应说出具体的好作品的条件来,他的总结是:

　　技巧的极致,往往是内容的极致。因为假若没有内容时,使人不会超乎形式而加以理解和欣赏。内容是什么呢? 思想与情绪。内容的极致,也就是思想的极致,情绪的极致。最高妙,最深刻,然而又最艺术,这才是好作品,而三者有其必然的合一。〔3〕

李长之将此称之为"感情的型",但他有更为明确的解释。在对作品的成分层层分剥到第七层时,李长之说:"便只有令人把握的感情,感情的对象却已经抽掉了。这种没有对象的感情,可归纳入两种根本的形式,便是失望和憧憬,我称这为感情的型。在感情的型里,是

〔1〕李长之:《李长之文集》,第三卷,第 22 页。
〔2〕同上书,第 20 页。
〔3〕同上书,第 18 页。

抽去了对象,又可溶入任何的对象的。它已是不受时代的限制的了,如果文学的表现到了这种境界时,便具有了永久性。"[1]从李长之对"感情的型"之解释来看,它的确与王国维的"境界"是有联系的,也受中国古代文学批评的影响。李长之主张"批评的感情主义",提出了"感情的型";李健吾则坚持"艺术是性灵活动的结晶",并信奉福楼拜的名言:"所有杰作的秘诀全在这一点:主旨同作者性情的符合。""感情主义""感情的型""性灵""性情"等都受中国文学批评两大传统之中的"缘情说"之影响,就此,我们来看看清代袁枚"性灵说"的相关论述。

"性灵说"源于"缘情说",与"言志说"强调教化相对而强调情感的自然抒发。孔子提出:"诗可观,可以兴,可以群,可以怨。"这一般被当作"言志"之源,但孔子所谓"可以怨"也是"缘情"之说。汉代《诗大序》(也称《毛诗序》)云:

> 《关雎》,后妃之德也,风之始也,所以风天下而正夫妇也。故用之乡人焉,用之邦国焉。风,风也,教也;风以动之,教以化之。诗者,志之所之也,在心为志,发言为诗。情动于中而形于言,言之不足故嗟叹之,嗟叹之不足故永歌之,永歌之不足,不知手之舞之,足之蹈之也。情发于声,声成文谓之音。治世之音安以乐,其政和;乱世之音怨以怒,其政乖;亡国之音哀以思,其民困。故正得失,动天地,感鬼神,莫近于诗。先王以是经夫妇,成孝敬,厚人伦,美教化,移风俗。[2]

---

〔1〕李长之:《李长之文集》,第三卷,第21页。
〔2〕《十三经注疏》整理委员会整理,李学勤主编:《十三经注疏·毛诗正义》,北京:北京大学出版社,1999年版,第4～10页。

　　《诗大序》无疑是非常强调诗歌"言志"之教化作用的,但同时,《诗大序》又是不排斥"缘情"的,强调了"情动于中而形于言",肯定了"怨以怒""哀与思",但整体来看,"言志"无疑是其主导。西晋陆机在《文赋》中第一次标举"缘情说":"诗缘情而绮靡"。此后,"言志"与"缘情"成为中国文学的两大传统,但往往是"言志"占据了主流,"缘情"影响较小。明代公安派主张诗"以抒发性灵为主",提倡"独抒性灵,不拘格套",这在陆机与袁枚之间起了重要的传启作用。现代感悟批评家周作人心仪公安诗文,他所提倡的"趣味"也以公安派之"性灵"为参照。

　　袁枚在其《随园诗话》中提出并解释了"性灵说"。袁枚说"从三百篇至今日,诗之传者,都是性灵,不关堆垛";又赞同谢深甫之说"诗之为道,标举性灵,发舒怀抱"。[1]何谓"性灵"呢?《随园诗话》卷一说:

　　　　杨诚斋曰:"从来天分低拙之人,好谈格调,而不解风趣,何也? 格调是空架子,有腔口易描;风趣专写性灵,非天才不办。"余深爱其言。须知有性情,便有格律;格律不在性情之外。三百篇半是劳人思妇率意而言情之事,谁为之格? 谁为之律?[2]

在这段话中,袁枚同时提"性灵""性情"与"情",可见其所谓"性灵"与"性情""情感"等是相近的。另一方面,"性灵"还指灵机,即诗人要有禀资和敏悟,诗歌要灵动活脱。

　　袁枚非常重视性情在诗歌中的地位与作用:"性情者,源也;词

---

〔1〕袁枚:《随园诗话》,北京:人民文学出版社,1982年版,第146、412页。
〔2〕同上书,第2页。

藻者,流也。源之不清,流将焉附?"(《陶怡云诗序》)[1]他认为诗歌是性情的表现:"诗者,人之性情也,近取诸身而足矣。其言动心,其色夺目,其味适口,其音悦耳,便是佳诗。"[2]袁枚所说性情必须"源清",即指真性情、真情感,诗人只有不失赤子之心地表现自己的真情实感,才能创作出好诗来。所以,"性灵说"的第一要义在于"真",即性情之"真"、情感之"真"。在此,我们须提提明代李贽的"童心说"。《童心说》云:"夫童心者,真心也,若以童心为不可,是以真心为不可也。夫童心者,绝假纯真,最初一念之本心也。若失却童心,便失却真心;失却真心,便失却真人。人而非真,全不复有初矣。""童子者,人之初也;童心者,心之初也。"[3]李贽认为童心即真心,作诗制文必须要有童心(真心),才能得"至文":

> 天下之至文,未有不出于童心焉者也。苟童心常存,则道理不行,闻见不立,无时不文,无人不文,无一样创制体格文字而非文者。诗何必古《选》,文何必先秦,降而为六朝,变而为近体,又变而为传奇,变而为院本,为杂剧,为《西厢曲》,为《水浒传》,为今之举子业。大贤言圣人之道,皆古今之至文,不可得而时势先后论也。故吾因是而有感于童心者之自文也,更说甚么六经,更说甚么《语》、《孟》乎?[4]

袁枚"性灵说"之"真",与李贽"童心说"之"真"是一致的,即都不失赤子之心。袁枚是一个任性自得的性情中人,在为人与为文上处处都

---

〔1〕王英志主编:《袁枚全集》,第二集,南京:江苏古籍出版社,1993年版,第560页。

〔2〕袁枚:《随园诗话》,第565页。

〔3〕李贽:《李贽文集》,第一卷,北京:社会科学出版社,2000年版,第91~92页。

〔4〕同上书,第92~93页。

表现出他的真实而独特的个性，正是对真性情、真情感的执著，使他
对理学大加批评：

> 明季以来，宋学太盛。于是近今之士，竞尊汉儒之学，排击
> 宋儒，几乎南北皆是矣。豪健者尤争先焉。不知宋儒凿空，汉儒
> 尤凿空也。康成臆说，如用麒麟皮作鼓郊天之类，不一而足。其
> 时孔北海、虞仲翔早驳正之。孟子守先王之道，以待后之学者；
> 尚且周室班爵禄之制，其详不可得而闻。又曰："尽信书不如无
> 书。"况后人哉？善乎杨用修之诗曰："三代后无真理学，《六经》
> 中有伪文章。"〔1〕

李贽对"言志"文学观念的批判，袁枚对理学的抨击，都源于他们对
"真"之追求与强调。由此我们就可以理解周作人、沈从文对左翼文
学的批评，他们之所以"不宽容"，就在于对"美"之执著与追求。

坚持"性灵"的主张，袁枚因之在论诗时非常注重诗歌的真性情、
真情感的表现，如他论杜甫就以"情"为主：

> 人必先有芬芳悱恻之怀，而后有沉郁顿挫之作。人但知杜
> 少陵每饭不忘君；而不知其于友朋、弟妹、夫妻、儿女间，何在不
> 一往深情耶？观其冒不韪以救房公，感一宿而颂孙宰，要郑虔于
> 泉路，招李白于匡山：此种风义，可以兴，可以观矣。后人无杜
> 之性情，学杜之风格。抑末也！蒋心余读陈梅岑诗，赠云："一
> 代高才有情者，继袁夫子是陈君。"〔2〕

---

〔1〕袁枚：《随园诗话》，第49页。
〔2〕同上书，第498页。

袁枚认为杜甫诗歌好在"每饭不忘君",更好在"一往深情",杜甫正是有了真性情、真情感,才有了"沉郁顿挫之作"。王国维在《人间词话》第十六则说:"词人者,不失其赤子之心者也",他也如李贽、袁枚一样强调真心、真情;其他现代感悟批评家们如李健吾、李长之等在批评中也始终坚持对作品之真性情、真感情等审美属性的关注。

袁枚论诗重"情",亦重男女之情,他在《答蕺园论诗书》中说:

> 且夫诗者由情生者也,有必不可解之情,而后有必不可朽之诗。情所最先,莫如男女。古之人,屈平以美人比君,苏、李以夫妻喻友,由来尚矣。即以人品论,徐摛善工(按:应作"官")体,能挫侯景之威;上官仪词多浮艳,尽忠唐室;致光《香奁》,杨、刘昆体,赵清献、文潞公亦仿为之;皆正人也。若夫迁袭经文,貌为理语者,虽未尝不窜名儒林,然非顽不知道,即窳不任事,赃诟诔,史难屈指,白傅、樊川耻之,仆亦耻之。[1]

袁枚认为男女之情最为动人,因为男女之情往往是真心、真情、真性之自然流露,不失赤子之心;而那些满口仁义道德的人,倒可能是虚伪奸诈或迂腐无能之人。周作人为《沉沦》《蕙的风》辩护,李长之评张资平,都与袁枚论艳词艳诗相似。

"性灵说"的另一个重要方面就是强调个性与诗才,即"灵"。袁枚说:"作诗,不可以无我;无我,则剿袭敷衍之弊大,韩昌黎所以'惟古于词必己出'也。北魏祖莹云:'文章当自出机杼,成一家风骨,不可寄人篱下。'"又说诗"有人无我,是傀儡也"。[2] 这些都是强调诗歌要有个性,要有创新。而要做到这一点,则靠诗人的禀资和敏悟,

---

〔1〕王英志主编:《袁枚全集》,第二集,第527页。
〔2〕袁枚:《随园诗话》,第216、222页。

也就是诗人要有天分。袁枚说："诗文之道，全关天分，聪颖之人，一指便悟。"[1]在《何南园诗序》中，袁枚也说："诗不成于人，而成于其人之天。其人之天有诗，脱口能吟；其人之天无诗，虽吟而不如其无吟。"[2]他甚至还说："笔性灵，则写忠孝节义，俱有生气；笔性笨，虽咏闺房儿女，亦少风情。"袁枚在强调才之"天分"的同时，也强调了才之"学力"："其中不中，不离'天分学力'四字。"[3]他认为即使天分很高的人也应该虚心学习，才能博采众长。

对诗人来说，"灵"是指才，天分与学力完美结合之才；对诗歌作品来说，"灵"则指灵动与创新，"其具体表现为：有味、有趣、意新、出色"。[4]袁枚论味论趣在《随园诗话》中俯拾即是，我们不再举例，在此我们只看其论"新"。袁枚说：

> 高青邱笑古人作诗，今人描诗。描诗者，像生花之类，所谓优孟衣冠，诗中之乡愿也。……萧子显云"若无新变，不能代雄。"陆放翁曰："文章切忌参死句。"黄山谷曰："文章切忌随人后。"皆金针度人语。《渔隐丛话》笑欧公"如三馆画笔，专替古人传神"，嫌其描也。五亭山人《嘲鹦鹉》云："齿牙余慧虽偷拾，那识雷同转可羞。"又曰："争似流莺当百啭，天真还是一家言。"[5]

这些都是文学应创新的主张，袁枚将其聚在一起，无疑是非常重视诗歌之创新的。如果说"性"体现了"性灵说"的第一要义"真"，那么，

---

〔1〕袁枚：《随园诗话》，第 488 页。
〔2〕王英志主编：《袁枚全集》，第二集，第 494 页。
〔3〕袁枚：《随园诗话》，第 620、727 页。
〔4〕袁行霈等：《中国诗学通论》，第 1003 页。
〔5〕袁枚：《随园诗话》，第 235 页。

"灵"则体现了其另外两个要义,即"活"与"新"。

对于"性"与"灵",郭绍虞有如下妙论:"假使说'性'近于实感,则'灵'便近于想像。而随园诗论也即是实感与想像的综合";"假使说'性'是情的表现,则'灵'便是才的表现,而随园诗论也可说是情与才的综合";"假使说'性'近于韵,则'灵'便近于趣,而随园诗论又可说是韵与趣的综合"。[1] 这是对袁枚"性灵说"意义的总结,其强调"综合",正显出了袁枚论诗的主要特色。"性灵说"重性情、重情感、重才能、重趣味、重创新,这些都能在现代感悟批评中见到踪影,而袁枚文学批评的综合特色,也为现代感悟批评所有;李长之"感情的型"、李健吾"艺术是性灵活动的结晶"、周作人与沈从文的"趣味""兴味"等都可以在袁枚的"性灵说"中找到渊源。周作人极力倡导"趣味",沈从文则在批评中频繁使用"趣味"与"兴味"两词,这除"性灵说"的渊源外,还有"滋味说""韵味说"与"兴趣说"的渊源。

"味"是中国古代文学批评范畴中最为基本的一个。《论语·述而》中记载:"子在齐闻《韶》,三月不知肉味,曰:'不图为乐之至于斯也。'"这是说"肉味"引起的生理快感已被音乐所引起的审美快感所代替,虽未直接以"味"论美,却也将二者联系了起来。《老子》第三十五章说:"执大象,天下往,往而不害,安平太。乐与饵,过客止。道之出口,淡乎其无味,视之不足见,听之不足闻,用之不足既。"第六十三章也说"为无为,事无事,味无味。"老子以"味"论"道",其所谓"味"已不是吃东西时舌头的味觉反应,而是听人论"道"时的一种审美享受,因此老子之"味"是一个审美范畴,其标准就是"淡乎其无味"。这两者对后人以"味"论诗论文产生了重要的影响。

而直接以"味"来论诗论文则是到了文学的自觉时代——魏晋南

---

[1] 郭绍虞:《中国文学批评史》,下卷,天津:百花文艺出版社,1999 年版,第 532~533 页。

北朝才出现。刘勰在《文心雕龙》中多次提到"味",如《情采》曰:"繁采寡情,味之必厌",又如《声律》曰:"是以声画妍蚩,寄在吟咏,吟咏滋味,流于字句";[1]但"味"在《文心雕龙》中还不是一个重要的批评范畴。钟嵘的《诗品》在中国文学批评史上第一次明确地提出了"滋味说",他说:"五言居文词之要,是众作有滋味者也,故云会于流俗。""滋味"是钟嵘的诗歌审美标准,其要素即是"指事造形,穷情写物,最为详切",也就是诗人应融情于物,借物抒情来淋漓尽致地抒发真挚的感情,诗才有"滋味"。钟嵘认为诗从应恰当而综合地运用诗之三义(兴、比、赋),并"干之以风力,润之以丹采",才能"使味之者无极,闻之者动心"而达"诗之至也"。若不恰当,则诗无"滋味":"若专用比兴,患在意深,意深则词踬。若但用赋体,患在意浮,意浮则文散,嬉成流移,文无止泊,有芜漫之累矣。"[2]

钟嵘的"滋味说"除受先秦儒、道两家重"味"的美学传统外,蔡镇楚还指出了其受印度"味论"的影响。蔡镇楚引用了婆罗多的《舞论》:"味产生于情由、情态和不定情的结合。""正如各种调料、药草和原料的结合产生味,同样,各种情的结合产生味。"婆罗多把味分为八种:艳情味、滑稽味、悲怜味、暴戾味、英勇味、恐怖味、厌恶味和奇异味。据此,蔡镇楚认为:"印度佛教的传入,梵语诗学中的'味'论,对中国文学理论批评的影响,也是不言而喻的。"[3]婆罗多认为"味"由"情由、情态和不定情的结合"产生,钟嵘也将"滋味"的产生归于综合而恰当的运用各种艺术手段,即"宏斯三义","干之以风力,润之以丹采",两者是有相似之处的。先秦儒、道两家之"味",意在其是一种审美享受,婆罗多之"味"也是一种审美范畴。钟嵘的"滋味",似乎难

---

〔1〕刘勰著,范文澜注:《文心雕龙注》,第 539、553 页。
〔2〕钟嵘著,陈延杰注:《诗品注》,第 2 页。
〔3〕蔡镇楚:《中国文学批评史》,北京:中华书局,2005 年版,第 144 页。

以用准确的语言对其进行理论描述,但其作为一个审美范畴或文学批评范畴,显然也是与审美紧密相关的,概而言之,"滋味"就是指文学作品的艺术感染力和吸引力。没有感染力和吸引力的作品,是不能引起审美享受的。可见,钟嵘将"滋味"作为审美标准是符合审美规律的。

唐代司空图在前人尤其是钟嵘的"滋味说"的基础上提出了"韵味说"。司空图在《与李生论诗书》中说:

> 文之难,而诗之难尤难。古今之喻多矣,而愚以为辨于味,而后可以言诗也。江岭之南,凡足资于适口者,若醯,非不酸也,止于酸而已;若醝,非不咸也,止于咸而已。华之人以充饥而遽辍者,知其咸酸之外,醇美者有所乏耳。彼江岭之人,习之而不辨也,宜哉!诗贯六艺,则讽谕、抑扬、停蓄、温雅,皆在其间矣。然直致所得,以格自奇。前辈诸集,亦不志工于此,矧其下者耶!王右丞、韦苏州,澄澹精致,格在其中,岂妨于遒举哉?贾浪仙诚有警句,视其全篇,意思殊馁,大抵附于蹇涩,方可致才,亦为体之不备也,矧其下者哉!噫!近而不浮,远而不尽,然后可以言韵外之致耳。[1]

在《与李生论诗书》末尾,司空图又说:

> 绝句之作,本于旨极,此外千变万状,不知所以神而自神也。岂容易哉?今足下之诗,时辈固有难色,倘复以全美为工,即知

---

〔1〕司空图著,祖保泉、陶礼天笺校:《司空表圣诗文集笺校》,合肥:安徽大学出版社,2002年版,第193～194页。

味外之旨矣。[1]

司空图认为"辨于味，而后可以言诗"，这是他论诗的主旨。从这两段话来看，司空图的"韵味说"主要包含两个层面，一是"韵外之致"，二是"味外之旨"。"韵外之致"指的是诗歌中言与意的关系，即"近而不浮，远而不尽"。"近"要求形象鲜明，如在眼前，但不能浮浅；"远"要求诗歌意境含蓄深远，不尽意在言中，也就是言尽而意未尽、意味无穷。"味外之旨"指的是诗歌的审美效果，即"全美"，也就是在"咸酸之外"有更多的"醇美"，有丰富的审美蕴藉。

司空图还提出了"象外之象"，他在《与极浦书》中说："戴容州云：'诗家之景，如兰田日暖，良玉生烟，可望而不可置于眉睫之前也。'象外之象，景外之景，岂容易可谭哉？然题纪之作，目击可图，体势自别，不可废也。"[2]前一个"象"是外在之"象"，后一个"象"是主观想象之"象"，"象外之象"就是外在景象与主观情感中的艺术形象融为一体。"象外之象"与"韵外之致""味外之旨"共同构成了司空图文学批评的基石，其《二十四诗品》则是这些理论的运用。

司空图的"韵味说"源于钟嵘的"滋味说"而又有自己的独特之处，"滋味"只是指文学作品的艺术感染力与吸引力，"韵味"则将这种艺术感染力与吸引力具体化了，那就是"韵外之致"与"味外之旨"。钟嵘认为"滋味"的获得必须"宏斯三义"，司空图则认为："诗贯六艺，则讽谕、抑扬、停蓄、温雅，皆在其间"，两人都主张创作必须综合运用各种艺术手段，才能有"滋味"和"韵味"，但司空图所指更为具体。值得一提的是，司空图认为"韵味"在于"直致所得"，这与钟嵘所说"直寻"是相同，两者都强调创作的自然天成，又都揭示了艺术创作

---

[1] 司空图著，祖保泉、陶礼天笺校：《司空表圣诗文集笺校》，第194页。

[2] 同上书，第215页。

与批评中直观思维规律,而这对现代感悟批评来说是非常重要的一个方面。周作人、沈从文的"趣味""兴味"与"滋味""韵味"是相关的,同时又更受严羽"兴趣说"的影响。

《沧浪诗话·诗辨》云:

> 夫诗有别材,非关书也;诗有别趣,非关理也。然非多读书,多穷理,则不能极其至。所谓不涉理路、不落言筌者,上也。诗者,吟咏情性也。盛唐诸人惟在兴趣,羚羊挂角,无迹可求。故其妙处透彻玲珑,不可凑泊,如空中之音,相中之色,水中之月,镜中之象,言有尽而意无穷。近代诸公乃作奇特解会,遂以文字为诗,以才学为诗,以议论为诗。夫岂不工,终非古人之诗也。盖于一唱三叹之音,有所歉焉。且其作多务使事,不问兴致;用字必有来历,押韵必有出处,读之反复终篇,不知着到何在。其末流甚者,叫噪怒张,殊乖忠厚之风,殆以骂詈为诗。诗而至此,可为一厄也。[1]

严羽的"兴趣"说与钟嵘的"滋味说"及司空图的"韵味说"在内涵上有相同之处,那就是三者都指向艺术作品所包含的审美情趣,严羽的突出贡献在于他对此论述得更为详细,也更能揭示审美的规律。审美是形象思维,是直觉地观照审美对象,所以"诗有别材,非关书也;诗有别趣,非关理也"。"别材"是指艺术家所具有的艺术气质与审美能力,"别趣"是指艺术作品所具有的审美情趣与艺术魅力。"别材""别趣"与理性思维及逻辑演绎无关,即"非关书""非关理",其皆出于"吟咏情性",而那些充满理论说教或堆砌事实、雕琢字句的文章则无"别

---

[1] 严羽著,郭绍虞校释:《沧浪诗话校释》,第26页。

材"与"别趣",也就没有审美情趣,不能带来审美享受。"所谓不涉理路、不落言筌者",就是直观地呈现美、直观地感悟美,创作如此,批评也是如此。

严羽用一连串的比喻来说明"兴趣"的审美特征,即如空中之音,相中之色,水中之月,镜中之象,羚羊挂角,无迹可求;这正是司空图在《二十四诗品》中所说的"不着一字,尽得风流"。"兴趣说"强调审美情趣"不涉理路",但严羽并不排斥理,所以他"非多读书,多穷理,则不能极其至",这与他强调以"识"为"妙悟"之基础是一致的。然而,严羽对此并不深究,在说明了"兴趣"的特征之后将矛头对准了无"兴趣"的"江西体""理学体"与"晚唐体"诗歌的弊病。中国古代文学批评理论及其范畴的确立,除了总结文学创作经验与探索文学规律外,大多也具有较强的针对性,那就是痛陈文学创作中的时弊。现代感悟批评家周作人提倡"趣味"与沈从文以"趣味"为标准进行文学批评也是具有强烈针对性的,那就是反左翼的"无趣味"与反海派的"恶趣味"。

"趣味"在周作人与沈从文那里同样是一种审美情趣与审美标准,它源于古代文学批评中的"滋味""韵味""兴趣"及"性灵"等范畴,但又与这些范畴不同,它更具有现代意义,是一个现代审美范畴。康德曾说:"一种完满性的感性判断就是趣味。"[1]把趣味当作感性判断,就是说其与知识无关,而是一种直观的审美感觉,在这一层面上,"趣味"与"滋味"等是一致的。然而,"趣味的首要问题不仅是承认这个东西或那个东西是美的,而且还要注意所有美的东西都必须与之相适合的整体。"[2]趣味是从整体上对个别事物所作的审美判断,整体性是现代"趣味"的一个显著特点。周作人、沈从文谈"趣味"就不

---

[1] 转引自[德]汉斯—格奥尔格·加达默尔:《真理与方法》,第40页。
[2] [德]汉斯—格奥尔格·加达默尔:《真理与方法》,第48页。

象古代文学批评中相关范畴那样拘泥于一些具体之处,而具有整体性,即以一种整体性的审美情趣去进行文学批评,并反对"无趣味"与"恶趣味"。关于"无趣味"与"恶趣味",加达默尔认为:"趣味所真正追求的,根本不是充满趣味的东西,而是那种不伤害趣味的东西。这首先就是趣味对之下判断的东西。趣味正是这样被定义的,即它被无趣味的东西所伤害,因此它要回避这种东西,有如一切受到伤害之威胁的事物一样。所以,'坏的趣味'这一概念不是'好的趣味'的原来的相反现象,宁可说,'好的趣味'的对立面是'毫无趣味'。"[1]虽然最初"坏的趣味"不是"好的趣味"的对立,但如今"趣味"存在着好与坏、有与无、高尚与卑下等对立层面,周作人与沈从文的"趣味"就同时与"无趣味"及"恶趣味"相对,他们的"趣味"正是一种在精神上走向"贵族化"的趣味。趣味是审美判断,是审美能力的体现,它必然会有不同的层次存在,但只有那些高层次的趣味才不伤害趣味本身,才能使审美摆脱功用目的与庸俗化,因此,趣味必然应该指向审美的终极,即为精神寻求慰藉,为灵魂寻找安息之所。

　　然而,在周作人与沈从文的时代中,"无趣味"与"恶趣味"充斥着文坛,他们高举"趣味"的旗帜无疑具有重要的意义。我们的时代同样充满着实用与庸俗的趣味,但我们的时代缺乏高举"贵族化的趣味"旗帜的周作人与沈从文,即使有良知的人在呼吁,然而其声音也会很快被世俗的价值判断与低级庸俗的文化趣味所淹没。以趣味来看张资平,我们就会认同沈从文对他的批判,所以,对于张资平之类的文学作品,我们即应像李长之那样去理解,更应像沈从文那样去批判,因为只有坚持趣味的"贵族化",才能实现趣味,才能有利于艺术和人生都得到某种程度的提升。在这个意义上,趣味就是良知。对

---

〔1〕［德］汉斯—格奥尔格·加达默尔:《真理与方法》,第47页。

此,白璧德说得很好:

> 从前我们所理解的好趣味是由两种不同因素构成的,首先
> 是个人的个体感受性,其次是这种感受性受约束和控制所依据
> 的外在标准的符号。遵守这些标准对养尊处优的人们来说是一
> 种高贵的义务,在这种意义上,里瓦罗尔把趣味定义为人的文学
> 荣耀是正确的。既然外部符号被废除了,趣味并不因此就被反
> 复无常的、丰富的感受性所掌握。只有当这种感受性借助于内
> 部理解的标准得到调整时,才能实现趣味。在这种意义上,趣味
> 可以界定为一个人的文学良心。[1]

外在标准的符号没有了,但趣味并不能因此而反复无常,失去它应有
的品格。在旧有道德体系、价值观念崩溃而新的没有建立或新的并
没有被普遍遵守的时候,趣味的作用在于它不仅是一种审美情趣与
审美标准,也是一种文学良知乃至人的良知。这就是周作人、沈从文
的"趣味"所具有的现代意义。

以上我们简单地考察了中国古代文学批评中的一些基本范畴及
其对现代感悟批评的影响,这些范畴对后者的影响有些是直接的,但
更多的却是间接的,是一种渊源性的潜移默化的影响。现代感悟批
评源于古代文学批评,但它之所以是"现代"的,就在于它并不是简单
地继承传统,而是在继承时充满了创造性。对此,我们仅以李长之对
古代文学批评的阐释为例来加以说明。

---

〔1〕［美］欧文·白璧德:《法国现代批评大师》,孙宜学译,桂林:广西师范大学出版
社,2002 年版,第 236 页。

第三节　李长之对古代文学批评的阐释

上文我们谈到了现代感悟批评源于中国古代文学批评，并举《文心雕龙》《诗品》《沧浪诗话》等著作及"意境""性灵""兴趣"等范畴为例说明，但实际上，这些在某种程度上也只是中国文学批评传统的流而非源。李长之则直奔"源头"而去，以孟子为中国第一个批评家，并对孟子的批评体系进行了阐释，这些阐释对现代感悟批评有着重要作用。李长之又在司马迁的批评实践中看到了文学批评的一种典范式样，为现代感悟批评找到了一个范本。

在《批评家的孟轲》一文中，李长之认为："无论就时间，就性格，就所触及的问题，孟子是中国第一个批评家，正如屈原是中国第一个诗人。"[1]孟子作为中国第一个批评家，首先就在于他是持反功利的审美态度。李长之说："美学的精神在反功利，孟子一生却便以反功利为事业的大端，照他看，纯粹功利思想，非至国家灭亡不可，当以仁义救之。"李长之的依据是孟子说："鸡鸣而起，孳孳为善者，舜之徒也；鸡鸣而起，孳孳为利者，跖之徒也。欲知舜与跖之分，无他，利与善之间。"[2]美学是反功利的，但反功利并不就必然是美学的，李长之就从孟子"观水有术，必观其澜，日月有明，容光照焉"之语看出其艺术态度，因为"艺术的态度，是欣取，是选择，是像一个摄影家一样，会找一个最有意趣的角落，孟子就是这样的。"[3]李长之认为孟子论美主要有三个条件，即充实、完成与有生命。孟子论美也讲表现，讲

---

〔1〕李长之：《李长之文集》，第三卷，第193页。
〔2〕同上书，第167、168页。
〔3〕同上书，第169、193页。

形式,而其核心就是美善合一,李长之则将这当作美学家的最高境界。

　　孟子有自己的美学思想,而且他解决了一个大问题,即批评标准的问题。李长之指出,孟子肯定了审美是客观的,是一致的,即孟子所说的"口之于味也,有同耆焉;耳之于声也,有同听焉;目之于色也,有同美焉"。[1] "一致"就是孟子的批评标准,李长之将其当作批评成立的前提。但是,人各不相同,口味与文学趣味存在着不一致,李长之看出了孟子的标准是先验的理想状态。然而正是因为不一致和理想状态的缺失,所以需要批评:"批评不过是一种解放,不过是一种唤醒",也就是使人从"饥渴"与"病态"中解放出来,并唤醒人的审美能力;批评家应该如天才一样,"天才是近乎理想境,近乎形上界,近乎先验的纯粹的状态的,所以他们能先得我口之所嗜,能先得我心之所同然。孟子说:'大人者不失其赤子之心者也',透露了此中一点消息。"[2]不失赤子之心,是艺术的态度,也是批评的态度与标准。

　　李长之总结出孟子的批评方法有六个方面,前五个方面都对现代感悟批评有着重要意义。第一个方面是直觉的了解。李长之认为,文艺作品与生命是相同的,应该用"我们的生命最深处的触知能力去接近",而这种能力是直觉的而非分析的。孟子曰:"说诗者不以文害辞,不以辞害志,以意逆志,是为得之。"李长之解释说,以文害辞、以辞害志是"因为太沾滞于表面的分析,而缺少深入的直觉","以意逆志,就是用批评者的心灵,去探索那创作家的灵魂深处。"[3]孟子的文学批评是直觉(直观)的;直观思维,重印象与感觉,重体验与感悟正是现代感悟批评的思维特色。王国维也非常赞同孟子的这一

---

〔1〕李长之:《李长之文集》,第三卷,第 195 页。

〔2〕同上书,第 196 页。

〔3〕同上书,第 197 页。

方法,他说:"是故由其世以知其人,由其人以逆其志,则古诗虽有不能解者,寡矣。"〔1〕第二个方面是平等的欣赏。李长之指出,孟子在政治上主张"定于一",在精神创造的活动上却主张"何必同"。根据孟子观点,李长之认为在伦理或艺术的顶点可以有不同的风格,且各种风格自为标准,也就是说,要平等地欣赏,不能以此标准批评彼风格的作品,也不能以彼标准批评此风格的作品。李长之认为孟子提出的方法是真正的欣赏和批评的方法,真正的"欣取人生"的方法。平等地欣赏,实际上与现代感悟批评的"宽容"原则是相同的。第三个方面是善寻共同点。这与现代感悟批评的比较方法是相近的。第四个方面是人情化。孟子说:"凡同类者,举相似也,何独至于人而疑之,圣人与我同类者!"李长之认为创作家的生活体验与常人是相同的,不能将文学作品看作如圣人一样不可接近,它实际上也就是我们常人的生活体验。批评的人情化可以看作是现代感悟批评所坚持的人生尺度。第五个方面是提出批评的三个出发点。孟子曰:"颂其诗,读其书,不知其人可乎,是以论其世也。"孟子在这句话里提出了批评的三个出发点,即作品、作家与一般的文化状况。李长之还指出,孟子的"居移气,养移体"是对环境的注重,与泰恩(Taine,今译泰纳)的环境说同调。三个出发点也是现代感悟批评所遵循的,这是批评的整体性原则。

对孟子批评的现代阐释,李长之最为强调的是其批评家的性格与批评家的精神。李长之说:"什么是批评精神呢?就是正义感;就是对是非不能模糊,不能放过的判断力和追根究底性;就是对美好的事物,有一种深入的了解要求并欲其普遍于人人的宣扬热诚;反之,对于邪恶,却又不能容忍,必须用万钧之力击毁之;他的表现,是坦

---

〔1〕姚淦铭、王燕编:《王国维文集》,第一卷,第76页。

白,是直爽,是刚健,是笃实,是勇猛,是决断,是简明,是丰富的生命力;他自己是有进无退地战斗着,也领导人有进无退地战斗着。孟子是这样的。"[1]在李长之看来,孟子的批评性格与批评精神是所有批评家的楷模,而司马迁则是批评实践上的楷模。

在《司马迁在文学批评上的贡献》一文中,李长之也先谈了司马迁的文学理论与观念。现代心理学界以压抑说和补偿说来解释文艺创作的动因,而中国两千多年前司马迁的"发愤著书说"(在《史记·太史公自序》及司马迁的《报任少卿书》中体现出来)则与此同调。弗洛伊德认为文艺创作是出于压抑的欲望,阿德勒则认为人类在某方面有"落伍情意综"而在另一方面则要求补偿,文艺创作就是一种补偿。李长之认为司马迁的"发愤著书说"与这两者相似,但弗洛伊德的"压抑说"狭隘而阿德勒的"补偿说"琐碎卑近,司马迁的看法却要广阔得多。李长之指出,司马迁的"发愤著书说"除有压抑和补偿的含义,还有更重要的两点:"一是文学家对于自己的才华总有一种自觉,而不愿意随便埋没,这就是所谓:'所以隐忍苟活,幽于粪土之中而不辞者,恨私心有所不尽,鄙陋没世而文采不表于后也。'"二是创作由于寂寞。"李长之进而对"发愤著书说"作出了现代阐释:"补偿,寂寞,表现才华,这都是文艺创作之心理学的根据。创作由于受了压抑后的补偿,由于寂寞,由于表现才华这观点是由人类之非理性成分出发的,所以我们称司马迁是浪漫的。"[2]李长之认为司马迁是第一个将无用为大用的道理运用到文艺上的人。司马迁说"思垂空文以自见","自托于无能之辞",这就是文艺作品的无用与大用。李长之就此说道:"就浅近的功利的观点看,文学家诚然无能,文学家的文章也诚然无用,然而'古者富贵而名磨灭,不可胜记,唯倜傥非常之人

---

〔1〕李长之:《李长之文集》,第三卷,第200页。

〔2〕同上书,第203页。

称焉',到底是哪一类人更有永久性呢?所谓'究天地之际,通古今之变,成一家之言'到底是不是真无能呢?艺术的天才高于一切,艺术品的征服,所向无敌。"[1]现代感悟批评坚持批评的非功用性,而又将审美引向精神慰藉与心灵的栖居之处,就是无用为大用;李长之在司马迁身上真切地感悟到这一点并将之运用到批评实践之中。李长之还指出了司马迁的文学理论在创作原理上是抽象律与具体律,艺术的作用是节制情感。《史记》中有《滑稽列传》,李长之认为司马迁的"滑稽"是高等而入于幽默的,幽默是智慧和超脱,是悲怜和温暖,是会心的微笑和微笑中的眼泪,因而他对司马迁的幽默赞赏备至。

李长之将司马迁当作批评实践的楷模,他的理由如下:

> 司马迁是富有天才、识力和同情的大批评家,他具备着所有伟大批评家所应当有的条件。虽然他不曾写什么条分理析的批评论文,但他用叙述的方法把他深刻而中肯的了解织入他的创作(那可说是中国所仅有的史诗!)中。他像近代欧洲文艺传记家一样,描写就是批评。因为他观察深入和清楚,能够见到一个人的底蕴(包括好和坏),而出之以赞美或憎恶的浓烈情感;且即使是憎恶,却又不失其对书中人物的同情,所以他的书富有无限的魔力。我们可以说,他的书是时时在创造着,也时时在批评着。[2]

李长之认为司马迁对孔子的礼赞识力非凡,言简意赅,对老、庄、申、韩的批评则精确而公允;李长之从司马迁的这些批评中总结出情感

---

[1] 李长之:《李长之文集》,第三卷,第204页。
[2] 同上书,第205页。

与识力可以并存不悖,大批评家必须兼具此二者。

李长之认为:"司马迁所写的传记有时不是纯粹的记叙,而是论文或随笔。就像培忒的名著《文艺复兴》一样,论到达文西和温克耳曼,到底是论文? 还是传记? 实在没法说清。《史记》中表现了这种体裁的是《屈原贾生列传》。这是理想的批评文章,也是完整的艺术创作。"〔1〕司马迁传屈原先写其周围的那群小人的姿态,以衬托出屈原的正直忠贞,然而屈原以其正直忠贞而失败了,故赋《离骚》以"自怨生也"。李长之指出,屈原的真正价值在于"与愚妄战",所以司马迁不侧重屈原的忠君爱国,而侧重"疾王听之不聪也,谗谄之蔽明也,邪曲之害公也,方正之不容也,故忧愁幽思而作《离骚》"。李长之赞叹说:"后人只能见其小,司马迁独能见其大。"〔2〕屈原作《天问》,司马迁最能理解:"夫天者人之始也,父母者人之本也,人穷则反本;故劳苦倦极,未尝不呼天地,疾痛惨怛,未尝不呼父母也。屈平正道直行,竭忠尽智,以事其君,谗人间之,可谓穷矣。"李长之认为司马迁的"人穷则反本"是对屈原最为深刻的理解与体会,这是生命最为真挚的体验与感悟;批评当如是。

司马迁从屈原的人格谈到了他的风格:"其文约,其辞微,其志洁,其行廉;其称文小,而其指极大,兴类迩,而见义远。其志洁,故其称物芳;其行廉,故死而不容自疏,濯淖污泥之中,蝉蜕于浊秽,以浮游尘埃之外,不获世之滋垢,皭然泥而不滓者也。推此志也,虽与日月争光可也。"李长之说:"屈原的人格固高,文字固美,而司马迁的评传也真够艺术,他是那样说到人的心里,让人读了感到熨帖。"〔3〕李长之指出,司马迁传屈原,始终沉浸在深挚而沉痛的同情之中,这

〔1〕李长之:《李长之文集》,第三卷,第 209 页。

〔2〕同上书,第 210 页。

〔3〕同上书,第 211 页。

表明了司马迁的艺术感受力特别强。李长之要求批评家有进入作者精神世界里的本领,而司马迁正具有这种本领,所以其批评可当作文学批评的理想与楷模。在文章的末尾,李长之还提到了司马迁也为司马相如立传,但司马相如只是一个长于堆垛的辞匠,所以司马迁对之没有任何向往礼赞的话。李长之非常佩服司马迁的卓识与分寸,而这也是一个批评家所应具有的。

从李长之对孟子与司马迁文学批评的现代阐释来看,现代感悟批评源于中国古代文学批评,但现代感悟批评对传统的继承是创造性的继承,它更适于现代的批评,充分体现出了文学批评的现代魅力。而李长之对孟子与司马迁文学批评的现代阐释是以西方相关理论和批评实践为参照的,这又表明现代感悟批评所受的直接影响主要来自西方。

第七章　现代感悟批评的外因

现代感悟批评家们,除沈从文、李长之外,其他人都有过留学国外的经历。王国维、周作人到日本留学,通过日本的中转而受西方的影响;李健吾、梁宗岱到法国留学,朱光潜先到英国后到法国留学,他们都直接受西方的影响。李长之因为不承认伪满洲国的独立而失去了经东北由陆路去欧洲留学的机会,但他有深厚的外语功底,也自然能受到西方的直接影响。沈从文受西方影响的直接证据似乎没有,但他受"京派"同人的间接影响却是确定的。现代感悟批评受西方文学批评的影响是多方面的,复杂的,我们主要考察印象主义、唯美主义与直觉主义等对现代感悟批评的影响。

第一节　印象主义

欧阳文辅当年批评《咀华集》时说印象主义的死鬼到了中国,虽然他的批评没有多少道理,但也准确地道出了李健吾的文学批评是受印象主义影响的。实际上,受印象主义影响的不止李健吾,周作人、朱光潜、李长之等现代感悟批评家乃至茅盾等其他批评家都提到过印象主义批评家法朗士。但这并不说明就必然受印象主义的影响，现代感悟批评受其影响主要体现在批评实践之中。印象主义批评是法国19世纪后期出现的一种批评方法，其名称始于法国画家莫奈在1874年展出的作品《日出印象》。印象主义绘画的主要特点就是"强调在阳光下直接描绘对象、探求光与色的表现效果、提取客观事物通过瞬间感觉所给予的印象、不关心主题思想"。[1] 印象主义批评受此影响，也强调文学批评对作品瞬间印象的把握，强调批评家的主观感受，而否定任何外在的批评标准。印象主义文学批评的理论倡导者和实践者主要是法朗士（Anatole France，1844～1924）和勒梅特尔（Jules Lemaître，1853～1914，又译勒美脱尔、勒麦特尔）。

印象主义主张文学批评是印象的阐发，这对现代感悟批评注重印象的叙述影响至深。勒梅特尔说："所谓批评也者，无论它是独断的与否，无论它挂的是怎样的牌子，总都不外是阐发一件艺术作品在某一顷刻所给我们的印象，而那件艺术作品里面，则作者曾把自己在某一时间由世界接受来的印象记录在那里。"[2]批评是印象的阐发，创作是印象的记录，二者是相同的，那么，批评也就是一种创作了。主张文学批评是艺术，这是印象主义批评的核心观念，也是现代感悟批评的核心观念。法朗士在《神游》里面写道：

> 所谓文学批评，依我的见解，应如哲学，如历史，乃是一种"小说"，是为那种细致而好奇的心设的。而凡小说，苟不把它的观念弄错，那末就都无非是一种"自传"。所以好的批评家，便是那纪述自己的神魂在杰作中游涉时所经历的作家。

〔1〕伍蠡甫：《西方文论选》，下卷，上海：人民文学出版社上海分社，1964年版，第267页。

〔2〕［美］琉威松：《近世文学批评》，傅东华译，商务印书馆，1928年版，第47页。

天下无所谓客观的批评,犹之无所谓客观的艺术;凡彼自诩其著作中除"自身"而外尚有他物者,皆惑于极谬误之罔见者也。实则我人决不能越出自身的范围。这是我人的最大不幸之一。……依我的愚见,我们最好不过是大大方方承认了我们自己所处的这种可怖境地,而凡遇有不能缄默的时候,不如直白招出我们说的是自己。

批评家要十分坦白,便该对人说:

"诸君,我将与诸君谈谈我自己,而以莎士比亚或拉辛或巴斯噶或哥德为题目——这是供给我以一个好机会的题目。"[1]

法朗士将文学批评当作"小说",认为它是一种叙述,叙述的是批评家的灵魂在杰作中的探险。这实际上是主张文学批评是艺术。法朗士的这些话常被现代感悟批评家所引用,如周作人在《文艺批评杂话》中就引用了这几段话。如果说法朗士对文学批评即艺术的阐述不十分明确,那么,勒梅特尔则鲜明地提出这一主张。勒梅特尔认为文学批评是变化无穷的,最初是判断的,然后是诠释的,进而变成历史的和科学的,其发展趋势则是艺术的。"若把批评当做学说,则不免夸大,当做科学,则决不能完备,所以它似乎有仅仅成为一种艺术的趋势——这便是一种欣赏书籍的艺术,一种增富并提纯人们由书籍接受的印象的艺术。"[2]虽然文学批评的发展并未按照勒梅特尔所设想的进化路线前进,但他主张文学批评是艺术则为现代感悟批评家们所接受。

印象主义认为文学批评都是主观的,没有客观的文学批评,也没有客观的艺术作品,因为人类自身无法摆脱其局限而对世界进行客

〔1〕[美]琉威松:《近世文学批评》,第5~6页。
〔2〕同上书,第41页

观的观察与描述。因此,任何文学批评说的都是批评家自己,批评是没有客观标准的。上面所引的法朗士的话就持这样的观点。在《保护的秘密》及《弄笛者之争讼》中,法朗士在与布伦蒂埃(Ferdinand Brunetiere,又译布伦退尔、布吕纳介、布雷地耶)的论战中一再强调批评的主观性。法朗士认为在艺术和文学中不可能有一致的意见,"无论在什么时代,凡是诗的作品或是艺术的作品,便莫不是供人聚讼的题目,而美的东西之能永远成为问题,或者就是它的能大动人处之一。凡是美的东西,无不是成问题的,——这话没有被否认的可能。"[1]批评是主观的,这诚然不错,然而,批评应该也能够达到相对的客观,正如一千个读者有一千个哈姆雷特,但哈姆雷特终归是哈姆雷特,不会是其他形象。法朗士只强调绝对的主观,从而否认了相对的客观。

文学批评是主观的、印象的,它是批评家审美能力的体现,总的来说与知识、学问等不甚相关,然而人们的审美能力往往受制于知识和学问,其原因之一就在于读书过多而无选择。对此,法朗士说道:"凡是读书甚多之人,都像吃了大麻制的麻醉剂的人一般。他们不啻是生活在一个梦里。那深入的毒透进了他们的脑,使他们对于真实的世界无所感觉,而恒受种种可怖或可喜之幻象之支配。书是西洋的鸦片。""人类的运命常更迭着趋于两个矛盾的极端。中古时代的人,缘愚昧而生恐怖。其人都受困于一种心病,那已非复我们所可得而经验的了。如今,则又因读书太多而将成一种普遍的瘫痪症。"[2]法朗士的观点似乎与刘勰的"博观"原则相矛盾,实则是相成的。从事文学批评必须多读作品,必须博观广识,但其前提是要能促进批评家提高自己的审美能力;而要提高审美能力,还应有尽可能多而深刻

---

〔1〕〔美〕琉威松:《近世文学批评》,第24页。
〔2〕同上书,第8、9页。

的人生体验，因为书上得来终觉浅。对于批评家来说，读书，尤其是读理论书籍过多，达到什么都知道的境地，也就麻木了，可能会对任何事情都不会产生"好奇心"，从而丧失了对作品与对人生的敏锐感悟能力。法朗士并不反对读书，他所强调的是批评家应始终保持对艺术作品的感受与领悟的审美能力，而读书过多过滥又无生活体验则可能影响人的审美能力，因此，他主张读书要"精细"、要"审择"，只有这样，才能够让灵魂在杰作中探险。

法朗士认为："凡是大家的著作，类能与人以一种温厚的影响，足以感发明达的谈论，端重而亲切的言词，与夫闪烁不定的影像，有如好时散时结的花圈一般；又足以激起种种深长的冥想，引出一种惝悦而温驯的好奇心，以付之于一切物，而却又不欲穷物之相；又能使人追忆亲爱的前尘，淡忘丑恶的忧虑，而归返于自己的灵魂。所以当我们读这些绝好的书——这些生命的书——时，我们实不啻将它们融化入我们自己。"[1]追忆美好，忘却忧虑，返归自己的灵魂，将美的生命融化进自己的生命，这就是杰作带来的审美享受，批评家的任务就是叙述灵魂在杰作中的这种探险。法朗士在《圣林》中讲述他漫步时看到安放在松林中的条椅，由此他明白了一件事：

　　那班生活在精神的国土和在精神的国土里作长久旅行的人们，我晓得他们可以做怎样一种好事了。在我个人，我已决计要去把这些粗朴的座位安放在圣林之中和缪司的泉水附近。那种谦和而虔敬的林民的作工，于我异常适宜。这种工作无须学问，也无须规模，只须对于事物的美能发生敏锐的惊异就行了。测量道路和建立里石的事情，让村里的圣人和测量家去做罢。至

---

[1] [美]琉威松：《近世文学批评》，第10页。

> 于我，便是照料照料那些休憩，集会，做梦的处所，已够我忙的
> 了。要配我自己的胃口而适合我自己的力量，那就是批评的事
> 业；而所谓批评的事业，便是和悦地将些条椅安放在美丽的地
> 点……[1]

法朗士将文学批评比作在圣林中和缪司的泉水附近安放休憩、集会
和做梦的条椅，其主要任务就是寻美与释美，至于对文艺作品进行价
值判断及历史定位的任务，则留给文学史家去完成。这样的文学批
评观念正是现代感悟批评的观念，这些工作也是现代感悟批评家们
的工作。

印象主义提倡文学批评应该采取同情与爱的态度，这也对现代
感悟批评坚持公正与宽容的态度有所影响。勒梅特尔说："对于凡
够得上批评的当代作家，都应该用一种同情和爱的精神去接近他。
我们应该先把我们从作品中接收到的印象加以一番分析；其次，应该
尝试着去体会那件作品的作者，去描摹他的气度，刻画他的性情，查
究出世界对于他是何义意，他在世界上何所取舍，他对于人生的感想
如何，他的感觉力强弱的程度如何，以至他的心理如何组织等等。如
是，则我们可以将自己和我们所爱的作家吻合无间；苟于其中发见重
大的疵病，则我们亦必感着痛苦，且是真正的痛苦；但同时我们又可
彻见作者所以听凭此等疵病存在的苦衷，并能谅解此等疵病实即构
成作者的元素的一部分，故初看时此等疵病尚只似乎是不可免的或
差不多是必要的，未几，便觉得它们不但可以原谅，并且是可喜的
了。"[2]勒梅特尔提出批评的态度是同情与爱，及在此基础上的宽
容。同时，勒梅特尔在这段话中还说明了印象主义的批评方法与一

---

〔1〕［美］琉威松：《近世文学批评》，第11页。
〔2〕同上书，第37～38页。

般过程。印象主义批评对印象的阐发不是把零乱的印象原样地叙述出来,而须经过分析、尝试、描摹、刻画、查究等阶段,它同艺术创作一样,也注重形式与技巧等。这与李健吾所说的从印象到形成条例类似。

同为印象主义批评家,法朗士与勒梅特尔并不完全相同。法朗士认为乐趣才是衡量优劣的唯一标准,文学批评是灵魂的探险,探险就是寻找乐趣。勒梅特尔则说:"我相信一本书的真美存于一种内在而深奥的东西,即使破坏了修辞学的和习惯的规法,也不足以损害及它;我又相信一个作家的价值端在他的看物、感物、与夫措词的法子之全由自创,且足以使他轶出寻常的平面之上,——这也或者仍旧是对的。不过我的意思当然不是说文章的工具是无足重轻的,也当然不是说专务一种浅薄的,有意的新奇便可尽文章之能事。"[1]勒梅特尔对文学作品的看法显然与法朗士有着不同,法朗士强调美以及美所带来的乐趣。新奇的作品也可能带来乐趣,但新奇并不就是真美,所以勒梅特尔强调真美存于内在而深奥的东西,而这种东西不能仅仅当作享乐的对象。勒梅特尔将文学批评当作"一种欣赏书籍的艺术,一种增富并提纯人们由书籍接受的印象的艺术",他说:

> 我觉得他的作品里面充满着一切已经过去的东西;我在他的作品里面不但发见所以构成他的人格和他的特质的种种癖性,并且发见心的最新状态,即人类所已达到的最新的意识状态。这样的一个人,虽则他的才能在我之上,却是很像我的,而我们马上就立于同一个平面上了。凡是他所表现的东西,似乎都是我自己将来也能够感到,能够经验到的东西……[2]

[1]〔美〕琉威松:《近世文学批评》,第32页。
[2]同上书,第48~49页。

文学批评,对批评家来说,是一种"增富与提纯",也就是通过批评而丰富自己的生活经验和人生体验,并通过自己的批评与读者一道阅读作品从而又能丰富读者的生活经验和人生体验。这种丰富批评家的生活经验和人生体验的过程,实则也是其人生意义的丰富与人格力量的提升的过程。因此,文学批评是不能带有任何成见或偏见,而应以纯净的心灵(如沈从文所说的"无邪的眼""无渣滓的心")去直观地感悟作品,在获得印象之后去分析、整理,并联想、类比、矫正,然后才能在叙述和阐发印象的过程中得到丰富与提升,即使这种印象的叙述与阐发可能与作家记录的印象不符,批评家也是能够得益的。

李健吾评巴金的《爱情的三部曲》与卞之琳的《鱼目集》之后,遭到了二人的反驳,李健吾的回答就有对批评的"增富与提纯"作用的说明。在《答巴金先生的自白》中,李健吾说:"有一本书在他面前打开了。他重新经验作者的经验。和作者的经验相合无间,他便快乐;和作者的经验有所参差,他便痛苦。快乐,他分析自己的感受,更因自己的感受,体会到书的成就,于是他不由自已地赞美起来。痛苦,他分析自己的感受,更因自己的感受体会到自由便是在限制之中求得精神最高的活动。艺术之所以为艺术者在此,批评正不能独自立异。"[1]快乐是一种体验,痛苦也是一种体验,不管文学作品带来的是快乐还是痛苦,它都能丰富我们的体验。在《答〈鱼目集〉作者》中,李健吾说得更为明白:"但是,如今诗人自白了,我也答复了,这首诗就没有其它'小径通幽'吗?我的解释如若不和诗人的解释吻合,我的经验就算白了吗?诗人的解释可以撵掉我的或者任何其它的解释吗?不!一千个不!幸福的人是我,因为我有双重的经验,而经验的交错,做成我生活的深厚。"[2]在《咀华集·跋》中,李健吾也说:"用

---

〔1〕李健吾:《咀华集·咀华二集》,第16页。

〔2〕同上书,第78页。

不着谩骂，用不着誉扬，因为临到读书的时节，犹如德·拉·麦尔诗人所谓，分析一首诗好像把一朵花揉成片片。冷静下头脑去理解，潜下心去体味，然后，实际得到补益的是我，而受到损失的，已然就是被我咀嚼的作品——那朵每早饮露餐阳的鲜花。"[1]文学批评的价值正在于此，它不仅仅是为文学史的书写增加几页厚度，更是为了增加人生的厚度与深度；文学批评是人生的，所以能够"增富"，文学批评又是艺术的，所以能够"提纯"。丰富生活经验与生命体验，提升人格力量，为精神寻求慰藉，为灵魂寻找寓所，这就是现代感悟批评的魅力所在。

现代感悟批评深受印象主义批评的影响，但现代感悟批评绝不是印象主义批评。欧阳文辅当年批评《咀华集》时说印象主义的死鬼到了中国，这是没有道理的，他把李健吾的文学批评当作了印象主义批评，显然是错误的。现代感悟批评并不等于印象主义批评，虽然两者都注重印象、感觉，都将文学批评当作艺术，但两者更有着显著的不同。首先，印象主义是极端主观主义的，它主张抛弃客观标准而凭个人的感受与印象去自由选择、自由取舍。法朗士曾说："传统和普遍一致这两件东西，尝被人取为批评的基础。实则这两件东西没有一件是存在的。世间原有一部分的作品，尝受一种差不多普遍的意见所祖护。但若究其所以然之故，则恒由于一种成见，并非自由选择，也并不是由于人们自然取舍的结果。"[2]文学批评是主观的，这诚然不错，但批评的主观性必须尽量客观化，批评才能实现。现代感悟批评也是主观的，但它有着主观的客观化，它经历了直观到理性再到直观的双重否定过程。现代感悟批评虽然没有具体的批评标准，但始终坚持着艺术与人生两个尺度，它实际上有着自己的批评标准。

---

〔1〕李健吾：《咀华集·咀华二集》，第94页。

〔2〕〔美〕琉威松：《近世文学批评》，第27页。

比如,同样是评论福楼拜,法朗士的印象就是极端新奇与主观的:他"在福楼拜家里刚刚呆了五分钟,那铺着东方地毯的小客厅就淌满了两万个被绞断脖子的资产者的血。这个魁伟的人在屋里不停地朝各个方向踱着步子,鞋后跟碾碎着卢昂市议员的脑壳。"〔1〕李健吾的《福楼拜评传》没有象法朗士那样将主观印象绝对化,他同时又吸收了传记批评方法的优点,将主观印象尽量客观化,所以法朗士的福楼拜更多的只是他自己的福楼拜,而李健吾的福楼拜却是大家都能感受并在相当大的程度上认可的福楼拜。因此,在福楼拜的批评史上,《福楼拜评传》一书必然比《居斯塔夫·福楼拜》一文更具有艺术魅力和永久价值。现代感悟批评受印象主义的影响,但又避免了印象主义的极端,而能达到相当程度的公正与客观。

其次,印象主义批评是怀疑主义的。法朗士受圣·伯夫和勒南的相对论、怀疑论的影响而带有浓厚的怀疑论与宿命论的色彩。法朗士曾说:"完全明白无遗的是","我们对科学的信仰过去是那么强烈,现在有一半已经丧失了……甚至埃恩斯特·勒南,我们的导师,一个比其它任何人都更相信科学并对科学抱有希望的人,现在也坦然承认:现代社会完全能够建立于理性主义和实践之上的想法只是一种幻想。"〔2〕法朗士和他的导师勒南一样持怀疑与否定的态度,只相信现象与感觉,而不相信科学、理性与客观标准,所以他说:"就事实而论,我们看世界,只能经过感觉的媒介,而我们的感觉,可以随意给世界以什么形状和颜色。"〔3〕法朗士也将他的怀疑论极端化,比如他说:"美学是绝没有一点实在的东西做根据的。这是一种空中的楼阁。人们尝试把它撑在伦理学上面。然而天下并无伦理学。天下

---

〔1〕吴岳添编选:《法朗士精选集》,济南:山东文艺出版社,1998 年版,第 88 页。
〔2〕转引自[美]欧文·白璧德:《法国现代批评大师》,第 197 页。
〔3〕[美]琉威松:《近世文学批评》,第 19 页。

也没有社会学。也没有什么物理学。科学的完整之域,并未尝存在,除非是在奥古斯德·孔德先生的脑筋里,因为孔德先生的著作都是预言的。迨至一种精确的生物学曾经建设之后——便是说几百万年以后的事情——那末也许有建设一种社会学的可能。"[1]法朗士由主观主义走向了怀疑主义,又由怀疑主义走向了虚无主义。现代感悟批评注重主观印象,强调直观感悟,但它不排斥理性,它的根深深地植入了艺术与人生的坚实的土壤之中,因而它没有印象主义的怀疑论与虚无主义色彩。

再次,印象主义是享乐主义的。法朗士将乐趣当作衡量文学作品优劣的唯一标准,其享乐主义是主观主义、怀疑主义与虚无主义极端发展的必然结果。虽然勒梅特尔将"增富"与"提纯"当作文学批评的作用与意义,但难以消除印象主义的享乐色彩。现代感悟批评注重在文学批评中"寻美",但它不是享乐主义的,它是在对艺术与人生的体验与感悟中为精神寻求慰藉,为灵魂寻求归依。更为重要的是,现代感悟批评家大多对国家、民族和个体的苦难有着真切的体验,他们是正视苦难的,所以在文学批评中"寻美"来慰藉苦难的灵魂,这是印象主义批评所不具有的品格。

现代感悟批评吸收了印象主义批评的合理内核而抛弃了后者的极端主观主义、怀疑主义与享乐主义。所以说,虽然现代感悟批评深受印象主义批评的影响,但它不是印象主义批评。

第二节 唯美主义

印象主义批评对现代感悟批评的影响是显著的,与印象主义批

---

〔1〕〔美〕琉威松:《近世文学批评》,第26页。

评接近的唯美主义批评同样对现代感悟批评有所影响,而且唯美主义在中国的影响更大一些。高举"为艺术而艺术"旗帜的唯美主义,19世纪兴起于法国,后波及到英国和美国,进而成为影响全球的一种文艺思潮,并对1920年代的中国文学产生了很大的影响,这主要体现为创造社、新月社等的文学创作上。唯美主义的代表人物有法国的戈蒂叶、英国的王尔德、佩特等人。

戈蒂叶鼓吹"为艺术而艺术",他持艺术无功利的观点,认为艺术是独立于道德和政治之外的,而且没有其他任何实用的价值。戈蒂叶1834年在《莫般小姐·序言》中说:"只有毫无用处的东西才是美的;一切有用的东西都是丑的,因为这表明了某种需要,而人的需要就像他那可怜的、残缺不全的本性一样,是卑鄙无耻、令人噁心的。"[1]只有艺术是真正的美,因为艺术毫无用处,因此,艺术只以本身为目标,而与任何其他东西都无关。戈蒂叶认为只有艺术和美才是永恒的。作为唯美主义的旗手,戈蒂叶的观念影响了其他唯美主义者。王尔德是一个极端狂热的唯美主义者,他不仅认为艺术毫无用处,而且认为一切艺术都是不道德的。王尔德认为艺术不表现时代,只表现自身,他在《谎言的衰朽》中说:"艺术是有独立的生命,正和思想有独立的生命一样,而且完全按照艺术自己的种种路线向前发展。在一个现实主义的时代,艺术不一定是现实的;在一个信仰的时代,它不一定是精神的。它远非时代的产物,甚至经常和时代相对峙,而它为我们保留下来的唯一历史就是它自己的发展史。"[2]王尔德还认为生活与自然只是艺术的一部分素材,生活对艺术的摹仿远远多于艺术对生活的摹仿,他和戈蒂叶一样都非常重视艺术的形式,并将艺术等同于形式。戈蒂叶和王尔德的艺术主张主要是对创作而

---

[1] 伍蠡甫:《西方古今文论选》,上海:复旦大学出版社,1984年版,第226页。
[2] 伍蠡甫:《西方文论选》,下卷,第116页。

言的,关于批评,王尔德曾主张批评家就是艺术家,但他们都主要从事创作,而很少进行批评实践。将唯美主义观念运用到文学批评实践之中并取得巨大成就的是佩特。

沃尔特·佩特(Walter Pater,1839～1894)是英国著名的文艺批评家,1873年出版的《文艺复兴研究》(后改名为《文艺复兴》)是其最主要的批评著作,也是给他带来很高声誉的著作。创造社的郭沫若曾节译过《文艺复兴》的序言,并写有《瓦特·裴德的批评论》,成仿吾也极其欣赏佩特的文艺批评,但他们只是介绍,并没有如佩特一样进行文艺批评,与《文艺复兴》的文艺批评相似的是现代感悟批评。

《文艺复兴》由九篇论文和序言、结论组成。在九篇论文中,佩特选取了13世纪至18世纪的文学、绘画、雕刻等艺术门类中有限的几个对象进行研究,勾画出了他心目中的文艺复兴,形成了对文艺复兴的整体性认识。对直觉的强调、对开创思想的重视,是贯穿《文艺复兴》的主线,而印象式的审美批评则是其最重要的特色。

在《文艺复兴·序言》中,佩特认为美是相对的,美学研究者的真正目标"不是发现美的普遍公式,而是找到最充分地表现美的这种或那种特殊显现的公式"。佩特指出,审美批评应"照其本来面目看待事物",其"第一步,就是了解自己印象的本来面目,对之加以辨析,并明确地把握它。"佩特所谓的审美批评就是一种印象批评,而印象批评是直觉的,与理论、概念等无关,所以他说:"那些对这些印象有强烈感受并直接致力于区分和分析它们的人,根本不必费心费力地去考虑美本身是什么,美与真理或经验有什么精确联系这一类抽象问题,同在其他领域一样,形而上学的问题在这儿是毫无意义的,他可以将这些能够回答或不能回答的问题统统当做他没兴趣的问题置之不理。"佩特认为美在形式,美的形式有其特殊的,独一无二的性质,审美批评家的作用就在于区分、分析美感或快感,将美"同其附属物分离开来,指出美感与快感源自何处,在何种情况下被人感知"。佩特强调,批评家"要有某种气质,具有被一个美的客体的出现而深深感动的能力"。[1] 他自己正是这样一位具有卓越的审美能力的批评家;佩特的这些观念与现代感悟批评有着相同之处。

佩特在《文艺复兴·序言》中提出了自己的文艺批评主张,紧接着的九篇文章是这些主张的实践。佩特的文艺批评是印象式的审美批评,我们摘取《米开朗琪罗的诗》中的一段来看其这种特色:

> 在所有这些情感的领域,他(指米开朗琪罗——引者)是一个诗人,一个仍活着的诗人,一个活在我们思想最深处的财富之中的诗人,这一思想是一种对于先于生命、死后将重新陷入其中的无形状态的无言的要求,是对变化、对从变化到不变的要求,然后是对修正、神圣化和同情的冲动的要求,最终,它已离原点很远,是一种稀薄又模糊的思想,当然,它并不比那些人们历经三个世纪所拥有的、在某种程度上曾经与人的心灵那样接近的最明确的思想更模糊,新的身体产生了,它是一缕飞掠而过的光,是一种不可能触摸的、外在的结果,挂在那些过于严谨或过于无定形的脸上;它是一种梦想,稍作徘徊,便在黎明时分消退了,它未完成、无目标,也很无助;它是一种事物,有着柔弱的心灵、模糊的记忆,不大有冲击力;它是一缕呼吸,是门口的一束火焰,风中的一片羽毛。[2]

这是对米开朗琪罗的诗歌、绘画及雕塑的印象审美;这是直觉的、感

---

〔1〕[英]佩特:《文艺复兴:艺术与诗的研究》,张岩冰译,桂林:广西师范大学出版社,2002年版,本段引文皆引自该书《序言》。

〔2〕[英]佩特:《文艺复兴:艺术与诗的研究》,第131~132页。

悟的,没有理论、概念与推理,只有美的形式对美本身的说明与分析;这又是印象片断的联缀,却准确地道出了艺术的本质。诚然,我们如果只通过这一段话是无法理解和欣赏米开朗琪罗的艺术,但如果将整篇文章读完,我们就能通过佩特的印象叙述把捉到米开朗琪罗的印象记录,从而贴近米开朗琪罗的心灵并与他一同体验创造的快乐与痛苦。佩特认为,米开朗琪罗身上混合着奇异的甜蜜与力量,而且他是超越时代的。超越时代性与永恒性,是艺术的追求,也是佩特文艺批评的标准之一,更是佩特文艺批评本身的目标之一。

在《文艺复兴·结论》里,佩特充分表明了他的艺术观念与批评观念。佩特认为,美是身体中各种生理和化学反应的暂时的和谐状态,美感是由印象的组合而产生的。每个人的印象都不一样,而且这些印象瞬间即逝。只有尽量摆脱日常生活中的烦躁和嘈杂,摆脱世俗的功用目的,并摆脱理性和逻辑的困扰,努力去把捉瞬间即逝的印象,这样,"我们生命中被认为是真实的东西,经过精炼,成为闪闪发光的磷火,沿着生命的长流自我变革",才能"对那逝去的无数瞬间和转瞬即逝的遗迹产生鲜明的、有意义的独特印象"。佩特强调,面对印象,"分析束手无策"。[1] 文艺批评对印象的把捉不是分析所能胜任的,它依靠的是感觉与经验,也就是说,文艺批评只能是感性的、经验的,而不是理性的、科学的。佩特说:

> 哲学与理论知识的作用在于鼓舞起人的精神,推动它去进行敏锐、热心的观察。每一时刻,人的手中和脸上会呈现某种美好的姿态,山峰或海洋会显出格外迷人的色调,只有在此时此刻,激情、洞见或智慧的昂奋,才对我们有着不可抗拒的真实感

---

〔1〕[英]佩特:《文艺复兴:艺术与诗的研究》,第266页。

与吸引力。目的不是经验之果，而是经验本身。纵使生活丰富
多彩、富有戏剧性，真正归我们自己所有的只有这有限的
脉动。[1]

文艺批评的途径不是理性的分析，而是体验与印象感悟，文艺批评追
求的目的也不是经验的结果，而是经验本身。或者说，文艺批评的目
的不是获得一个结论或价值判断，其本身就是目的，套用唯美主义的
口号"为艺术而艺术"，文艺批评应该"为批评而批评"。佩特指出，
"真正归我们自己所有的只有这有限的脉动"，意即个体的生命是有
限的，应该在有限的生命里尽量多地捕捉到瞬间即逝的印象，以获得
尽可能多的感官享受。但又如何能做到这样呢？

佩特认为，"能使这种宝石般的火焰炽烈燃烧，且保持着这种心
醉神迷的状态，乃是人生的成功。"这就要求审美批评家应该始终保
持对艺术的激情，始终处在对美的心醉神迷的状态之中。为此，佩特
反对养成习惯，因为习惯带来的是惰性，是激情的丧失，是分辨力与
审美力的丧失。佩特说："我们必须做的，是永远好奇地检验新的意
见，博取新的印象，而绝不是轻易接受康德、黑格尔或我们自己的泛
泛的正统学说。"[2]佩特认为哲学理论和概念在一定程度上能够帮
助我们对印象的把捉，但是，"如果理论、概念或体系，为了某种我们
不能分享的利益，或为了某种我们不认可的抽象理论，或者仅仅为了
某种传统习惯，要求我们放弃亲身经验的任何一部分，我们不必去理
会它们。"[3]在佩特看来，文艺批评不是理论的演绎，不是习惯的印
证，而是对独特审美经验、审美印象的叙述与说明。在审美批评中，

---

〔1〕[英]佩特：《文艺复兴：艺术与诗的研究》，第267页。
〔2〕同上。
〔3〕同上书，第268页。

激情是必不可少的,"只有激情才能产生这种意气风发、千姿百态的意识之果。诗的激情、美的欲望、对艺术本身的热爱,是此类智慧之极。因为,当艺术降临你的面前,它会坦言:它除了在那稍纵即逝的时刻为你提供最高美感之外,不再给你什么。"[1]印象、经验、激情,是佩特文艺批评的要素,这些在现代感悟批评中有很大程度的体现。然而,佩特的唯美主义文艺批评同唯美主义艺术一样,带有享乐主义的色彩,这一方面,却为现代感悟批评所克服。

《文艺复兴》在论温克尔曼时写道:"温克尔曼本人生活中的狂热、直觉、灵感特质留给他周围人的印象,比他在思考一些艺术原则之后留下的思考的印迹要多。这位伶俐、敏感的热心人通晓了最微妙的古希腊风格,他是通过直觉和抚触,而不是通过理解实现了这种通晓"[2]。温克尔曼通过直觉而通晓了古希腊风格,佩特也是通过直觉而实现了对文艺复兴的把握。

需要说明的是,佩特的《文艺复兴》在现代感悟批评的发展期间并无全译本,这不像傅东华翻译的《近世文学批评》中法朗士与勒梅特尔的文章常被现代感悟批评家所引用。但佩特及王尔德等唯美主义者对现代感悟批评的影响是存在的,虽然没有印象主义的影响那么明显。然而,现代感悟批评同样也不等于是唯美主义,尽管它们有许多相近之处。首先,唯美主义的"为艺术而艺术"是与社会、人生脱节的。现代感悟批评虽然在很大程度上信奉这一主张,但它并不将艺术与社会、人生割裂开来,始终坚持着艺术与人生两个批评尺度。如周作人曾提倡"人生的艺术派的文学",他认为文学不应服侍人生,但应服务人生;朱光潜也认为"不即不离"是艺术与人生的理想距离:他们都没有将艺术与人生分离开来。其次,唯美主义也是享乐主义

---

〔1〕[英]佩特:《文艺复兴:艺术与诗的研究》,第 268 页。
〔2〕同上书,第 234 页。

的。戈蒂叶、王尔德的主张都带有享乐主义特点,佩特也曾因《文艺复兴·结论》有着明显的享乐主义色彩而在第二版时删除了它。现代感悟批评受唯美主义的影响而克服了其享乐主义。因此,不能将现代感悟批评视作唯美主义。

第三节　直觉主义

在美学或文艺学上,可以归在直觉主义名下的代表人物有叔本华、尼采、柏格森、克罗齐等人。直觉主义对现代感悟批评的影响是巨大的,其中,王国维主要受叔本华的影响,其他现代感悟批评家则通过朱光潜的翻译介绍而主要受克罗齐的影响。王国维受叔本华直觉主义哲学的影响较深,但二者又有着很大的不同,这表明现代感悟批评不等同于直觉主义。对此,第一章已作分析,不再赘述。此处以克罗齐为例探讨直觉主义对现代感悟批评的影响及二者的不同。

克罗齐(Benedetto Croce,1866～1952)是意大利著名的哲学家、史学家、美学家和文艺理论家。克罗齐的学说是在康德、叔本华和尼采等人的影响下创立的,其美学与文艺理论的核心就是"直觉"与"表现"(他也被视为表现主义的创始人和代表),这对现代感悟批评影响至深。

克罗齐认为:"知识有两种形式:不是直觉的,就是逻辑的;不是从想象得来的,就是从理智得来的;不是关于个体的,就是关于共相的;不是关于诸个别事物的,就是关于它们中间关系的;总之,知识所产生的不是意象,就是概念。"[1]以此为出发点,克罗齐提出了他的

---

〔1〕朱光潜:《朱光潜全集》,第十一卷,合肥:安徽教育出版社,1989 年版,第 131 页。

著名论断：艺术即直觉。对于直觉，克罗齐解释说："直觉若就其'观照'的原意来讲，同'认识'是一回事"〔1〕。在通常意义下，直觉是指不经理性分析与概括而通过感性直接认识事物本相的思维活动与心理能力。

克罗齐从四个否定判断来解释"艺术即直觉"。首先，艺术不是物理事实。克罗齐认为物理事实"并不拥有现实"，而"艺术则是高度真实的"，所以艺术不是物理事实，而且用物理方法构成艺术是完全无用的。其次，艺术与功利无关。克罗齐说："艺术也不可能是功利的活动；因为功利的活动总是倾向求得快感和避免痛感的，所以，考虑到艺术的本质，艺术就和'有用'、'快感'、'痛感'之类的东西无缘。"〔2〕他举例说喝水解渴、露天散步和伸展四肢都可以产生快感，但不是艺术。审美能引起快感，但快感与审美绝不相等，它只是掺杂在审美过程中而已。克罗齐对各种各样的快感美学理论都进行了批判。第三，艺术与道德无关。克罗齐认为，直觉就其作为认识活动来说，是和任何实践活动相对立的。"艺术并不是意志活动的结果，所以艺术便避开了一切道德的区分……一个审美意象显现出一个道德上可褒或可贬的行为，但是这个意象本身在道德上是无所谓褒贬的。"〔3〕艺术与道德无关，并不是说艺术是不道德的或是非道德的，而只是超道德的。朱光潜在解释这一点时说，"说一个幻想是道德的，一个梦是不道德的，或者说一幅画是道德的，一首诗是不道德的，无异于说一个方形是道德的，一个三角形是不道德的，都是妄言妄听的呓语。"〔4〕朱光潜认为艺术与道德无关是克罗齐艺术学说中最重

---

〔1〕［意大利］克罗齐：《美学原理·美学纲要》，第211页。
〔2〕同上。
〔3〕同上书，第213页。
〔4〕朱光潜：《朱光潜全集》，第八卷，第234页。

要的一点,因为这是对西方"自古有之"的以伦理眼光论艺术的革命,也对中国两千多年的"文以载道"是一种否定。克罗齐认为,要求艺术完成道德任务只是道德学派强加给艺术的东西。第四,艺术与概念无关。克罗齐认为概念总是现实的,"而直觉恰恰意味着现实与非现实的难以区分,意味着意象仅仅作为纯意象,即作为意象的纯粹想象性才有其价值;它使直观的、感觉的知识与概念的、理性的知识相对立,使审美的知识与理性的知识相对立"。[1]直觉是个体的,概念是共相的,直觉形成意象,概念则形成判断,两者在根本上是不相同的,艺术即直觉,所以艺术与概念无关。艺术与概念无关,也就是与知识,与"真"无关,甚至根本对立。克罗齐说:"意象性中刚一产生出思考和判断,艺术就消散,就死去:它死在变成批评家的艺术家身上,死在那些冥想者身上,他们由着迷艺术的欣赏者变成了冷静观察生活的人。"[2]克罗齐认为,直觉与实践活动是相对立的,实践活动一参与到直觉的艺术中,就对艺术构成了伤害,所以他认为数学的精神与科学的精神是诗歌精神的最公开的敌人。

克罗齐从这四个否定判断去说明了艺术即直觉,但他并没有止步,他强调了情感在直觉中的重要作用:

> 是情感给了直觉以连贯性和完整性:直觉之所以真是连贯的和完整的,就因为它表达了情感,而且直觉只能来自情感,基于情感。正是情感,而不是理念,才能给艺术领地增添了象征的那种活泼轻盈之感:即包含在再现(即艺术)范围内的灵感;在艺术中,灵感不仅通过再现,再现也不只通过灵感。……艺术永

---

〔1〕[意大利]克罗齐:《美学原理·美学纲要》,第 216 页。
〔2〕同上书,第 217 页。

远是抒情的……〔1〕

　　经过分析,克罗齐提出"艺术的直觉总是抒情的直觉",他以"情感"去限定"直觉",从而建立起了他的"艺术即直觉"的艺术本质观。

　　艺术即直觉具有四个否定判断的说明,除此之外,克罗齐还以此来消除有关艺术问题的一些争执和误解。第一是内容与形式问题的争执,艺术即直觉意味着内容与形式是不可分的。第二是直觉与表现的关系问题,一般认为是意在言先,也就是先有直觉后有表现,克罗齐认为直觉即是表现,直觉是表现的直觉,表现是直觉的表现,二者也是不可分的。第三是诗与散文的区别,对此克罗齐认为文学只有诗与非诗的区别。第四是克罗齐坚决反对给艺术分类,他认为面对作品,只应看它是否有生命而不是判断其属于何种何类。

　　上述"艺术即直觉"的各个方面,都是现代感悟批评所奉行所体现的;克罗齐的直觉主义不仅以"艺术即直觉"的本质论影响了现代感悟批评家,更以其批评论影响了现代感悟批评家。艺术批评有三种形态,即指导的批评、裁判的批评与诠释的批评,克罗齐指出这些只是批评的准备,而不是批评本身。克罗齐批判了伪审美批评与伪历史批评,"前者把批评局限于纯粹的艺术鉴赏和享受,后者则把批评局限于纯粹的注释研究或是为用想象进行复制所做的材料准备。"〔2〕克罗齐认为,真正的艺术批评既是审美的批评也是历史的批评,但审美的批评不蔑视哲学,历史的批评也不只涉及艺术的外部。"当艺术批评真正算是审美的批评或是历史的批评时,它同时也就被扩大为生活的批评了,因为如果不对整个生活的作品同时进行评价

〔1〕［意大利］克罗齐:《美学原理·美学纲要》,第227页。
〔2〕同上书,第284页。

并描绘出其特征,就不可能对艺术作品进行评价并描绘其特征。"〔1〕
因此,克罗齐认为艺术批评与其他批评是不可分的。我们可以这样
来理解,即艺术批评是综合的批评,它从艺术作品入手,它只关涉艺
术作品,而艺术作品是整个生活的作品,因而艺术批评就是生活的批
评,所以艺术批评与哲学批评、道德批评、政治批评等其他批评是不
可分的。现代感悟批评坚持艺术与人生两个尺度,实际上进行的就
是综合的批评,也就是艺术的批评和生活的批评。

　　基于这一点,克罗齐虽然宣称直觉与道德无关,艺术作品不能完
成道德家所强加的任务,但是,艺术批评是综合的批评,是生活的批
评,就必然会涉及生活的方方面面,当然也会关涉到道德及其他问
题。如在谈到现代艺术的享乐倾向时,克罗齐说道:

　　　　色情的、贪得无厌地追求享乐的现代艺术、朝着某种被误解
　　的贵族社会的混乱而努力的艺术,揭示出色情的或强暴的、野蛮
　　的理想;同时还不时追求某种既自私自利又沉湎声色的神秘主
　　义。但这种表达不信上帝,不信思想、怀疑、悲观这类灵魂状态
　　往往是最有力的、道德主义者枉然谴责的艺术——当其深刻的
　　动机和起源被人理解时——引出的并不是谴责、压制和引导艺
　　术的行为,而是把生活更有力地引导到某种更健康、更深刻的道
　　德,这种道德将是内容更高尚的某种艺术之母,我要说是某种更
　　高尚的哲学之母;这是比我们时代的哲学更高尚的哲学。〔2〕

直觉的艺术与功利无关、与道德无关,它具有一种超越性,正是这种
超越性使艺术有无用之大用,它是灵魂的寄托,是人格的提升,它能

---

　　〔1〕［意大利］克罗齐:《美学原理·美学纲要》,第288页。
　　〔2〕同上书,第270页。

"把生活更有力地引导到某种更健康、更深刻的道德"。但是，使生活有更健康、更深刻的道德却不是艺术的任务或目的，艺术是无目的和非功用的，它只关注生活中的每个灵魂，却不关注生活中的世俗事务。克罗齐认为，现代不能产生伟大的哲学与伟大的艺术，其根本原因就在于文化上的科学主义与实践上的工业主义，而这些，都是与直觉背道而驰的。艺术批评的使命之一就是要唤醒被科学主义和实用主义碾碎的直觉能力。但另一方面，克罗齐在这里也透露出直觉主义与印象主义、唯美主义一样具有享乐主义色彩。

艺术批评是综合的批评，"唯一真正的综合就是诸综合的综合，即心灵，它是真正的绝对，是纯粹的活动。"[1]关注心灵的艺术批评就是一种纯粹的活动，也就是创造的活动。虽然艺术批评与其他批评是不可分的，但艺术批评决不是其他批评，其根本之处就在于艺术批评是创造的批评，这是克罗齐艺术批评观的核心。克罗齐说："批评和认识某事为美的那种判断的活动，与创造那美的活动是统一的。唯一的分别在情境不同，一个是审美的创造，一个是审美的再造。下判断的活动叫做'鉴赏力'，创造的活动叫做'天才'；鉴赏力与天才在大体上所以是统一的。"[2]在克罗齐看来，艺术的批评就是艺术的再造，批评家就是艺术家，两者是统一的。对此，朱光潜在翻译时加注解释道："一般人以为创造靠天才，批评靠鉴赏力，是两件不同的事。克罗齐以为批评必须假道于再造，设身处地地把原作者创作时心理过程在想象中再经历一遍，然后可以判断作品的美丑，在批评但丁时，就要了解但丁，就要把自己提升到但丁的地位，再造他所曾创造的作品，因此天才与鉴赏力，创作与批评，并没有根本的分别。"[3]这

---

〔1〕［意大利］克罗齐：《美学原理·美学纲要》，第262页。

〔2〕朱光潜：《朱光潜全集》，第十一卷，第259页。

〔3〕同上书，第260页。

就是主张文学批评是艺术。

克罗齐主张批评是艺术,批评家就是艺术家,实际上秉承了印象主义批评家法朗士与勒梅特尔及唯美主义批评家佩特和王尔德的传统:他们都对现代感悟批评有着积极的影响。当然,现代感悟批评家们信仰批评是艺术,更多是由朱光潜传播与阐释克罗齐的理论而确立起来的,因此,克罗齐的直觉主义对现代感悟批评的影响是非常大的。

从以上对克罗齐直觉主义的主要观点的介绍来看,并联系前文对现代感悟批评基本特征的分析,可以发现,现代感悟批评是深受直觉主义的影响的。然而我们同样不能将二者等同相视。朱光潜曾指出:"克罗齐学说的最大特点是忽视艺术的社会性。"〔1〕现代感悟批评与直觉主义最重要的不同之处就在于它既坚持文学艺术的无功利性,又不割裂文学艺术与社会、人生的联系;同时,现代感悟批评也克服了直觉主义的享乐色彩而在文学批评中正视国家、民族和个体的苦难。因此,现代感悟批评深受直觉主义影响却又不是直觉主义,它是一种综合性的文学批评。

第四节　其他影响

孟子的"知人论世说"、司马迁的"发愤著书说"是中国古代文学批评中传记批评的理论,司马迁的《史记》则是批评实践的代表。现代感悟批评也注重传记在批评中的重要作用,所以往往将作家的经历、思想与性格(人格)等传记材料作为批评的依据,这几乎在每个现

---

〔1〕朱光潜:《朱光潜全集》,第八卷,第381页。

代感悟批评家的批评中都有所体现,而典型代表则是李健吾的《福楼拜评传》、李长之的《道教徒的李白及其痛苦》《司马迁的人格及风格》。现代感悟批评中的传记批评既受中国古代传记批评的影响,更受西方传记批评的影响。

　　西方的传记批评没有中国的那么源远流长,直到 19 世纪才确立其在文学批评中的地位。传记批评又被称为实证批评,其哲学基础主要是孔德、斯宾塞等人的实证主义。实证主义认为人不能通过科学认识事物的本质,只能通过"实证"把握到"确实的"事实,科学的任务就是对经验的描述。实证主义的经验是主观经验,不是客观规律,实证主义的方法是只进行观察,只问"是什么"而不探究"为什么"。受实证主义哲学的影响,传记批评注重通过对作家的传记材料的"实证"来论作家及其作品,这些材料主要包括作家的生平、经历、性格、思想观念、创作动机以及作家的种族、国家、所处的时代等。实证主义虽然是主观经验主义,但注重对确定性、精确性的追寻,其方法也是"科学"的方法;受其影响,传记批评也呈现出科学化的倾向。同时,传记批评又受崇尚天才、灵感和想象的浪漫主义文学思潮的影响,它又呈现出审美化的倾向。传记批评的代表人物是法国的圣·伯夫(又译圣·佩韦、圣·伯甫)。

　　圣·伯夫(1804～1869)被勃兰兑斯称为"第一个伟大的现代批评家""现代文艺批评的奠基人"。他有《当代人物肖像》《十六世纪法国诗歌概论》《星期一丛谈》等数量巨大的批评文字。圣·伯夫的传记批评以作家为主要批评对象,而把作品看作是作家的经历、性格、气质等的反映,他认为批评就是"抓住、概括、分析这整个的人"[1],其关键就在于抓住并揭示作家的灵魂与精神:"任何一部伟大作品,

---

　　[1] 杨萌隆:《西方文论家手册》,长春:时代文艺出版社,1985 年版,第 265 页。

只能由一个灵魂,一个独特的精神状态产生——这是一般的规律。"[1]圣·伯夫传记批评所研究的内容,朱光潜总结为四个方面:(1)作者必有群性,他和时代环境的关系如何?(2)作者必有个性,他所得诸遗传的如何?得于习惯的又如何?(3)作者必表现其人格于其作品,从作品中所看出的作者个性如何?(4)作者的各种著作必为完整的有机体。参观互较之,其部分与全体的相互关系如何?[2] 从这四个方面入手,圣·伯夫用采集植物的科学方法去广泛搜集与作家有关的材料,并通过这些材料去给作家"画肖像"。

圣·伯夫的传记批评强调实证、确实、真实和精确,也就是要具有科学性。对于圣·伯夫的传记批评方法,勃兰兑斯说道:

> 圣伯甫在批评的艺术方面作了各式各样的改革。首先,他为批评奠定了坚固的基础,并赋予批评以历史和科学的踏实的立脚点。古老的批评,所谓哲学的批评,处理文艺文献,仿佛它们是从云端坠落下来似的,毫不考虑作者就来评判它们,把它们归入历史的或美学的表格中的某一类。圣伯甫则在作品里看到了作家,在书页背面发现了人。他教导他自己的这一代,也教导未来的后人:一本过去的著作,一册过去的文献,我们在认识产生它的心理状态以前,在对撰写人的品格有所了解以前,是不能理解的。只有到了那时,文献才是活的。只有到了那时,灵魂才能赋予历史以生命。只有到了那时,艺术作品才变得晶莹透明,可以被理解了。[3]

---

[1] 伍蠡甫:《西方文论选》,下卷,第204页。
[2] 朱光潜:《朱光潜全集》,第八卷,第211页。
[3] 勃兰兑斯:《十九世纪文学主流》,第五分册,李宗杰译,北京:人民文学出版社,1997年版,第376页。

勃兰兑斯的这段话很能说明圣·伯夫传记批评方法的特征和精神，那就是实证的科学方法与科学精神。传记批评从作家出发来解释作品，其危险就在于容易将作家与作品划等号，产生如新批评派所谓的"意图谬见"之类的错误而对作品作出牵强附会的解释。朱光潜强调，批评的对象永远是作品。现代感悟批评家们在批评中运用传记材料或作传记批评时恪守了这一原则，他们是以传记材料来帮助对作品的理解，而不是以作品去印证传记材料，从而避免了传记批评容易导致的危险，所以我们在《福楼拜评传》和《道教徒的李白及其痛苦》中能感受到传记批评的魅力却不会为其可能存在的缺陷所扰。现代感悟批评遵循了孟子"知人论世"的原则，又借鉴了圣·伯夫传记批评方法，它将两者融合起来，既注重作家生平与时代风貌等材料对批评的作用，又避免了以作家和时代来论作品的危险，既注重作家的人格，又注重作家的才能与性情，既是感悟的，又带有一定的科学性。这也能说明现代感悟批评是中西文学批评的一种融合。

运用理论或主义而不言理论或主义，进行科学的论证与推理却无科学论证的呆板与推理的枯燥，这是圣·伯夫文学批评的一个重要的特色。"他有一种特殊的技巧，即用隐喻的鲜花遮掩他的探索与分析"[1]，也就是"不涉理路，不落言筌"。没有固定的理论基础，也没有固定的批评标准甚至就没有任何标准，只是"理解""反射"作品，拥抱作家的灵魂，在这一方面，圣·伯夫对现代感悟批评的影响是显著的。当然，没有理论、标准与目标，只如小溪一样地流淌，想包容一切，却又只是小溪，这使圣·伯夫的文学批评前后有诸多矛盾之处，他自身也陷入痛苦之中。白璧德说："他（指圣·伯夫——引者）偏离任何信仰形式：新的也好，旧的也好，完美的也好。'我希望的惟

---

〔1〕［美］欧文·白璧德：《法国现代批评大师》，第92页。

一的统一',他写道,'是包容一切的统一。'但纯粹的包容本身根本不是一种统一理论,而是分散的,因为如果圣·伯夫只以包容为目的,就如人所指出的,那他注定要成为理性世界'游荡的犹大',自然他也应遭受'缺乏固定目标和中心'的痛苦,并且试图摆脱一直不停地辛勤'挖掘着他胸膛的空虚感'。"[1]现代感悟批评虽然没有固定的、具体的标准,但其目标却是明确的,那就是让"灵魂在杰作中冒险",并为灵魂寻找慰藉与安息之所。

圣·伯夫的文学批评虽然追求实证性与科学性,但他又常常从作品出发,根据印象而评论作品,从而使其批评带有了相当的艺术性,这一方面对现代感悟批评有着更多的影响。圣·伯夫说:"批评精神本质上是温和的、暗示的、流动的和包容的。它是一条美丽宁静的小溪,围绕着作品和诗歌精品蜿蜒而行,沿岸环绕着那么多的礁石、要塞、爬满青藤的土丘和绿树成荫的山谷。在这种风景中,虽然其中的每一种东西都是固定不变的,彼此很少关心的。虽然封建时代遗留下来的高塔看不起山谷,山谷对山坡一无所知,但小溪则依次从它们身边流过,使它们沐浴其中而不受侵犯,并用自己鲜活的水拥抱它们,理解它们,反射它们,当旅行者出于好奇要了解和访问这些不同的地方时,它就把他送上一只小船,带着他静静前行,向他依次展示途中所有变化着的风景。"[2]圣·伯夫以新奇的比喻和优美的语言来说明批评的精神本质,小溪是文学批评,礁石、要塞、高塔、山谷等是各种各样的文学作品,旅行者是读者,批评就是对作品的理解并向读者展示作品的美,批评本身也应是美的、艺术的。这段话曾被印象主义批评家勒梅特尔当作《当代人》的题词,可见,圣·伯夫的批评对印象主义是有着巨大影响的,而印象主义批评又对现代感悟批

---

〔1〕[美]欧文·白璧德:《法国现代批评大师》,第126页。
〔2〕转引自[美]欧文·白璧德:《法国现代批评大师》,第81~82页。

评产生了重要的影响。

　　圣·伯夫之所以被当作现代第一个批评家，就在于他为批评注入了魅力，这种魅力是诗与生理学的混合而产生的，他把批评当作艺术，从而使批评比此前更接近艺术本身；他又把批评当作科学，从而使批评比此前更为真实与科学。"圣·伯夫几乎可以说是现代批评家中惟一一个成功地既将批评作为一种科学又当做一种艺术，或用他自己的话说，即成功地将诗与生理学结合在一起的批评家。泰纳试图把批评变成一种纯粹的科学，而其他人，如勒梅特尔则几乎完全把批评当做一种艺术来发展。"[1]当然，作为现代第一个批评家，圣·伯夫的影响是巨大的，并不限于泰纳、勒梅特尔等人，其他批评大家如左拉、勃兰兑斯等也深受他的影响。圣·伯夫对中国现代文学批评的影响，有两个方向：一是沿着圣·伯夫到法朗士、勒梅特尔的路前行的，其间又有一些勃兰兑斯的中介作用，这就是现代感悟批评[2]；另一个方向是沿圣·伯夫到泰纳、左拉的路前行的，这个方向也有一些勃兰兑斯的中介作用，其代表批评家则是茅盾。我们在引言中提到茅盾的作家作品论也具有一定的感悟特色，原因也许就在其源于圣·伯夫，但茅盾的文学批评是朝着圣·伯夫文学批评的科学化方向发展的，所以又不能划进现代感悟批评。勃兰兑斯这位丹麦的大批评家所采用的批评方法就是圣·伯夫的传记批评方法与泰纳的"种族、时代与环境"的批评方法，他对中国现代文学批评产生过重要的影响。如茅盾、沈从文都在某种程度上是受其影响而展开了自己的作家与作品批评的。

　　在《十九世纪文学主流》中论圣·伯夫时，勃兰兑斯写道："批评

---

　　〔1〕［美］欧文·白璧德：《法国现代批评大师》，第221页。
　　〔2〕需要指出的是，李长之的文学批评似乎就与圣·伯夫的一样，既是科学的，又是艺术的。

是人类心灵路程上的指路牌。批评沿路种植了树篱,点燃了火把。批评披荆斩棘,开辟新路。因为,正是批评撼动了山岳——撼动了信仰权威的山岳,偏见的山岳,毫无思想的权力的山岳,死气沉沉的山岳。"[1]这是用圣·伯夫式的语言对圣·伯夫的礼赞,也是对文学批评的致敬。勃兰兑斯的批评观念与批评风格无疑对现代感悟批评产生了影响,然而,对现代感悟批评来说,印象主义批评家的影响比勃兰兑斯的影响更大一些。

象征主义对中国现代文学的影响也是非常大的,其文学批评也对现代感悟批评有一定的影响,如"京派"诗人、批评家梁宗岱对象征主义诗人里尔克"诗是经验"的论述不仅对诗歌创作有着重要的意义,也对现代感悟批评有重要意义。梁宗岱(1903～1983),字菩根,广东新会人,他的批评著作有《诗与真》《诗与真二集》《屈原》等。梁宗岱致力于介绍和实践象征主义,其文学批评实践也具有现代感悟批评的色彩,如《屈原》就是如此,但李长之认为"这部书是美极了,简直美得过了火,以至于到了作者自己都有时不能驾驭那种美的地步"[2],因而有些武断和局促。与其他几位现代感悟批评家相比,梁宗岱并不突出,因此我们没有详细地介绍他。然而梁宗岱在《论诗》中对"诗是经验"的关注不仅对诗歌创作有着重要的意义,也对现代感悟批评也有重要意义,而且由此还可以看出象征主义对现代感悟批评的影响。

《论诗》一文写于1931年,是梁宗岱针对徐志摩《诗刊》的批评而引发出的一些关于诗歌创作问题的探讨。梁宗岱认为"诗是我们底自我最高的表现,是我们全人格最纯粹的结晶"[3],然而《诗刊》作者

---

〔1〕勃兰兑斯:《十九世纪文学主流》,第五分册,第383页。

〔2〕李长之:《李长之文集》,第三卷,第212页。

〔3〕梁宗岱:《梁宗岱文集(Ⅱ)》,北京:中央编译出版社,2003年版,第28页。

的心灵太不丰富了,其原因就在于没有一种热烈的或丰富的生活。梁宗岱深深服膺里尔克"诗是经验"的论断,于是将里尔克《勃列格底随笔》中关于"诗是经验"的论述翻译出来,以此强调诗人必须要有热烈或丰富的生活。在此基础上,梁宗岱提出:"我以为中国今日的诗人,如要有重大的贡献,一方面要注重艺术底修养,一方面还要热热烈烈地生活,到民间去,到自然去,到爱人底怀里去,到你自己底灵魂里去,或者,如果你自己觉得有三头六臂,七手八脚,那么,就一齐去,随你底便!总要热热烈烈的活着。"[1]表面看来,梁宗岱只是强调诗人应该有丰富的现实生活经验,也就是外在的经验,但梁宗岱本意并不止于此。在后来的《谈诗》一文中,梁宗岱认为:"诗人是两重观察者。他底视线一方面要内倾,一方面又要外向。"实际上,"诗是经验"既是外在的经验也是内在的经验,是二者的统一,梁宗岱说:"二者不独相成,并且相生:洞观心体后,万象自然都展示一副充满意义的面孔;对外界的认识愈准确,愈真切,心灵也愈开朗,愈活跃,愈丰富,愈自由。"[2]

梁宗岱是从诗歌创作的角度去谈论"经验"的,这也对现代新诗的发展具有重要的意义。对此,李怡先生有着深刻的论述:

> 从前期象征主义到后期象征主义,直到梁宗岱所关注的里尔克"诗是经验"的实践,西方现代诗歌的发展已经逐渐将内在体验与外在经验的双重意义凸现了出来,到后来叶芝、艾略特的诗歌追求,更是证明了在深入外在世界的同时展示心灵活动的价值,并且在根本的意义上看,这一符合西方诗歌潮流的选择也更加有利于解决中国现代新诗在30年代以后出现的问题:在

---

〔1〕梁宗岱:《梁宗岱文集(Ⅱ)》,第29页。
〔2〕同上书,第84页。

艺术自觉的道路上，人们一味返回到由古典意境所造就的空虚的诗情之中，最终不得不陷入到"诗情干枯"的窠臼，在这个意义上，只有真正地投入人生，用现实人生的血肉来激活内在的灵性，中国新诗才可能有光明的未来。这里所谓的"现实"当然不是那种排斥心灵价值的"主义"，而是诗人自我经验的一部分。……

梁宗岱对于现实生活经验与心灵世界的这种互动性理解接通了前往 40 年代中国新诗的可能，在梁宗岱与冯至以及 40 年代的新诗现代化追求之间，也就有了某种十分值得注意的贯通关系。[1]

"真正地投入人生，用现实人生的血肉来激活内在的灵性"，这是诗人应该做到的，也是批评家应该做到的。现代感悟批评始终坚持批评的人生尺度，自然就对经验非常重视，这种经验同样是现实生活经验与内在心灵经验的统一。同时，批评家应该有双重经验，一是自身的经验，一是对作品的经验，他在自身经验的基础上去体验作品的经验，对其进行理解和品评，又通过作品的经验而修正、丰富自身的经验。批评就是经验的"增富"与"提纯"的过程，也是生命意义的丰富与提升的过程。"诗是经验"是对诗歌创作规律的一种本质揭示，这种揭示同样适用于文学批评。批评是综合性的、创造性的，批评家必须设身处地地经验作家的经验，鉴赏力同天才是一致的，批评同创作是一致的，批评的"经验"同创作的"经验"也是一致的。在这个意义上来说，里尔克及象征主义对现代感悟批评也有着积极的影响。

总的来说，现代感悟批评受西方文学批评的影响是复杂的、多方

---

〔1〕李怡：《中国现代新诗与古典诗歌传统》（增订版），北京：北京大学出版社，2008年版，第 256 页。

面的。但现代感悟批评不是被动的、全盘地接受西方文学批评,而是将其融合在中国文学批评之中,有所取又有所舍,它是对西方文学批评的化用与活用,而不是搬用。上述各种西方文学批评方法既有联系,又有不同,甚至有相互对立之处,现代感悟批评都能吸收其有益的成分,从而与上述方法都有相近或相似之处,但它不是其中的任何一种,它是一种综合的、开放的、包容的和融合的文学批评。

当前文学批评中存在的"食洋不化"和"食古不化"两种倾向,其主要问题均在于缺乏创造性,缺乏对艺术与人生的真切体验与感悟。现代感悟批评对中西文学批评的融化,对古代文学批评的创造性运用,对西方文学批评的化用与活用,无疑对当前的文学批评具有重要的启示意义。

第八章　实用性与科学性之外

现代感悟批评是中西文学批评的融合，它对当前的文学批评有着重要的启示意义。现代感悟批评又是审美的与感悟的文学批评，它受实用性与科学性文学批评的挤压，然而它的意义与价值却正在实用性与科学性之外。现代感悟批评对实用性和科学性文学批评的过度实用化与科学化具有纠偏的作用，这同样对当前的文学批评有着重要的启示意义。

第一节　现代感悟批评与实用性批评

我们所论的现代感悟批评主要是审美批评，它坚持无功利的文学观和批评观，将审美放在突出的位置上，与实用性的文学批评形成了对照。自曹丕在《典论·论文》中称文章为"经国之大业，不朽之盛事"以来，"文以载道"就成为中国文学两千多年来的核心观念。"文以载道"强调文学（或文章）的社会作用，是一种实用性的观念，在这一观念的支配下，中国古代文学批评大多着眼于政治和伦理道德等方面，虽然也有审美批评，但审美不具有独立性，它是依附于实用目的的。20世纪的中国文学在绝大部分时间内都存在着审美与实用的矛盾，且实用占据了主流，压制了审美，文学批评也是如此。

在20世纪初期，王国维是审美批评的代表，他认为文学有自身独立的价值，反对文以载道的观点，否认文学的社会作用或政治作用。在第一章里，我们已探讨了王国维文学观念的六个方面，即纯文学观、游戏审美、天才观念、古雅之美、理想伦理和直观思维，前两个方面就是对实用性文学观及文学批评的否定。审美是无功利的，是严肃、诚实、正直和坦然的游戏，文学批评也与此相同。王国维在促使感悟批评的现代转型时就确立了无功利的文学观与批评观。然而，与其形成鲜明对照的是实用性文学批评的巨大影响，梁启超是其代表。

梁启超（1873～1929），字卓如，号任公，广东新会人。梁启超曾参加过"公车上书"、戊戌变法等政治改良活动，民国后也参加过许多政治活动。他是一个政治家，也是一个伟大的学者。19世纪末、20世纪初梁启超积极倡导"诗界革命""小说界革命""文界革命"和戏曲改良运动，可以说，梁启超是催生中国现代文学和现代文学批评的最大功臣。梁启超的文学批评始终着眼于社会政治，将文学当作改良社会的重要工具，他强调的是文学的社会作用，他的文学批评是典型的实用性批评。如在《论小说与群治之关系》中，梁启超指出小说有巨大的社会作用：

> 欲新一国之民，不可不先新一国之小说。故欲新道德，必新小说，欲新宗教，必新小说；欲新政治，必新小说；欲新风俗，必新小说；欲新学艺，必新小说；乃至欲新人心，欲新人格，必新小说。何以故？小说有不可思议之力支配人道故。[1]

---

〔1〕夏晓虹编：《梁启超文选》，下集，北京：中国广播电视出版社，1992年版，第3页。

梁启超认为,社会的发展进步与国民的自立自强必须依靠小说的向前发展。小说有着巨大的社会作用,所以他将小说抬到"文学之最上乘"的地位。梁启超分析了小说"支配人道"的四种力量:熏、浸、刺、提,他说:"有此四力而用之于善,则可以福亿兆人;有此四力而用之于恶,则可以毒万千载。"在梁启超看来,中国的小说没有起到正面和积极的作用:

> 吾中国人状元宰相之思想何自来乎? 小说也。吾中国人佳人才子之思想何自来乎? 小说也。吾中国人江湖盗贼之思想何自来乎? 小说也。吾中国人妖巫狐鬼之思想何自来乎? 小说也。若是者,岂尝有人焉提耳而诲之,传诸钵而授之也? 而下自屠爨贩卒、妪娃童稚,上至大人先生、高才硕学,凡此诸思想必居一于是,莫或使之,若或使之,盖百数十种小说之力,直接间接以毒人,如此其甚也。[1]

梁启超还列举更多的小说之毒害。小说能够"支配人道",然其流毒甚深甚远,因此,"今日欲改良群治,必自小说界革命始;欲新民,必自新小说始。"这就是梁启超的结论和主张。

梁启超夸大了小说的作用,而将社会之积弊、封建思想之流毒全归之于小说,这显然是不符合实际的;他又将"小说界革命"当作"新民"和"改良群治"的必经途径,这也有些误入歧途。戊戌变法的失败,使梁启超的资产阶级改良思想受挫,他在思考救亡图存的各种可能性,意识到了小说(文学)的宣传作用,因而抬高了小说在文学中的地位,这无疑是有进步意义的。但另一方面,梁启超只注重小说的政

---

〔1〕夏晓虹编:《梁启超文选》,下集,第6～7页。

治宣传与开启民智的社会作用显然也是偏颇的。鲁迅也希望通过小说（文学）来改良人生，但鲁迅认为文学的社会作用是有限的，他在《而已集·革命时代的文学》中就说："中国现在的社会情状，止有实地的革命战争，一首诗吓不走孙传芳，一炮就把孙传芳轰走了。"[1]因此，救亡图存靠的是社会革命而不是"小说界革命"。梁启超虽然倡导"小说界革命"以"新小说"，表面是文学批评，但他的落脚点在"改良群治"与"新民"，也就是开启民智、促进社会变革以救亡图存，其用意在社会与政治而不在小说，所以，这篇文章更像是具有煽动性的政论文而不是审美性的文学批评。

　　与此类似，梁启超在倡导"诗界革命"时要求诗歌有新理想、新意境、新语句，其重点也在新理想，即新的社会理想与政治理想。《论小说与群治之关系》是梁启超文学批评的纲领性文字，其小说观念也是其文学观念，因此这篇文章能够代表其文学批评的特色。从这篇文章来看，梁启超的文学批评是一种社会批评或者说是实用批评，他实际上是借文学批评来表达和宣传自己的政治主张和社会理想。虽然梁启超的文学批评在思想观念和方法上与古代文学批评已经有了很大的不同，但他仍然坚持文学的社会功用性，与传统的文学观念在本质上相差不大，仍然是"文以载道"，只不过古代文学批评所载之道是封建圣贤之道，而在梁启超那里所载之道是资产阶级改良之道。梁启超的文学批评比王国维的更容易被注重实用的人们所接受，因而他的影响在当时远远超过了王国维。

　　实用性文学批评将文学的社会作用放在突出的位置上，而现代感悟批评则将文学的审美性放在第一位。但这并不是说现代感悟批评就如王尔德的唯美主义一样认为文学毫无用处，现代感悟批评所

反对的是文学的直接功用性,它追求的是文学的无用之大用。王国维将文学的价值归结为理想伦理,他认为:"美术之价值,对现在之世界人生而起者,非有绝对的价值也。其材料取诸人生,其理想亦视人生之缺陷逼仄,而趋于其反对之方面。如此之美术,唯于如此之世界、如此之人生中,始有价值耳。……美术之价值,存于使人离生活之欲,而入于纯粹之知识。彼既无生活之欲矣,而复进之以美术,是犹馈壮夫以药石,多见其不知量而已矣。然则超今日之世界人生以外者,于美术之存亡,固自可不必问也。"[1]这是王国维在《〈红楼梦〉评论》中的观点,他将《红楼梦》的伦理价值归结为忘欲而解脱痛苦。《人间词话》第十八则云:"尼采谓:'一切文学,余爱以血书者。'后主之词,真所谓以血书者也。宋道君皇帝《燕山亭》词亦略似之。然道君不过自道身世之戚,后主则俨有释迦、基督担荷人类罪恶之意,其大小固不同矣。"[2]在这里,王国维将文学艺术"担荷人类罪恶"也当作他的理想伦理。王国维所谓之伦理,也与我们一般的伦理道德之伦理不同,它超越了人伦秩序之理而进入到了人的精神世界,触及了灵魂的根本。王国维接受叔本华哲学思想后,认为人生是痛苦的,必须于美术(艺术)之中才能获得解脱。的确,人生大都欲壑难填,痛苦不断,乃至罪恶感丛生,因此,解脱、慰藉甚至寻找苦难的承担,就成为人类永远的精神追求,以寻求灵魂的归依。其他现代感悟批评家都反对文学和文学批评的直接社会作用而追求其无用之大用。文学的无用之大用是超越了时代与民族的一时一世之利益,它是人类永恒的精神利益之体现。

然而,民族和国家的现实状况让文学家和批评家更多地关注现实,自觉或不自觉地强化了文学的社会作用。在"五四"时期,文学和

---

[1] 姚淦铭、王燕编:《王国维文集》,第一卷,第16页。
[2] 同上书,第145页。

文学批评大多都注重文学在思想启蒙上的重要作用,即使创造社主张"为艺术而艺术"追求文学的审美性,但在以文学研究会为主的写实主义文学挤压下而转向"革命文学"。"五四"时期"为人生"的文学中的"人"总的来说是"大写"的人,是集体、民族和国家的人,而不是充满个性的个体的人。"为人生"的文学观念是实用性的观念,它奠定了后来"革命文学"和左翼文学实用主义的基础,"五四"时期的思想启蒙因为过于强调社会作用就在一定程度上变成了政治启蒙。

对于"为人生"的文学,周作人早在 1920 年的《新文学的要求》中就告诫说:"人生派说艺术要与人生相关,不承认有与人生脱离关系的艺术。这派的流弊,是容易讲到功利里边去,以文艺为伦理的工具,变成一种坛上的说教。"[1]然而,新文学的发展仍然是以实用性为主体,于是,周作人从实用性文学批评大行其道之际抽身而出,转向了现代感悟批评。

周作人否定文学的实用性,强调文学的审美性,他提倡文学上的"趣味",却遭到了革命文学批评家的排挤与猛烈攻击。成仿吾认为以趣味为中心的文艺"暗示着的是一种在小天地中自己骗自己的自足,它所矜持着的是闲暇,闲暇,第三个闲暇"[2]。成仿吾将文学上的趣味放在了阶级的矛盾对立上而否定了它,成仿吾与李初梨将周作人提倡文学上的趣味称作"文学的法西谛主义"。李初梨认为趣味文学玩着四个把戏:"第一,以'趣味'为中心,使他们自己的阶级更加巩固起来。第二,以'趣味'为渔饵,把社会的中间层,浮动分子,组织进他们的阵营内。第三,以'趣味'为护符,蒙蔽一切社会恶。在中国社会关系尖锐化了的今日,他们惟恐一般大众参加社会争斗,拼命

---

〔1〕钟叔河编:《周作人文类编·本色》,第 45 页。

〔2〕成仿吾:《完成我们的文学革命》,原载 1972 年 1 月 16 日《洪水》半月刊第 3 卷第 25 期。

地把一般人的关心引到一个无风地带。第四,以'趣味'为鸦片,麻醉青年。"李初梨宣称:"一切的文学,都是宣传。普遍地,而且不可逃避地是宣传:有时无意识地,然而常时故意地是宣传。"因此,他认为文学作品应该由艺术的武器变成武器的艺术。[1] 诚然,成仿吾、李初梨等人的批评在一定程度上发现了趣味文学的不足,但他们立论的基础却完全忽略了文学作为一门艺术的根本所在。革命文学批评家将文学当作宣传的工具,当作战斗的武器,显然走向了极端功利主义。鲁迅清醒地意识到了这种观念的危险,他认为:"这艺术的武器,实在不过是不得已,是从无抵抗的幻影脱出,坠入纸战斗的新梦里去了。"[2]"纸战斗"于实际的战斗是毫无用处,其结果必然是"武器的艺术"既变成没有丝毫战斗力的武器,又成为缺乏艺术性的艺术。当然,成仿吾和李初梨的批评还是有好处的,那就是他们在政治上成功了,占据了政治的制高点,然而于文学是毫无益处的。

左联成立后,这种极端功利主义倾向得到了遏制,但左翼文学和左翼文学批评并没有改变其实用性的文学观与批评观。左翼文学批评带有明显的政治功利主义色彩,左联成立的宗旨就是"站在历史的前线,为人类社会的进化,消除愚昧顽固的保守势力,负起解放斗争的使命","以求人类彻底的解放"。[3] 左翼文学和文学批评自觉的政治功利主义造就了其话语霸权地位,从而占据了文学的主流。到1940年代,《在延安文艺座谈会上的讲话》确立了"政治标准第一,艺术标准第二"的原则,这使文学的政治功利主义得到了强化,并在周扬、艾思奇、冯雪峰、艾青、何其芳乃至国统区的茅盾等当时众多批评

---

〔1〕李初梨:《怎样地建设革命文学》,原载 1928 年 2 月 15 日《文化批判》第二号。

〔2〕鲁迅:《鲁迅全集》,第四卷,第 65 页。

〔3〕《中国左翼作家联盟的成立(报导)》,载 1930 年 3 月 10 日《拓荒者》第一卷第三期。

家的阐释下形成完整的革命文学体系。这些批评家的文章，"基本要义大致可以概括为三个方面：一、古今中外的文学作品，无一例外都是政治意识形态的必然产物，故文学为现实政治斗争服务，是文学自身内在的根本属性；二、无产阶级革命文学是无产阶级人民大众政治利益的代表，故它最根本的存在目的，也应该是传播无产阶级的思想意识或价值理念；三、文学'寓教于乐'的重心，是'教'而不是'乐'，故无产阶级革命文学应以对未来理想社会的前瞻性艺术描绘，去鼓舞人民大众的革命士气与必胜信心。"[1]解放后，这种政治功利主义的文学批评在三十年内一统天下，其他文学批评，包括现代感悟批评都没有生存的空间。

政治功利主义的文学批评，注重文学的社会作用，尤其是政治作用，它将文学当作整个革命事业的一个组成部分，只是政治斗争和革命运动的一种手段和工具，这就取消了文学的独立性，忽略了文学的审美性。然而，它在动荡的年代里，无疑具有巨大的诱惑力，它与渴望从苦难中获得解放的大众心理是契合的，虽然它对解救大众于苦难并无直接的作用。我们必须承认，政治功利主义文学批评，或左翼文学批评，对个体、民族和国家的苦难是有真切的体验，它的存在是合理的、必要的。文学批评不仅要审美，更要在审美之中促进人类的进步与自由，只有不放弃对时代和苦难的批判精神，才能增进人类的幸福，促进人类的进步与自由。在这个意义上说，政治功利主义文学批评或左翼文学批评是有其独特而重要的价值，批判精神也是所有批评家应该具有的一种精神。

但是，与现代感悟批评相比，政治功利主义批评或左翼文学批评显然缺乏对艺术的真切体验与感悟。文学批评必须要对艺术和人生

---

〔1〕宋剑华：《百年文学与主流意识形态》，长沙：湖南教育出版社，2002年版，第124页。

都有真切的体验与感悟,如果只有对人生的体验,必然会走向功利主义,另一方面,如果只有对艺术的体验,则必然会走向享乐主义。现代感悟批评既有对艺术的真切体验与感悟,又有对人生的真切体验与感悟,因而,从艺术的角度来说,它比政治功利主义文学批评或左翼文学批评更有价值和意义。即使是从社会人生的角度来说,现代感悟批评同样正视国家、民族和个体的苦难,它同样具有价值和意义,那就是超越一国一时之利益而追求永恒的精神利益,为苦难的灵魂寻求慰藉与归依。不过,现代感悟批评采取了与政治功利主义文学批评或左翼文学批评不同的体验方式,后者在对苦难的体验中注重挖掘苦难的根源与原因而力图通过批判并通过革命去消除苦难,他们认为苦难只是一时的,美好的生活就在明天。而前者在对苦难的体验中认为人生的苦难或痛苦与矛盾是与生俱来的,无法从根本上消除痛苦解决矛盾,因此,最好的途径就是为精神寻求慰藉,为灵魂找寓所,以达到精神上的解脱和自由。如此来看,现代感悟批评对人生的体验更深刻也更具有形而上的意味,而政治功利主义文学批评或左翼文学批评对人生的体验虽不乏深刻性,但也停留在实用的层面上。正是现代感悟批评的不同体验方式,预示了文学批评的更多可能性,也就为 1930 年代和 1940 年代中国文学批评带来亮丽的景色。

在 1920 年代至 1940 年代,实用性的文学批评除政治功利主义文学批评外,还有与"商业竞卖"结合以谋求实利的文学批评。沈从文反对一切谋名谋利的文学及文学批评,他认为左翼文学和文学批评有些是为名的,"海派"文学和文学批评是为利的。政治功利主义文学批评或左翼文学批评中,有些的确是谋名进而谋利的,这显然与左翼文学批评的精神是背道而驰的。李健吾也批判那些被书商收买的书评。在《福楼拜评传》中,李健吾写道:

　　"用艺术来挣钱,谄媚读众,售歌卖笑来弄名声或者弄几文
钱,是最卑贱的职业,唯其我觉得艺术家是万人之王。"

　　他反对给艺术添上一堆身外的事物;他厌闻实用与消遣的
用意。他看不出一个观念和五个佛郎之间的关联。我们必须为
艺术而艺术,否则任何职业胜似舞文弄墨。他可以忍受物质的
困厄,操守如一。在艺术上,犹如在爱情上,从一而终,是他精神
活动最高的企向……[1]

李健吾认为,如果放弃为艺术而艺术,那么,任何职业都比艺术这一
"职业"强,他坚决反对文学和文学批评的实用性。与现代感悟批评
相比,谋名谋利的文学批评有些不值得我们再去批判,他们存在的唯
一价值只能证明现代感悟批评在与实用性批评相比时具有重要的
意义。

第二节　现代感悟批评与科学性批评

　　现代感悟批评在批评活动中,即从阅读、理解到鉴赏、评价和形
成批评文字的整个过程中都以直观感悟为主要思维方式,因而它在
总体上是印象的、感性的、具体的。这与科学性的文学批评形成了对
照。科学性的文学批评以理性思维为主,注重概念与推理,在总体上
是理性的、逻辑的、抽象的。从思维方式来看,20 世纪中国文学批评
以科学性的批评为主,它对在整体上缺乏严密逻辑性、准确性、理论
性的现代感悟批评形成了挤压之势。与科学性的文学批评相比,现

---

　　〔1〕李健吾:《福楼拜评传》,第 284 页。着重号为引者所加。

代感悟批评的意义就在于它以其形象性、生动性而与丰富的、鲜活的文学及生命本身更为接近,在某种程度上也就更为接近文学与生命的真谛。

现代感悟批评在它确立的初期就与科学性的文学批评结伴而行。王国维既初步确立了现代感悟批评的雏形,又开创了科学性文学批评的道路。《〈红楼梦〉评论》是王国维第一次运用西方哲学与美学思想评论中国文学的伟大尝试,这是中国文学批评科学化、现代化的开端。《〈红楼梦〉评论》在整体上是逻辑的、推理的,具有较强的科学性,但它在运用西方哲学与美学理论时又出现了偏差,显得生硬,因而也有不少矛盾之处。我们在前面说过,这些矛盾之处是王国维对作品及人生的直观体验、感悟与理论运用之间的矛盾,所以《〈红楼梦〉评论》的魅力与意义不在于其理论与文体形式的新颖,而在于对人生苦难真切的体验与感悟。然而,将《人间词话》与《〈红楼梦〉评论》相比较,我们也会发现前者不及后者有较强的理论性、逻辑性和条理性;科学性的文学批评自然有它的长处。

"五四"时期,西方各种文艺思潮大量涌入中国,对中国现代文学批评形成了深远的影响。在这些文艺思潮中,有些就属于科学主义的,如精神分析学说、自然主义(和写实主义)等,郭沫若曾用精神分析学说进行文学批评,茅盾曾用自然主义学说进行文学批评。精神分析学说由奥地利精神病医生和心理学家弗洛伊德所创立,他将心理科学的观念与方法运用到文学批评之中,开创了文艺心理学研究之路。精神分析学说认为文学是性欲或本能欲望的升华,文学作品是梦和潜意识的改装,文学的作用在于为人的本能欲望提供合理的宣泄和满足。鲁迅翻译日本厨川白村的《苦闷的象征》之后,精神分析学说在中国的影响进一步扩大,并在 20 世纪后期又有一股新的影响浪潮。精神分析学说虽然只是由临床经验推导出的一种假说,但它无疑是具有科学性的,它在文学研究中开辟了新的领域,它在某种程度上能深刻地揭示文学创作的潜意识心理动机,抓住文艺创作的一些根本特点。但是,精神分析学说忽略了意识在文学创作中的重要作用,其"泛性欲说"也是对人的心理和行为动机的狭隘理解,缺少对文学的审美价值判断[1],它的缺陷是非常明显的。现代感悟批评在体验与感悟艺术和人生时,也有对作家和人物形象的心理的分析,如李长之,虽然没有精神分析学说的科学性、理论性,但也没有它的缺陷,却有着真切而深刻的情感体验。

茅盾在 1920 年代曾受泰纳实证主义和左拉自然主义的影响,因而他的文学批评讲究实证性与科学性。泰纳的实证主义主张从种族、环境和时代去考察和研究文学,强调文学与这三种元素的关系,这对文学研究是有意义和作用的,对社会—历史研究方法的形成奠定了基础。左拉的自然主义主张以科学控制文学,使文学回到自然,并要求作家如科学家一样记录事实,用科学实验的方法去写作,以达到科学而客观地反映现实的目的。实证主义和自然主义都追求文学批评的科学性与实证性,但它们以自然科学的方法来研究精神科学,必然会存在这样那样的缺陷。茅盾很快地就抛弃了实证主义和自然主义而转向现实主义。

现实主义文学批评在 20 世纪的中国文学批评中占据着重要的位置,它的理论基础是马克思主义哲学,它的方法是社会—历史方法,它又常常同政治结合起来,因而既带有政治功利主义色彩,又是一种科学化的文学批评。现实主义文学批评方法注重考察社会、历史、文化等背景,"从作品所由产生的社会结构(以生产力,经济基础为根本)研究作品"[2],它要求文学塑造典型环境中的典型人物,并

---

〔1〕 参见胡经之、王岳川主编:《文艺学美学方法论》,第 107～109 页。

〔2〕 胡经之、王岳川主编:《文艺学美学方法论》,第 37 页。

揭示社会发展的本质规律。以现实主义文学批评为代表的社会—历史批评从实用性与科学性两个层面上对现代感悟批评形成挤压之势。就科学性而言,现实主义文学批评能在很大程度上揭示文学的本质规律和特点,这是现代感悟批评所不具备的。然而,对文学本质规律和特点的揭示只能对已有文学现象有效,它并不必然对正在发生的或即将发生的文学现象有效,因为规律和特点都是"完成的",共性的,而文学的"真理"可能恰恰在于它的"未完成"性和独创性。现代感悟批评缺乏对文学本质规律和特点的揭示,它不具有科学性,但它能在寻美的过程中发现独特的个性和富丽的人性,从而更接近文学与人生的本真的存在。

现实主义文学批评不仅政治实用化,而且也科学化,并逐渐走向学院化。科学性是学院派文学批评的一个重要特点。到 20 世纪后期,学院派文学批评在很大程度上抛弃了实用性而更多地与审美性相结合。当然,20 世纪后期到现在也存在着谋名谋利的文学批评,也有主动出卖的书评,但这不是主流,主流的学院派文学批评的兴趣重心在于理论性、学术性或科学性。从 1980 年代起,西方近现代乃至后现代的形形色色文学批评理论与方法在中国文学批评中被重新演练了一遍,我们现在终于可以自豪地说,"我们与世界同步了。"在"与世界同步"的过程,文学批评的科学化无疑是一个重要的追求目标,科学性与审美性的结合也成为当前文学批评的特点之一。

总的来说,科学性的文学批评以理性思维为主要思维方式,注重概念与推理,追求文学批评的科学性、实证性,其特点是准确、精细、具有逻辑性与学术规范性。这些特点是现代感悟批评所不具有的,因而它受到了科学性文学批评的挤压。与科学性的文学批评相比,现代感悟批评也存在着一些局限和不足。我们以李长之的书评《卞之琳诗集〈三秋草〉》一文为例来看现代感悟批评的局限与不足。这篇文章不长，我们全抄下来：

> 正是日暮天无云的光景，大地静着，小溪水潺潺地流，细细地在诉说一切；偶尔的微风，送来了远处的人语和笑声，更要听时，却依然是水流的清音；水是这般澄澈，映了岸上的花草，又有楚楚可辨的大树的细枝；假如农人有时赶了牛经过，这可以见着秩然不紊的影，在徐徐地清晰地动，农人自然有他的世界，有他的前途，在计划，在筹措，在焦急，在生活的机械桎梏中，有他的窘迫，然而，小小的满足，会也有他的一时的鼓舞，——他的一切，却在此际释然了，溪小记着，像摄了影，用这影又制了歌曲，奏入了水声，预备着告诉给来人；还有别的什么人物来往的么？溪水仍是这么着。

> 溪水，自然有所叹息，愤意，追忆，……然它映了一切，又诉着一切；可是那叹息，愤意，追忆，……却均匀了，化开了，织入那流声，你只听着那是诉说的故事，并没有它自己的叹息，愤意，追忆，……

> 淡淡的着了笔又似乎没着笔的画，不刺激人的眼，令人可爱看那画的是什么。[1]

这篇书评可以说是理智的李长之最少理性思维与逻辑性的文学批评。如果没有标题和最后一句话，我们绝不会把这两段非常优美的文字当作文学批评或书评来看待，即使读了最后一句，如果没有标题也很难判断它是批评，仍然会把它当作优美的小品文。但是，有了标题，我们就把它当作文学批评吗？还是有很大的困难。李长之说自

---

[1] 李长之：《李长之文集》，第四卷，第30页。

己"决不想为懒人效劳。看了书评便不必读原书的提要式的书评,我决不作。"[1]那么,我们读完卞之琳的《三秋草》再来看这篇文章,会断定它是文学批评吗? 显然,我们遇到了难题。我们得把这篇文章与卞之琳的诗进行对比,既整理诗人的印象,又整理批评家的印象,最后才能形成自己的印象。虽然如此一来,文学批评的魅力显现了出来,它的目的也已经达到了,但我们还得问一句,既然我们自己能获得与李长之相似的对于诗人卞之琳的印象,我们还需要李长之吗?另一方面,如果我们不能像李长之那样去理解卞之琳,李长之对我们还有意义吗?

李长之的这篇书评可以归入小品文或散文或随笔之类的文体之中,艺术性是它的最主要特点。首先,它是直观的、印象的、感悟的,也就是感性的而不是理性的。李长之自己也承认文学批评有艺术性还得要有科学性,但这篇书评缺少科学性。现代感悟批评因为是直观的而缺少理性,缺少逻辑与推理,所以在很大程度上不符合文学批评作为论说文必须具有理论性、科学性的要求。这是现代感悟批评的局限之一。

李长之的这篇书评没有明确的文学批评方法,如果有,只能说是印象主义批评方法,它只是叙述批评家对卞之琳诗歌的主观印象,只有叙述与描绘,没有分析与判断。虽然文章最后一句话隐含了批评家对作品的评价,但不清晰不明确,也没有评判的客观标准。没有科学的批评方法,没有理论的支撑,缺少分析、不作判断,且没有客观的标准,也不符合文学批评的科学性要求。这是现代感悟批评的又一局限。

李长之的这篇书评在叙述和描绘对作品的印象时,是随意的、散

---

〔1〕李长之:《李长之文集》,第三卷,第422页。

漫的,自由的,结构不严谨完整,条理不清楚,也缺乏规范性。现代感悟批评的自由的随笔文体显然不符合现代学术论文的规范,这也是它的局限。从李长之的这篇书评来看,它只是对一个作家一部作品的微观研究,而缺少宏观性。现代感悟批评从整体上来说大多是微观研究,而不是宏观研究。科学性的文学批评,既能够进行微观研究,深入文学的最细微之处,又能够进行宏观研究,站在更高的理论高度上从更大的范围去探讨文学的本质与规律,从而建立起宏大而完整的理论体系。现代感悟批评虽然注重对艺术与人生的整体性体验与感悟,但它没有宏观的体系建构,在一定程度上只是对艺术与人生的零星的、片断的印象和感悟。缺乏宏观性与体系性也是现代感悟批评的一种局限。

现代感悟批评似乎还有一个局限,那就是容易流于说好话,也就是赞扬、吹捧作家作品。这一点是他人攻击现代感悟批评家的主要依据。但李长之的态度很明确,他说:"关于书的意见,自然不外褒贬,有好处,——不,是我感觉那是好处时,我一定有分寸的去捧,也许捧到天上,如果值得;坏处呢,我不客气,我每想作此批评犹如作一切的艺术:在求真(分别只在,别的艺术在求大自然的真,批评则求作品的真)。倘若不仅只是书作得坏,动机先有些不纯,或态度上可以贻害无穷的,那就用得着我的口号了:'疾恶如仇';我必须尽量痛骂。"[1]朱光潜的态度则是"与其浪费精力去攻击一千部坏书,不如多介绍一部好书"[2]。多介绍好书,对好书自然应该赞扬的,再联系到现代感悟批评所坚持的宽容原则,我们认为,这一局限并不是现代感悟批评的真正局限。

尽管我们可以从李长之的这篇书评里找出许多不符合文学批评

---

〔1〕李长之:《李长之文集》,第三卷,第423页。
〔2〕朱光潜:《朱光潜全集》,第八卷,第424页。

科学化的要求,但我们不得不承认这是一篇美文,这是一篇文学批评的美文。我们在寻找现代感悟批评的局限时,所依据的都是科学性文学批评的观点,这是必要的,因为自身的局限与不足只能以他者为参照的镜子才能看出。但是,我们更应该在这面镜子中照出现代感悟批评的优点和长处,并以现代感悟批评为参照的镜子,照出科学性文学批评的不足,以取长补短。当科学性的文学批评只剩下科学性时,它已经离文学很远很远了,甚至不能称作文学批评。因为文学批评虽然是一门科学,但它毕竟是对文学的批评,必须与文学相近,也就是说,它必须具有文学性或艺术性,否则就不是真正的文学批评,犹如缺乏道德的人作道德批评一样,只能是伪道学。

然而,现代感悟批评与科学性的文学批评有着根本观念上的不同与对立,那就是现代感悟批评将文学批评当作艺术,而科学性的文学批评则将批评当作科学。科学性的文学批评以其科学性、学术性等对现代感悟批评造成挤压,这种挤压从印象主义批评产生以来就一直存在着。以科学性去挤压文学批评的艺术性,较为典型的是雷纳·韦勒克。韦勒克认为在勒梅特尔和法朗士两人的论著中有着偏激的反理论立场,但又认为两人的批评形式炉火纯青。韦勒克说:"两人有数百篇文章,往往谈论一些过眼云烟的话题,却笔调闲雅,韵味无穷,这决非是言之过甚。前此,圣·伯夫的批评形式,固然已入佳境,但格局较为刻板,历史和学术内容载量较重。自哈兹里特以来,生平忆事,个人影射,比喻空想,印象派式的话旧,戏拟摹仿,乃至讽刺等等手法,益发风行,勒梅特和法朗士则乐此不疲,旨在达到其吸引和说服读者的目的。"[1]韦勒克对法朗士和勒梅特尔人持批判态度,但他对佩特则持相反的态度。对此,徐岱说道:"韦勒克的这

---

〔1〕［美］雷纳·韦勒克:《近代文学批评史(中文修订版)》,第四卷,杨自伍译,上海:上海译文出版社,2009 年版,第 37 页。

种反应在一种冠冕堂皇的说词后面掩盖着难以启齿的职业上的焦虑：如果法朗士们的这种印象论得以在批评界长驱直入，那么像韦勒克这样一些满腹经纶学富五车的学院分子不仅不再有文化优势，而且弄得不好可能还会由于缺少鲜活的艺术感觉而丢掉饭碗。显然，采取'孤立主义'策略来将佩特从法朗士们的阵营里游离出来，这是很不容易的：'印象'无论如何都是佩特的批评实践的核心所在。"[1]徐岱的观点与韦勒克的观点形成了鲜明的对比。在中国，科学性文学批评或学院派文学批评虽然没有像韦勒克批判印象主义批评那样去批判现代感悟批评，但它的漠视无疑对现代感悟批评形成了挤压之势，而且它们的批评观念至今仍然是对立的。

关于这两种批评观念的对立，我们引用郭宏安先生在《读〈批评生理学〉》(《六说文学批评》代译本序)中的一段话来说明：

> 研究论文和书刊评论是有区别的，然而在有些人眼中，这种区别不是形态、方法、目标等的区别，而是价值的区别，前者有学术性，后者无学术性，仿佛前者是甲级队，后者是乙级队，文格上就高了一等，就是说，一篇很精彩的评论其价值大约只与一篇很平庸的论文相等。论文再平庸也是论文，生下来血液就是蓝色的，其作者可以被称为或自称为"学者"；评论再精彩也是评论，至多博得个"生动活泼、文采斐然"，究竟不是正途，摆脱不掉"无学术性"的劣根，其作者只能被称为"评论家"或"批评家"。当然批评家们也不甘示弱，他们会把那些"论文"骂做老气横秋的"高头讲章"。在他们看来，什么叫"论文"，也是很莫名其妙的，似乎文章题目的头尾有"论"字是一个很重要的标志。还有长度，或

---

〔1〕徐岱：《批评美学——艺术诠释的逻辑与范式》，上海：学林出版社，2003 年版，第 231 页。

称"分量"（这"分量"二字用得尤其妙不可言），倘若文章不超过1万字，恐怕连作者本人说话的口吻都要低八度。当然，文章还要写得严肃，其实有些人并不知严肃为何物，不过是写得平淡、枯燥、古板罢了。人们实在看不出那种作家生平＋作品复述或者用语录开道、"局限性"断后的大文章有什么学术性，也许"分量"倒是有的。这些批评家未必不作如是想：此类文章的作者们不如到所谓"评论"的园地上去解放自己的生产力，倘若他们读书果真有所感的话，这样他们也许真会写出有学术价值的文章。[1]

郭宏安先生认为这两种批评的争吵还会吵下去的，但可以相互宽容而消除隔阂。其实，科学性的文学批评对现代感悟批评或艺术化的文学批评的宽容也是对它自己的宽容，因为与现代感悟批评相比，科学性的文学批评也有缺陷与不足。科学性的文学批评在追求科学、实证、准确、精细、逻辑的同时，忽略了文学的鲜活存在，在寻找规律与特点的同时忽略了文学的个性与独创性。如结构主义，在寻找文学作品的审美结构时，找到的是一些数量有限的、单调的功能、枯燥的叙事语法和简单的几何图形。虽然它有贡献，即对复杂的文学作品结构的简化，但文学作品的审美性在这种简化过程之中所剩无几。将复杂简单化，在科学上是贡献，在文学艺术上却是一种背叛。科学性的文学批评，追求理论性与学术性，在文体形式上讲究规范性，但也存在着理论说教与文体呆板的缺陷。这些不足与缺陷正是现代感悟批评所能克服的。因此，当前文学批评要克服过度科学化所带来的缺陷与不足，从现代感悟批评那里可以找到方法与途径。

---

〔1〕〔法〕蒂博代：《六说文学批评》，第20～21页。

　　而且，在当前学术体制之下，评奖制度、考核制度、职称制度乃至
导师资格的评审等成文或不成文的规定也使科学性的文学批评或学
院派文学批评带有一种隐性的实用性，那就是尽可能多地生产论文
并在高级别的学术刊物上发表，以在各种考核与评审中都能有所获
得。于是，从事文学批评的人大多无法静下心来体验与感悟艺术与
人生，始终忙着学习理论、运用理论生产论文，文学批评缺乏创造性
也就理所当然了。现代感悟批评家们能在动荡的年代、苦难的岁月
里始终保持着对艺术与人生的体验与感悟，始终追求着文学批评的
艺术化与创造性，无疑对当前的文学批评具有鞭策意义。

结　语

　　1980 年代，现代感悟批评曾有短暂的复苏，模仿李健吾批评文体一度成为风气，其中较有影响的批评家是吴亮和蔡翔。吴亮结集出版的文学批评当时有《文学的选择》《批评的发现》等，蔡翔则有《一个理想主义者的精神漫游》。吴亮和蔡翔的文学批评被许多人当作印象主义批评，但我们认为，印象主义批评与现代感悟批评是不同的，吴亮与蔡翔的文学批评在一定程度上是现代感悟批评在新时期的复苏，因为它们在批评观念与批评方法上都有许多相近之处。

　　吴亮提出了"批评即选择"的主张，他认为："文学批评不能不是一种确定性的选择。文学批评对文学的依赖，只是形式上的和时序上的。然而，在根本的意义上，文学批评绝不从属于文学。某种程度上，文学批评的认知甚至是超前的。这种超前的认知决定了批评在行使选择权利时所具有的内在自信。"[1]批评即选择，表明了文学批评是独立的而不是依附的。吴亮说："批评是个性、创造、民主和自治的代名词。我认为，文学批评只是批评精神在文学中的体现。只有在一切问题上都拥有批评本能和批评素质的人，才有可能成为够

---

〔1〕吴亮：《文学的选择》，杭州：浙江文艺出版社，1985 年版，第 99 页。

格的文学批评者。"[1]吴亮的这些观念与现代感悟批评的批评观是相近的,在《批评短论十七篇》中,他还论述了经验、个性、宽容、游戏、感觉、阅历、印象等与文学批评的关系,这同样与现代感悟批评是较为一致的。

蔡翔认为文学批评是一种解释,这种解释都带有主观性,纯粹客观的批评实际上是不存在的。蔡翔说:"批评同样是一种创造。应该说,在智力和创造力上,批评家和作家应该是等值的。"[2]他不仅主张文学批评是创造,而且也坚持了批评家和作家是平等的,因而文学批评也是独立的。蔡翔认为,真正的文学批评是创造而不只是学问与知识,他说:"批评只有在批评不再仅仅只是一种知识,一种学问,一种职业,而且还是一种对批评家的精神考验的时候,批评才有可能熔铸进批评家的全部品格、气质、情感,对人生的把握和对艺术的思考,甚至包括生活中的苦恼和困惑。这时批评才有可能成为真正的批评,成为一种创造而不是复制品。"[3]从这些话语来看,蔡翔的批评观念同现代感悟批评家们是相近的。而且蔡翔还认为"批评所关心的也应该是创作所关心的,这就是人是什么和艺术是什么"[4],这实际上类似于现代感悟批评所始终坚持的艺术与人生两个尺度。

在具体的文学批评实践中,吴亮注重直观感悟,他"有意识地放弃掉个人既定的评判框架和惯用的尺度,试图以一种陌生无知的态度来进入小说的阅读,想据此扩大自己的眼界并修正自己的理论规

---

〔1〕吴亮:《批评的发现》,桂林:漓江出版社,1988 年版,第 121 页。

〔2〕蔡翔:《一个理想主义者的精神漫游》,杭州:浙江文艺出版社,1987 年版,第 307 页。

〔3〕同上书,第 308 页。

〔4〕同上书,第 309 页。

范。换句话说,我是在尽力忘却自我的心境中来接触一九八五年的某些小说的,我想用直感来掂量它们。"[1]但吴亮也表现出了对理论的浓厚兴趣,他的文学批评寻求着直观感悟与理论运用、主观与客观之间的平衡。蔡翔的文学批评,则少有理论运用的痕迹,他沉迷在对艺术和人生的体验与感悟之中,因而比吴亮更为接近现代感悟批评。如果将吴亮、蔡翔与李健吾、李长之相比较的话,那么,吴亮就近于李长之,蔡翔则近于李健吾。吴亮像李长之一样在文学批评中追求着平衡,但吴亮的文学批评汇入了科学性、理论化的潮流。蔡翔像李健吾一样执着地感悟着艺术与人生,但他对人生的感悟远远超过了对艺术的感悟,也就是说,他不注重对文学作品的艺术上的体验与感悟。蔡翔的文学批评充满了对逝去不久的劫难岁月的批判与反思,充满了对现实人生的理解与宽容以及对未来生活的设想与憧憬,而缺乏李健吾文学批评所具有的形上品格及对艺术与人生的并重。吴亮与蔡翔的文学批评虽然在一定程度上是现代感悟批评在 1980 年代的复苏,但他们都汇入了时代潮流,一个向着科学化的方向前进,一个向着社会与历史批评的方向发展,都没有坚持直观感悟的审美批评。现代感悟批评的短暂复苏,很快便淹没在实用性的或科学性的文学批评之中。对此,温儒敏先生所指出:"一些继承者忽略了印象派批评的局限性,一味崇拜'印象'与'感觉',结果只学会了李健吾的皮毛,而丢弃了他的批评精神,这就有点可惜了。"[2]这种批评精神就是李长之所说的"有所摧毁,有所探索,有所肯定,抗战着,也建立着",其核心在于对艺术与人生都有真切而深挚的体验与感悟。

其实,现代感悟批评在 1980 年代的昙花一现,正说明现代感悟

---

[1] 吴亮:《批评的发现》,第 72 页。

[2] 温儒敏《批评作为渡河之筏捕鱼之筌——论李健吾的随笔性批评文体》,《天津社会科学》,1994 年第 4 期。

批评的独特性与不可重复操作性,这是它难以兴盛的根本原因。现代感悟批评家们在一定程度上都赞同天才观念,认为文学是天才的事业,文学批评也应是天才的事业,也可以说他们都是天才或者有艺术天分的。王国维接受了康德的天才观念,但他又提出"古雅",认为常人同样可以进行艺术创造,当然也可以从事文学批评。李健吾也认为天分就是忍耐。天才或天分是先天的,但通过后天的努力,同样可以获得与天才相似的创造力。但当前从事文学批评的人,大多出于这样或那样的原因(谋名谋利或体制所迫)而热衷于理论和科学性的文学批评,因为这是比较容易操作的,不需要多少创造力的而且能见实效的,于是在实用主义心态和理论的限制之下,缺少对艺术和人生的真切体验与感悟,文学批评的创造力渐渐退化。

　　李健吾将天分看作忍耐,就是要求批评家不为世俗利益所诱惑,潜下心来体验和感悟艺术与人生。在很大程度上,现代感悟批评只适宜于现代感悟批评家们在那时的独特体验与感悟。这种独特的体验与感悟包括对国家、民族和个体自身苦难的体验与感悟,王国维、李健吾、沈从文等无不对此有着真切的体验与感悟。在 1980 年代,现代感悟批评的短暂复苏也与吴亮、蔡翔等人对劫难岁月里国家、民族和个体的苦难的体验有关。蔡翔曾说:"生命的价值在于它永恒的运动过程。旧的苦难不死,新的苦难就不会产生。一种新苦难意味着人的一种新境界。"[1]蔡翔的文学批评也有着对人生苦难的深切体验与感悟。在我们这个物质昌明、社会稳定的时代,已不必像现代感悟批评家们那样体验苦难了,因而我们也在很大程度上难以像他们一样从事文学批评。但是,人生的痛苦与矛盾是永在的,无论处于什么样的时代,我们都应该能够对此有所体验与感悟。只不过在

----

〔1〕蔡翔:《一个理想主义者的精神漫游》,第 227 页。

这实用主义盛行的时代,在这以名利为价值衡量标准的时代,我们难以忍耐,难以在沉潜状态之中去体验和感悟艺术与人生,也就谈不上体验与感悟的真切与深刻了。

然而,无论如何,文学批评都应该有对艺术和人生的深刻体验与真切感悟。科学性的文学批评或学院派的文学批评忽略了这一点,在他们看来,这种充满体验与感悟的印象式文学批评缺少"学术性",因而不屑为之。感悟性的、艺术化的文学批评同科学性的文学批评或学院派的文学批评在根本观念上是不同与对立的,但两种文学批评可以互为参照,取长补短,在它们之间可以也应该能够找到一种结合的途径。

对此,乔治·布莱的观点是有启发性的。乔治·布莱分析了两种文学批评的不同:"批评家所使用的语言媒介可以使他无限地接近或远离他所考察的作品。如果他愿意,他可以最紧密地逼近所谈的作品,他依仗的是一种风格的摹仿,这可以将被批评的作品的感性主题转移到批评家的语言中去。或者,他可以使语言具有一种纯粹的结晶化效能,一种绝对的半透明性,它不容许主体和客体之间有任何模糊存在,因此而有利于认识能力在主体中的运用,同时又在客体中加强了明显突出其对主体无限疏远的那些特性。在这些情况的第一种之中,批评思维能够与它的处理的模糊现实建立一种令人赞叹的默契关系;而在另外一种情况中,它会导致最全面的分裂。此时它具有最大限度的清醒,其结果是完成一种分裂,而不是联合。""批评这样就摇摆于两种可能性之间,一种是未经理智化的联合,一种是未经联合的理智化。"[1]乔治·布莱认为,不能同时采用两种批评形式而削除它们之间的对立,但可能在一种交替的运动中把两者结合起

---

〔1〕〔比〕乔治·布莱:《批评意识》,郭宏安译,桂林:广西师范大学出版社,2002年版,第249页。

来。那么,我们是否可以认为,以李健吾为代表的现代感悟批评就是两种文学批评的结合呢？现代感悟批评是否因其自由的、创造的对艺术与人生的真切与深挚的体验和感悟而代表着新世纪里文学批评的一个重要的可能方向呢？我们认为,不一定要重新树起现代感悟批评的旗帜,但现代感悟批评使我们相信,两种文学批评的结合是可能的。

参考文献

［美］M. H. 艾布拉姆斯：《镜与灯：浪漫主义文论及批评传统》，郦稚牛等译，北京：北京大学出版社，2004 年版。

白寅：《心灵化批评：中国古代文学批评的思维特征》，北京：中国社会科学出版社，2005 年版。

卞之琳：《卞之琳文集》，合肥：安徽教育出版社，2002 年版。

［丹麦］勃兰兑斯：《十九世纪文学主流》，第五分册，李宗杰译，北京：人民文学出版社，1997 年版。

曹顺庆：《中西比较诗学》，北京：北京出版社，1988 年版。

陈本益：《西方现代文论与哲学》，重庆：重庆大学出版社，1999 年版。

陈国恩：《浪漫主义与 20 世纪中国文学》，合肥：安徽教育出版社，2000 年版。

陈思和：《中国当代文学史教程》，上海：复旦大学出版社，1999 年版。

陈子善编：《叶公超批评文集》，珠海：珠海出版社，1998 版。

蔡翔：《一个理想主义者的精神漫游》，杭州：浙江文艺出版社，1987 年版。

蔡镇楚：《中国文学批评史》，北京：中华书局，2005 年版。

［英］戴维·洛奇编：《二十世纪文学评论》，葛林等译，上海：上海文艺出版社，1987 年版。

［法］蒂博代：《六说文学批评》，赵坚译，北京：生活·读书·新知三联书店，2002 年版。

冯宪光：《文学价值的追求》，成都：四川文艺出版社，1993 年版。

冯宪光、马睿：《审美意识形态的文本分析》，成都：四川大学出版社，2001 年版。

佛雏：《王国维诗学研究》，北京：北京大学出版社，1987 年版。

郜元宝、李书编:《李长之批评文集》,珠海:珠海出版社,1998年版。

归青、曹旭:《中国诗学史·魏晋南北朝卷》,厦门:鹭江出版社,2002年版。

郭宏安编:《李健吾批评文集》,珠海:珠海出版社,1998年版。

郭沫若:《郭沫若论创作》,上海:上海文艺出版社,1983年版。

郭绍虞:《中国文学批评史》,天津:百花文艺出版社,1999年版。

郭绍虞:《中国历代文论选》,四册,上海:上海古籍出版社,2001年版。

韩石山:《李健吾传》,太原:山西人民出版社,2006年版。

[德]汉斯—格奥尔格·加达默尔,《真理与方法》,洪汉鼎译,上海:上海译文出版社,1999年版。

[德]黑格尔:《美学》,朱光潜译,北京:商务印书馆,1996年版。

胡经之、王岳川主编:《文艺学美学方法论》,北京:北京大学出版社,1994年版。

胡适选编:《中国新文学大系·建设理论集》,上海:上海良友图书印刷公司印行,1935年版。

黄宝华、文师华:《中国诗学史·宋金元卷》,厦门:鹭江出版社,2002年版。

黄键:《京派文学批评研究》,上海:三联书店,2002年版。

洪汉鼎主编:《理解与解释——诠释学经典文选》,北京:东方出版社,2001年版。

贾植芳等编:《文学研究会资料》,郑州:河南人民出版社,1985年版。

蒋原伦:《90年代批评》,天津:天津社会科学院出版社,2000年版。

[美]金介甫:《凤凰之子:沈从文传》,符家饮译,北京:中国友谊出版公司,1999年版。

[德]康德:《判断力批判》,邓晓芒译,北京:人民出版社,2002年版。

[意大利]克罗齐:《美学原理·美学纲要》,朱光潜等译,北京:外国文学出版社,1983年版。

[美]雷纳·韦勒克:《近代文学批评史(中文修订版)》,第四卷,杨自伍译,上海:上海译文出版社,2009年版。

[美]雷纳·韦勒克、奥·沃伦:《文学理论》,刘象愚等译,北京:生活·读书·新知三联书店,1984年版。

李长之:《李长之文集》,一至十卷,石家庄:河北教育出版社,2006年版。

李广田:《李广田文学评论选》,昆明:云南人民出版社,1983年版。

李广田:《诗的艺术》,上海:开明书店,民国三十五年版。

李健吾:《福楼拜评传》,桂林:广西师范大学出版社,2007年版。

李健吾：《咀华集·咀华二集》，上海：复旦大学出版社，2005 年版。

李健吾：《李健吾文学评论选》，银川：宁夏人民出版社，1983 年版。

李怡：《现代：繁复的中国旋律》，北京：中央编译出版社，2001 年版。

李怡：《现代性：批判的批判》，北京：人民文学出版社，2006 年版。

李怡：《中国现代新诗与古典诗歌传统》（增订版），北京：北京大学出版社，2008
年版。

李振声编：《梁宗岱批评文集》，珠海：珠海出版社，1998 年版。

李贽：《李贽文集》，第一卷，北京：社会科学出版社，2000 年版。

梁实秋：《梁实秋论文学》，台北：时报文化出版公司，1982 年版。

梁宗岱：《梁宗岱文集（Ⅱ）》，北京：中央编译出版社，2003 年版。

刘纳：《从五四走来：刘纳学术随笔自选集》，福州：福建教育出版社，2000
年版。

刘纳：《嬗变——辛亥革命时期至五四时期的中国文学》，北京：中国社会科学
出版社，1998 年。

刘锋杰：《中国现代六大批评家》，北京大学出版社，2005 年版。

刘洪涛编：《沈从文批评文集》，珠海：珠海出版社，1998 年版。

刘烜：《王国维评传》，南昌：百花洲文艺出版社，1997 年版。

［美］琉威松（Ludwing Lewisohn）：《近世文学批评》，傅东华译，商务印书馆，
1928 年版。

［美］刘若愚：《中国文学理论》，杜国清译，南京：江苏教育出版社，2006 年版。

刘勰：《文心雕龙注》，范文澜注，人民文学出版社，2008 年版。

鲁迅：《鲁迅全集》，北京：人民文学出版社，2005 年版。

［斯洛伐克］玛利安·高利克：《中国现代文学批评发生史（1917—1930）》，陈圣
生等译，北京：社会科学文献出版社，1997 年版。

茅盾：《茅盾论中国现代作家作品》，北京：北京大学出版社，1980 年版。

毛迅：《徐志摩论稿》，成都：四川大学出版社，1991 年版。

［法］蒙田：《蒙田随笔全集》，潘丽珍等译，南京：译林出版社，1996 年版。

［美］欧文·白璧德：《法国现代批评大师》，孙宜学译，桂林：广西师范大学出版
社，2002 年版。

潘知常：《王国维：独上高楼》，北京：文津出版社，2004 年版。

［英］佩特：《文艺复兴：艺术与诗的研究》，张岩冰译，桂林：广西师范大学出版
社，2002 年版。

卜召林主编:《中国现代新文学批评研究》,济南:山东大学出版社,2003 年版。

钱理群:《周作人研究二十一讲》,北京:中华书局,2004 年版。

钱理群、温儒敏、吴福辉:《中国现代文学三十年》(修订本),北京:北京大学出版社,1998 年版。

[比]乔治·布莱:《批评意识》,郭宏安译,桂林:广西师范大学出版社,2002 年版。

商金林编:《朱光潜批评文集》,珠海:珠海出版社,1998 年版。

沈从文:《沈从文全集》,第十六、十七卷,太原:北岳文艺出版社,2002 年版。

[德]叔本华:《叔本华论文集》,天津:百花文艺出版社,1987 年版。

[德]叔本华:《作为意志和表象的世界》,石冲白译,北京:商务印书馆,1982 年版。

司马长风:《中国新文学史》,香港:昭明出版社,1978 年版。

司空图:《司空表圣诗文集笺校》,祖保泉、陶礼天笺校,合肥:安徽大学出版社,2002 年版。

宋剑华:《百年文学与主流意识形态》,长沙:湖南教育出版社,2002 年版。

唐湜:《新意度集》,北京:生活·读书·新知三联书店店,1990 年版。

童庆炳主编:《文学理论教程》(修订版),北京:高等教育出版社,1998 年版。

王富仁:《中国反封建思想革命的一面镜子》,北京:北京师范大学出版社,1986 年版。

王富仁:《中国的文艺复兴》,桂林:广西师范大学出版社,2003 年版。

[德]威廉·狄尔泰:《体验与诗》,胡其鼎译,北京:生活·读书·新知三联书店 003 年版。

王国维:《人间词话百年解评》,刘锋杰、章池集注,合肥:黄山书社,2002 年版。

温儒敏:《中国现代文学批评史》,北京:北京大学出版社,1993 年版。

伍蠡甫:《西方古今文论选》,上海:复旦大学出版社,1984 年版。

伍蠡甫:《西方文论选》,上海:人民文学出版社上海分社,1964 年版。

吴亮:《批评的发现》,桂林:漓江出版社,1988 年版。

吴亮:《文学的选择》,杭州:浙江文艺出版社,1985 年,版。

吴三元、季桂起:《中国当代文学批评概观》,北京:知识出版社,1994 年版。

吴岳添编选:《法朗士精选集》,济南:山东文艺出版社,1998 年版。

夏晓虹编:《梁启超文选》,北京:中国广播电视出版社,1992 年版。

夏中义:《王国维:世纪苦魂》,北京:北京大学出版社,2006 年版。

许道明：《中国现代文学批评史新编》，上海：复旦大学出版社，2002 年版。

徐岱：《批评美学——艺术诠释的逻辑与范式》，上海：学林出版社，2003 年版。

徐静波编：《梁实秋批评文集》，珠海：珠海出版社，1998 年版。

杨义：《感悟通论》，北京：人民出版社，2008 年版。

杨义：《京派海派综论》，北京：中国社会科学出版社，2003 年版。

杨萌隆：《西方文论家手册》，长春：时代文艺出版社，1985 年版。

姚淦铭、王燕编：《王国维文集》，第一至四卷，北京：中国文史出版社，1997 年版。

严羽：《沧浪诗话校释》，郭绍虞校释，人民文学出版社，2006 年版。

叶朗：《中国美学史大纲》，上海：上海人民出版社，1985 年版。

叶嘉莹：《王国维及其文学批评》，北京：北京大学出版社，2008 年版。

叶维廉：《叶维廉文集》，第一至三卷，合肥：安徽教育出版社，2002 年版。

袁枚：《随园诗话》，人民文学出版社，1982 年版。

袁枚：《袁枚全集》，第二集，江苏古籍出版社，1993 年版。

袁行霈、孟二冬、丁放：《中国诗学通论》，合肥：安徽教育出版社，1994 年版。

张伯伟编著：《全唐五代诗格汇考》，江苏古籍出版社，2002 年版。

张节末：《禅宗美学》，北京：北京大学出版社，2006 年版。

张奎志：《体验批评：理论与实践》，北京：人民出版社，2001 年版。

张黎选编：《席勒精选集》，济南：山东文艺出版社，1998 年版。

张蕴艳：《李长之学术—心路历程》，北京：北京大学出版社，2006 年版。

赵毅衡：《"新批评"文集》，北京：中国社会科学出版社，1988 年版。

赵海彦：《中国现代趣味主义文学思潮》，北京：中国社会科学出版社，2005 年版。

钟叔河编：《周作人文类编》，十卷，长沙：湖南文艺出版社，1998 年版。

钟嵘：《诗品注》，陈廷杰注，人民文学出版社，1961 年版。

周海波：《中国现代文学批评史论》，上海：上海人民出版社，2002 年版。

周勋初：《中国文学批评小史》，上海：复旦大学出版社，2007 年版。

周作人：《中国新文学的源流》，石家庄：河北教育出版社，2001 年版。

朱光潜：《朱光潜全集》，合肥：安徽教育出版社，第一卷 1987 年版，第八卷、第九卷，1993 年版，第十一卷，1989 年版。

朱立元、李钧主编：《二十世纪西方文论选》，北京：高等教育出版社，2002 年版。

朱自清：《新诗杂话》，北京：生活·读书·新知三联书店，1984 年版。

后　记

　　王国维"欲为哲学家则感情苦多,而知力苦寡;欲为诗人,则又苦感情寡而理性多"。凡夫俗子的我不敢以此自喻,但欲为学人则苦学力弱,欲超然物外却为外物所役,已过不惑之年却虚度年华。沉俗务日久,一朝得清闲。翻开多年前的博士论文,为李健吾等人的追求折服,为浮躁、慵懒的自己惭愧。十多年来,爱妻始终如一地支持我、照顾我,亲人们默默无闻地帮助我,无以为报。唯有在喧嚣的尘世中静下心来读书,像李健吾等人那样体验和感悟艺术与人生,去完成我自己。

　　现代感悟批评,是我对李健吾为代表的文学批评的命名。这一命名包含着危险和诱惑,危险性在于难以得到学界的认可,诱惑性则在于其执著的艺术追求和灵魂在杰作中的探险。现代感悟批评家们坚持批评的艺术化,他们追求文学批评的独立、自由与创造,他们以审美的态度来看待艺术和人生,对艺术和人生有着真挚、深切的体验与感悟,并留下了一部部批评杰作。我在《人间词话》《咀华集》《鲁迅批判》等杰作中探险,但可能是宝山空回。现代感悟批评以直观感悟为主要思维方式,既直观感之,又综合运用多种批评方法和自由采用各种文体来直观表之,其批评文本是充满魅力的艺术创造,是鲜活富丽的人生表现。学力、创造力不足的我,只能呈上枯燥乏味所谓的论著。现代感悟批评融合了中国古代文学批评传统与西方文学批评的观念与方法,是最具中国特色的现代的文学批评形态,其价值在实用性与科学性之外而通达艺术与人生的本质与真谛。本书却为名缰利锁所缚而徒增无奈。

在博士论文选题确定之际,恩师李怡先生就告诫我不能将论文写成感悟性的。然而,当我阅读李健吾、王国维、周作人、李长之、沈从文等人的批评文本时,难以走出他们魅力十足极具诱惑的感悟批评,难以进行理性的分析与概括。好在有恩师的悉心指导,我最终完成了博士论文的写作。在读硕士时,我就对恩师渊博的学识、独立的思想、敏锐的洞察力和高尚的人格佩服得五体投地。拜到恩师门下,恩师不仅在学术上带我入门,也在生活上无微不至地关心我。聆听恩师不倦的教诲如沐春风,然而愚钝的我总是令他失望,尤其是我的博士论文让恩师耗费了太多的心血,我却没有达到他的要求。毕业多年,我在学术上原地踏步乃至退步,是恩师时时督促我、鼓励我,让我有勇气再次踏上征程。任何言语,都难以表达我对恩师的感激之情……

望江公园旁的四川大学,海纳百川、不拒涓滴,留下了我求学三年的艰辛与喜悦。在文学与新闻学院,聆听曹顺庆、冯宪光、毛迅、赵毅衡等教授精彩、生动、深刻的讲课让我终生受益。冯宪光、赵毅衡、毛迅、易丹、陈思广、马睿等教授对我的博士论文提出了许多宝贵的意见。衷心地感谢各位老师!我的博士论文写作得到了周维东、王怀春、杨理论、孔许友、周荣、刘丹、阳晓琳、李本东等学友的大力帮助,衷心地感谢各位!张武军、胡安定、张中奎、周逢琴、张敏、贺芒、程骥、方晓辉等常与我一起探讨,令我受益颇多,感谢各位学友对我的真诚帮助!

　　塔克拉玛干沙漠边缘的塔里木大学,尽管时有风沙肆虐却总是阳光明媚,地偏路远却和谐温暖。本书得到了塔里木大学校长基金博士项目的资助,感谢学校领导和科技处的支持和帮助!塔里木大学人文学院是一个充满人文关怀的大家庭,感谢学院领导和同事们对我的关心、支持、帮助和宽容!感谢安晓平教授,是他的关爱让我不断成长!感谢肖涛教授,是她的鼓励让我不断前行!感谢同事杜良霞、张志伟等人对我课题的无私帮助!

　　感谢上海三联书店的编辑冯静博士!本书的出版离不开她大量而细心的工作!

　　尽管有许多人的支持和帮助,由于我的愚拙,本书仍然存在很多不足乃至错误,只好留待各位读者批评指正!

胡昌平

2016 年 7 月

图书在版编目(CIP)数据

现代感悟批评研究/胡昌平著. —上海:上海三联书店,2016.11
ISBN 978 - 7 - 5426 - 5701 - 5

Ⅰ.①现⋯ Ⅱ.①胡⋯ Ⅲ.①文学评论-文集 Ⅳ.①I06 - 53

中国版本图书馆 CIP 数据核字(2016)第 235407 号

现代感悟批评研究

著　　者 / 胡昌平

责任编辑 / 冯　静
装帧设计 / 汪要军
监　制 / 李　敏
责任校对 / 张大伟

出版发行 / 上海三联书店
　　　　　(201199)中国上海市都市路 4855 号 2 座 10 楼
网　　址 / www.sjpc1932.com
邮购电话 / 021 - 22895557
印　　刷 / 上海叶大印务发展有限公司

版　　次 / 2016 年 11 月第 1 版
印　　次 / 2016 年 11 月第 1 次印刷
开　　本 / 890×1240　1/32
字　　数 / 250 千字
印　　张 / 9.5
书　　号 / ISBN 978 - 7 - 5426 - 5701 - 5/I · 1163
定　　价 / 39.00 元

敬启读者,如发现本书有印装质量问题,请与印刷厂联系 021 - 66019858